LA FOIRE AUX AGNELLES

Paru dans Le Livre de Poche :

DES JOURNÉES OCRE ET SÈCHES

CLAUDE COURCHAY

La Foire aux agnelles

ROMAN

JC LATTÈS

À Hélène Héliotrope.

« La Sécurité sociale est la fille
de la Révolution industrielle. »

Toxique,
collection Moniteur internat.

« Que lentement passent les heures
Comme passe un enterrement
Tu pleureras l'heure où tu pleures
Qui passera trop vitement
Comme passent toutes les heures. »

Alcools, APOLLINAIRE.

Bonjour le jour. En ce moment, il se lève tôt, moi avec. Caro dort encore, je l'enjambe, nue, à part ma chaîne en or, un cadeau de tante Fé pour mon baptême. J'ai jeté la médaille quand Yvon est parti. En août, cela fera dix ans.

Le jour est jeune. Je me sens aussi vieille qu'une dent de requin fossile. Plus âgée même, au diable l'avarice. J'ai dix-huit ans et je n'ai plus d'âge depuis beau temps. Je vis avec.

Dans la chambre à côté, Rosy ronflote. Cette fille me fatigue. Nous sommes dimanche, pas de fac donc, il va falloir la supporter. Elle est rentrée tard. Tout à l'heure elle nous racontera ses derniers exploits, je le crains.

Une tout-terrain, Rosy. Grande, solide, poitrine lourde, elle affiche pas mal de kilomètres au compteur. Elle avoue vingt-cinq ans et en paraît dix de mieux. Les bonshommes, pardon, elle ne s'en prive pas s'il faut l'en croire. De tous âges, de tout poil, tout est bon dans le cochon. La charmante tire sur tout ce qui bouge, elle a la santé. Je la verrais bien pilote d'essai chez Durex.

Hier, à midi, elle nous a parlé de son dernier coup,

un *latin lover* monté comme un onagre. Caro, naïve de chez Simplet, a demandé :

— À force, tu n'en as pas marre ?

— Parle à ma chatte, pauvre débile, tu ne sais pas ce que tu perds. Mais vous au moins, les pucelles, vous ne me faites pas concurrence, continuez.

Et de ricaner. J'adore son côté romantique. La scène s'est passée dans la cuisine où nous prenions notre repas, pizza-salade. Caro a regagné sa chambre en claquant la porte. La douce, une petite boulotte potelée, ne fait pas le poids face à cette mangeuse d'hommes. Je n'ai pas bronché. Je garde mon énergie, j'en aurai besoin.

Nous logeons rue des Bernardines, entre la place des Tanneurs et celle des Augustins, à Aix. En Provence. Je me décide, je bouge. Trois pas sur la moquette verte à poils ras, deux marches, et c'est le carrelage frais du séjour. À droite, le coin cuisine. J'attrape un drap de bain, voyeurs du matin, chagrin. Je m'en fais une toge, je passe sur la terrasse. Il n'est pas sept heures. Déjà le ciel de juin est envahi d'hirondelles. Elles foncent au ras des toits, entre les râteaux des antennes de télé, en jetant leurs cris aigus. Un souffle d'air frais me caresse, merci. Une canisse permet de bronzer en paix. Nous sommes au dernier étage. En dessous, un fouillis de constructions à la diable parasite la cour, sans parler des bacs à fleurs, des étendoirs à linge et des meubles de jardin. Qui dit mieux ? On trouve tout à la Samaritaine.

Le coin fait village du Midi, avec son décor de tuiles romanes au premier plan. Au second, les têtes vert pâle d'une rangée de platanes s'alignent sur le fond sombre des collines proches. Plus loin, on aperçoit la cheminée monumentale de Gardanne flanquée de ses colonnes de vapeur et la bosse du Pilon-du-Roi.

Le clocher des Augustins jaillit sur la gauche, rue Espariat. Il reste une cloche dans le campanile en fer ajouré. Campanile-campanule. Elle ne sonne plus. Les moines ont mis la clef sous la porte. À leur place on trouve un Maxi-Livre et Le Fournil des Augustins. Traduire : boulangerie, à quoi bon faire simple ? En face, le sommet crénelé de l'église du Saint-Esprit vous a des allures de fortin mexicain. Sur ses marches, des margeos font la manche. Que la force soit avec eux.

Je rentre me préparer un Nescafé. Noir, pas de sucre. Je colle trois Triscottes dans la poubelle. Je trempe une petite cuillère dans la confiture de fraises et la dépose dans le bac inox, sans la rincer. Tout à l'heure, Caro vérifiera, comptera les Triscottes, repérera la cuillère. Elle veut me remplumer, elle rêve. Grossir, no way, plutôt mourir. Votre ignoble graisse, gardez-la.

Je l'aime bien, ma Caroline, je supporte ses lubies. Elle s'éprend toujours de la fille qu'il ne faut pas. En ce moment, je tiens le rôle. Le soir, collante de chez Sparadrap, elle vient pleurer sur mon épaule, se fait tendre, câlins et compagnie. Je ne réagis pas. S'il y avait une élection miss Frigidaire, à moi le titre. Elle s'active avec ferveur. Puis il faut en finir, à mon tour. Au premier contact, elle saute au plafond en miaulant comme une vache folle, elle s'arque, le grand cirque. Rosy tape à la cloison :

— C'est fini ce foutoir, les gouines !

Elle nous en veut à juste titre. Nous lui interdisons de ramener son cheptel viril à domicile, elle trouve le procédé injuste. La justice n'est pas de ce monde. Pas encore.

Femmes entre elles. Est-ce bien raisonnable ? Parlons-en. Je réprouve ma conduite et n'en tire aucune satisfaction sur aucun plan. Le libertinage n'est pas ma tasse de thé. Je m'y livre à reculons. Je sais, je ne devrais pas. Pour tout dire, je me verrais assez en personnage de Jane Austen, solitaire, chaste, brûlant d'une passion froide et fendant les flots impurs des événements de mon étrave d'ivoire. C'est tout ? Pour le moment, oui. La vie n'est pas à la hauteur ou moi pas au rendez-vous. Y aurait-il contradiction ? Que non, les principes restent au ciel, le quotidien au ras du sol. Une collection de clichés l'atteste : le lotus et la fange, la rose et le fumier. Quant au vert paradis des amours enfantines, il est trop vert, justement.

Surtout, le temps n'en finit plus, il faut meubler. Chacun sa recette. Philatélie ou parapente, les choix abondent. Rien ne m'attire. Le hasard distribue les cartes. Avec les filles, nous partageons ce grand appartement par commodité. Et moi un matelas, avec Caro. Ces choses-là se font.

Je me disais, ça n'a pas d'importance. Faux, tout compte et pourtant rien ne fait le poids. On commence sans savoir, on continue sans vouloir, une vie adulte, donc. Adulte, adultère... Reste le monde vertigineux des mots. Oui, au commencement était le verbe, nous savons. Et à la fin ? Où est le sujet ? Sur la terrasse, pour le moment. Et où en est-il ? La question ne sera pas posée.

Les filles dorment. L'avenir appartient aux lève-tôt. Le mien s'attarde dans les limbes, il dépend de la justice des hommes. Un jour, Auguste Navion, dit Zou, berger de son état, sortira de prison à la face du ciel. Je l'attends. Je ne le raterai pas.

En attendant je m'habille. Pas de fixe-gorge, ne parlons pas des absents. La double page de *Play-Boy* n'est pas pour demain. Je n'ai à offrir que deux chevillettes vissées au thorax. J'enfile un slip, à cause des égoutiers, ma longue jupe noire, un T-shirt noir, deux coups de brosse, mes Nike noires et me voilà parée. Le deuil sied à Électre.

Ces filles dorment toujours, une manie. J'ai le temps, je sors me balader. Aix me convient tôt le matin. Les cohortes d'envahisseurs font relâche. Déjà, dans les petites rues, les gargotiers préparent leurs mangeoires. Entre Hôtel de ville et Rotonde, des rangées de restaurants vous proposent toutes les cuisines du monde.

Leurs affaires marchent, le bon peuple se goinfre. L'obésité progresse, pas seulement chez les Gringos. Mercredi, sur le cours, une femme avançait en ramant, noyée dans sa graisse. Ses bras s'agitaient latéralement comme des pagaies. Le prochain millénaire sera mou.

Place des Augustins, la colonne de granit n'en finit pas de pencher, coiffée de son oursin en bronze. Deux, puis trois, puis six motards déboulent de la Rotonde, sur leurs monstres mécaniques, cosmonautes en cuir noir, avec leurs heaumes étincelants, visières relevées. L'été appartient aux chevaliers errants.

Drôles de bonshommes, les hommes. Je les déteste, eux et leur sexe aveugle, leur machisme. Tout mâle normal est un violeur qui s'ignore. Ou pas. Je les hais.

À la fac, ma popularité laisse à désirer. J'ignore mes condisciples, j'apprécierais la réciproque. L'habit d'emprunt de la jeunesse leur tient lieu de mérite. Ils jouent les étudiants, les plus fauchés ne sont pas les moins frimeurs. Ils traînent aux terrasses de leurs cafés, à débiter des niaiseries. Brusquement, un d'eux s'interrompt, main collée à l'oreille, bouche ouverte. Crise d'otite, nostalgie de la chanson corse ? Non, portable.

Et drôles avec ça. J'ai pour prénom Anne. Ils m'ont surnommée Anne O'Rexique. Je le sais. Anorexique, je le suis, je ne m'en cache pas. Un petit teigneux m'aboie aux chausses, sitôt qu'il m'aperçoit, il lance :

— Dachau devant !

Hilarant. Son public de s'esclaffer. Comment ne pas rester pantelant devant tant de culture historique et d'humour ? Je me garde de réagir. Il faut économiser son mépris, les nécessiteux sont légion, disait l'autre.

À quoi bon la fac ? Parce que j'ai le bac et que faire ? Caissière à Prisu ? Je ne vise pas si haut. Je vais donc à la fac faute de mieux. Le temps me tue, je lui rends la politesse.

Rue Espariat, d'un coup mon cœur dérape, ma vue se trouble. Pas grave, ma douce. Un brin d'hypoglycémie. On s'arrête, on récupère.

Je me pose place d'Albertas sur un seuil de porte, face à cet hémicycle de pierres dorées, patiné par les siècles. J'écoute bruire la fontaine, son murmure m'apaise. Des têtes en taille ronde décorent la façade du premier étage, une femme, un faune, en alternance. À main gauche, le deuxième manque, on voit la poutre. Pas grave, ce n'est qu'un faune.

Tiens, les premiers touristes. Hier, ils ont fait Pigalle ou Versailles. Demain, ce sera Venise ou Mykonos, peu importe. L'Europe en huit jours comme si vous y étiez, départ arrêté. Ils s'y retrouvent. Entre une gondole et une tour Eiffel, même un babouin sait voir la différence.

Je récupère. Je redoute les repas, rue des Bernardines. Caro me surveille. Alors, bonne pâte, hypocrite de chez Faux-jeton, je mange. Je mastique, je déglutis. Ensuite, discrète, je m'éclipse, direction les toilettes. Deux doigts et je dégorge, valsez jeunesse et tirons la chasse. Encore une bonne chose de faite.

J'ai dix-huit ans, donc. Le plus bel âge de la vie ? Je l'ignore, ne connaissant pas les autres, et je débouche place de l'Ancienne-Halle-aux-Grains, envahie de tables, de sièges et de parasols. À chaque café ses couleurs et son territoire. Le tout forme un ensemble gai, bariolé. Chaque soir un vol d'étourneaux s'abat sur les platanes en piaulant comme des hyènes.

En semaine, le marché bat son plein, fruits et verdures s'étalent à gogo. C'est appétissant, on en mangerait. C'est toi qui dis ça ? Au conditionnel, Chouquette, au conditionnel. Il m'arrive d'acheter une pomme. Je mords, je crache, je jette. Les atlantes de l'hôtel d'Arbaud en ont vu d'autres.

Des passants me frôlent, des jeunes cette fois. Ma génération, et pourtant nous ne vivons pas à la même époque. Leurs corps sont en montre, le mien se fait oublier, ni formes ni désirs. Il me porte, je le supporte. Il n'a rien d'un objet sexuel, Dieu m'en garde ! Il plane dans le calme des grands déserts sous la lune, qu'il y reste.

Je dois quand même survivre, il faut. Alors je dure, en apnée, souffle bloqué, vie en suspens. D'un coup l'angoisse m'étreint. Yvon, mon frère, mon double, mon jumeau, tu me manques. Mon cœur se tord. Là où tu allais, j'allais. Tu pensais ce que je pensais. Je ressentais ce que tu éprouvais. Nous étions deux, nous ne faisions qu'un, je reste seule, mutilée. Tu croupis dans ton centre pour handicapés. Je n'y vais pas, je ne peux pas. Je survis avec ce désir de tuer qui me ronge. Anorexique, vraiment ? La haine me nourrit.

Je me reprends. Cette haine est mon pain quotidien. Elle me garde des autres, ils vivent comme des porcs, entre deux bouffes ou deux baises. Ils profitent, les chiens, c'est leur terme. Qu'ils ne s'en privent pas. Qu'ils en crèvent.

Ce que je veux ne s'achète pas et je ne veux rien d'autre. Ma vie se tend comme une corde avant l'envol de la flèche. On peut vivre sous tant de tension ? On peut, j'en viens, j'y suis. Seigneur, accordez-moi ma vengeance, je vous tiens quitte du reste.

Je m'installe au Happy Days. Le spectacle se poursuit. Avec les premières chaleurs, les femmes sont pleines de seins, as-tu remarqué ? Surtout par-devant. On voit du tout-venant, de la mamelle domestique, mais pas seulement. Admire ces deux merveilles, maquillées, minces, très, poitrine haute, silhouette parfaite. Du produit de haut luxe. Elles marchent, cambrées, aériennes, princesses des temps modernes, droit débarquées des magazines de mode. Elles vont droit à l'abattoir et n'en savent rien.

Je sais. La vie, c'est ce qui reste quand tout est calciné. Pour moi, le massacre a eu lieu tôt, j'avais huit ans. J'ai de l'avance. Je la garde.

Et celle-là ! Jésus, comment peut-on se déplacer avec ces godassons orthopédiques ? Elle va se tordre les chevilles. La mode, ma grande. Elle trimbale un toutou affublé d'un foulard rouge, un york. Séance permanente, les figurants ne font jamais défaut.

Ah, un hippie. L'espèce existe encore ? Faut croire, il a le look, génération Katmandou, années 70. Cheveux en mèches laineuses, bandana, tunique crade, flottante, pieds nus dans des tongues, il attend. Le Nirvana ? Sa hippette ? Tu as tout faux. Deux jeunes bourges habillés classe, style battle-dress, le rejoignent. Ils sont copains, ils ne portent pas le même déguisement, voilà tout.

Et cette autre vahiné, avec sa jupe-culotte safran, tendue sur un postérieur généreux, telle une voile gonflée par l'alizé. On voit le tracé du Petit-Bateau, de quoi devenir végétarienne. Rassure-toi, ils ne font que passer.

Le garçon ne daigne pas venir, je pars. Place de l'Hôtel-de-Ville, assise sur la margelle de la fontaine, je laisse ma main flotter dans l'eau un moment. Je la passe sur mon front. Je me sens sèche et dure comme un silex. Un touriste, short trop long, chapeau de brousse camouflé, mitraille le beffroi. En face, sur le fronton de l'hôtel des Postes, la Garonne laisse pendre son pied nu, blanc sur la façade jaune.

Objection, votre Honneur. Pourquoi m'avoir traitée de pucelle ? Rosy se trompe, je ne suis plus vierge, j'ai perdu ma fleur au cours d'une soirée arrosée, dit-elle. J'avais pas mal bu, mon partenaire itou, heureusement pour lui. Il m'aura vue double, je pense, sinon... Alors ? Rien. Ce fut absurde. Un poids, un souffle accéléré, ce mouvement ondulatoire... Parlez-moi d'amour. Depuis je suis femme, il paraît. Un suintement rosâtre me rappelle, de loin en loin, que j'appartiens encore à ce sous-genre de mammifères. Ce phénomène peu abondant se manifeste de façon irrégulière. Je n'ai rien d'un geyser. Consulter un gynéco ? Plutôt mourir. Je n'ai jamais demandé à être femelle. Le moins, le mieux. Mon corps est un moyen, pas une fin. Qu'il se dépatouille sans moi.

Derrière le beffroi, place des Cardeurs, à l'angle de la rue de Saporta, il reste cette ancienne réclame pour la crème Éclipse, cirage à la cire. Sur fond bleu nuit, une pleine lune jaune, hilare, en éclipse précisément une autre, grisâtre et renfrognée. Elle est peinte, une plaque émaillée aurait disparu depuis Kala Kala, ma grande.

Aix, j'ai mon compte. Si j'allais voir maman ? Pourquoi non ? Je passe d'abord aux Bernardines, schuss par la rue Bedarrides. Le jour n'est pas plus pur que le fond de mon cœur. Je slalome. Des zozos font du lèche-vitrines. Les boutiques de luxe débordent d'objets de première inutilité. Bon, puis ?

Tiens, nos filles sont levées. Caro se plaint, Rosy lui pique ses yaourts aux fruits et la traite de pingre, en prime. Chaque chose appartient à la plus rapide.

Les tenues varient. Rosy déambule en petite culotte de dentelle noire, arguments à l'air. Sous les nénés, la ptose. Caro en chemise de nuit, très pensionnaire. Ne lui manquent que les couettes. Qu'elles s'arrangent, la vie est un combat. Je prends les clefs de Golfie, les papiers. Caro s'inquiète de savoir où je vais :

— Si on te le demande...

— Oh, ça va, tu n'es pas gentille !

— Et j'en souffre, tu n'as pas idée. Sur ce, salut les loutes, portez-vous bien.

Bon vent. Place des Augustins, la folie estivale s'emballe. Les voitures défilent au pas, en file indienne. Les badauds exhibent coups de soleil et guides verts. Place de la Rotonde, dans les contre-allées, des artisans d'art proposent leurs artisaneries aux pigeons. Personne n'a encore plastiqué la fontaine monumentale, cette effarante coupe à champagne flanquée de lions défoncés. Le dix-neuvième siècle n'avait pas peur du kitsch.

Je prends l'avenue des Belges. Le parking Méjane se situe un peu plus loin, huit cents places aux deux tiers inoccupées. Trop distant, on met bien cinq minutes à pied depuis le cours. Les gens auraient besoin d'un véhicule pour passer dénicher l'autre. Golfie m'attend, rangée C. Contact. J'ai encore du gasoil, en route pour le berceau de famille.

Il faut un début à tout. Au commencement du monde, nous habitions Vonges, pas loin de Digne, capitale des Basses-Alpes de Haute-Provence. Papa y est toujours, il tient le bar-tabac. L'endroit se situe à environ cent kilomètres d'Aix. Cent kilomètres plus quelques siècles. Une fois dépassé Manosque, vous retombez en plein Moyen Âge, les tracteurs en prime.

Pour Vonges, donc, un peu avant Digne, vous quittez la N 85, direction les Thumins. Encore un quart d'heure et vous y êtes. De loin, ce village a de l'allure, étiré sur sa colline, écrasé par sa grosse tour carrée. Une fois rendu, vous trouvez une rue avec trois cafés en enfilade. Le Glacier, Les Alpes et Le Tabac de papa. Le Glacier tient le bon bout, en face de la place où les parties de boules s'éternisent sous les platanes. Les autres sont moins bien lotis, en bordure d'avenue. Comme père vend le quotidien local, il se défend peu que peu. Entre les deux, Les Alpes vivotent et s'offrent leur faillite annuelle, grosso modo. Un gérant chasse l'autre.

Maman et papa se sont séparés avant l'agression d'Yvon, j'ignore pourquoi. Papa Robert a pourtant tout du brave bougre. Question plastique, rien à voir avec Tarzan. Petit, dégarni, moustachu, il joue les bonasses. Il pratique la belote contrée avec le client, fait restaurant et supporte à longueur de jour les bras cassés du cru. Mon frère vivait avec lui.

Moi avec maman, prénom Sophie. Elle, autre chanson, on dirait qu'elle a percuté un train. Mère vit en recluse. J'essaie de la comprendre. J'y parviens mal, elle refuse tout échange. Je la sens... Comment dire ? Comme si quelque chose se cachait sous la pierre tombale de sa vie. On trouve plus gai.

Elle habite L'Amalanche, sa ferme de famille à l'opposé de Vonges par rapport à la nationale. C'est là que je me rends. Je roule.

Après les Platanes, on rejoint l'A 51. Il lui a fallu cinquante ans pour contourner Aix. En ce moment, elle fait la sieste avant Gap. À ce train Grenoble sera en vue dans un siècle ou deux. Du coup, pour trente-six francs, vous naviguez en plein vide. Je branche le pilote automatique, j'empoigne mon tricot. Enfin je pourrais.

Je la connais par cœur, cette autoroute. Les cristaux étincelants du Signal des Alpes, la tour qui domine Manosque et les panneaux débiles de chez Crétinski :

Vous êtes en Haute-Provence. J'entends. Rien à voir avec la Haute-Volta, et en Mongolie on verrait des yourtes. Puis une fois passé le parking de Ganagobie, cet endroit d'où l'on aperçoit d'une part Oraison, de l'autre le clocher de la Brillane.

Mon péage est à Peyruis. Ensuite, la route défile sous les Pénitents des Mées. Malijai... Napoléon s'y est arrêté, pourquoi pas vous ? Bonne question, je continue.

À la sortie de Mallemoisson, j'emprunte la D 17. Une bretelle contourne le Chaffaut. Un peu plus loin je m'engage dans un chemin empierré, deux ou trois kilomètres d'ornières entre d'anciens prés envahis de ronces et de genêts. Je passe sous les branches tordues d'un énorme chêne. On s'attend à voir la sorcière de Blanche-Neige, et voici L'Amalanche. Je m'arrête. Encore un petit moment, monsieur le bourreau.

Les amélanchiers, on en trouve plein les collines, des buissons quelconques. Au printemps, ils fleurissent, le paysage se remplit de blancs bouquets de mariée. Avant, les gens tressaient des paniers ou des nasses avec leurs tiges. Avant, les dinosaures avaient des dents. Quant aux paniers, on doit en trouver quelques-uns dans les musées folklos.

À L'Amalanche, on peut voir encore les étables, l'écurie avec ses harnais desséchés, un fagot de fourches, tout un attirail du temps où le paysan cultivait autre chose que ses primes et ses quotas.

Les temps évoluent, les ruraux disparaissent. Gamine je me rendais à l'école à Mallemoisson, avec le bus du ramassage scolaire. À midi, Félicie, tante Fé, venait me chercher. Il ne s'agit pas d'une vraie tante, nous n'avons aucun lien de parenté. Simplement elle adore les gosses et n'en a pas. Elle s'est chargée de nous quand nos parents se sont séparés. Elle assurait le relais entre ferme et Tabac. Souvent, elle nous gardait les week-ends, Yvon et moi.

Elle n'a pas changé. Je l'aime bien, rien à voir avec Sophie. Elle sait rire de tout et du reste et vient d'enterrer deux maris en beauté. Le troisième postulant semble à point, elle ne s'en cache pas :

— Inutile de les empoisonner, ma petite. Un peu la bonne cuisine, un peu le pastis, en plus je les fais mourir de rire. Ils ne tiennent pas la distance, les pauvrets.

Elle habite une maison avec jardin, en tirant vers le vieux village. Chez elle, en terrain neutre, je retrouvais mon frère. Nous fréquentions la même école. Nous vivions une vie coupée en deux, avec un sas de jonction, comme les stations spatiales. Facile, il suffit de prendre le pli.

Je pousse là. Je suis l'école primaire, puis on m'envoie au collège à Digne et en internat. Je m'en moque. Après le drame, rien ne m'importe. J'attends. Le sablier du temps se vide. Il passe. Pas moi. Je reste bloquée. Je le suis toujours.

La gamine devient grande fille. Une fois le bac décroché, me voici à Aix, en fac d'histoire. Caro a mon âge, elle fait droit. Enfin, elle essaie. Vieille Rosy travaille dans une agence de voyages. L'histoire, je n'y crois pas. Simplement je ne me vois pas rester les bras croisés en attendant sainte Catherine. L'an prochain je tenterai une autre matière. Ou pas, quelle importance ? Papa banque, pas de problème. Il arrondit sa pelote dans sa tabatière. Il n'est pas ladre. Je pourrais lui soutirer du chèque supplémentaire, j'évite, je ne suis pas vénale. Le sage borne ses besoins et Sophie n'apprécierait guère. S'il faut, tante Fé peut m'aider. Ses ex lui ont laissé de confortables retraites. Le veuvage est un métier d'avenir, selon elle. Tante Fé, c'est un chef. Elle ne me comprend pas :

— Ma petite, à ta place, à Aix, ça valserait, je te promets. Tu as vu les boutiques ? Tout ce que je m'offrirais ! Un carnage !

Pas moi. Je ne regarde pas les étalages. Rien ne me tente, ni maquillage ni fringues. Mon corps n'est pas un sapin de Noël. Il va où je veux, quand je veux et se fait oublier le reste du temps. Mon apparence ? Ceux à qui je déplais peuvent regarder ailleurs. Tante n'a rien compris. Vos possessions vous possèdent. Mieux vaut voyager léger.

L'Amalanche, nous voici. Je reconnais le silence. Dans chaque datcha locale, une meute de clébards vous accueille en fanfare. Pas ici, mère ne veut pas de bestioles familières. Voilà, j'hésite. Pour un peu je repartirais. Le malheur de maman entre en résonance avec le mien. Je me sens mal, très. Tant pis, allons-y.

Sophie a entendu Golfie. Elle m'attend sur le pas de la porte, visage figé, en robe noire. Elle ne sait pas sourire. Je la rejoins, je l'embrasse :

— Tu me manquais, maman. Alors ? Et Gros Gégé ?

C'est son voisin, brave bougre de chez Cœur d'Or et carcasse de poids. Mère élève quelques poules, des lapins, récolte quatre légumes. Gégé lui donne un coup de main à l'occasion et porte ses produits au marché de Digne, le samedi. En échange, il ne demande rien, il rend service pour le plaisir. Ne cherchez pas, le moule est cassé.

Sophie n'a pas cinquante ans et les paraît, bien pesé. Dans le coin, elle passe pour folle, pour cause. Elle ne sort jamais, ne regarde pas la télé, ne prend pas *La Provence* et mène une vie de vestale. Parfois, tante Fé lui rend visite, essaie de la secouer. Que faire, lui tenir compagnie ? Je deviendrais cinglée.

Amusant, les contrastes... D'un bord, Aix, ces filles de rencontre, l'une gouine, l'autre pas assez, leurs coups de cœur, leurs coups de gueule. Et ici, cette famille explosée entre maman momifiée, Fé la mante religieuse et papa l'ahuri.

Pas tant que ça. Lui mène une existence normale. Il ne se cache pas. Si l'été des vacanciers trop curieux tentent de le brancher sur notre vieille histoire, il les envoie paître proprement.

Je circule d'un bord à l'autre, entre Aix et les Basses-Alpes, ces versants d'un même vide. Je pourrais dresser la carte de mes trajets, on l'a fait pour les autistes. Tout a un sens, il paraît. Quel intérêt ? À quoi bon chercher à comprendre, mieux vaut tuer.

Ici les hirondelles n'ont pas encore accaparé le ciel. Elles débarqueront plus tard. Sophie se réveille :

— Tu as mangé ?

La question rituelle. Mère a le sens du devoir, c'est son épine dorsale. Elle vit parce que je vis. Si je disparais, elle s'éteint. Je suis l'huile de sa lampe. Pour la rassurer, j'invente un sandwich pris en route. Elle hausse les épaules, constate :

— Tu n'es pas grasse.

Point. Le reste, études, amies, petits amis éventuels,

elle ne demande rien. Pour maman aussi le temps s'est arrêté. Il s'écoule, elle reste sur la berge. Elle a renoncé, moi pas. Je fais semblant. Il me faut rester en état de marche, courir plus vite que cette ombre qui a mangé ma mère. J'essaie, ce n'est pas gagné. C'est épuisant de dépasser sa lassitude, et le but est loin...

— Ta chambre est prête, Anne.

Elle l'est toujours. Ma chambre de gamine, puis de jeune fille, le lit à une place, l'armoire décorée de fleurs bleues et de lapins roses, deux chaises et des murs blancs, vierges comme la solitude. Je n'ai affiché ni Marilyn, ni les clones d'un quelconque Elvis. Pas d'installation phonique, pas l'ombre d'un miroir. Mon image ne m'intéresse pas.

Un détail quand même. Sur la table de nuit, j'ai placé un crâne, couleur argile, cassé à mi-orbite. Une marque blanchâtre troue son sommet, sans doute un coup de pioche. Il provient de l'ancienne chapelle de Vonges. Les indigènes, en la retapant, ont un jour exhumé une fosse commune. Ils ont pieusement fourré les ossements de leurs défunts ancêtres dans une caisse ouverte, à portée du toutou errant. J'ai choisi ce crâne. Je l'appelle Memento.

Sophie conserve le décor matrimonial hérité de ses parents, du Barbès massif. Normal, ma biche. Il ne s'agit pas de meubles, mais de preuves, un passeport d'entrée en bourgeoisie, comme les ventres de la Belle Époque, ou la légion prétendue d'honneur.

J'en sais, des choses. J'ai lu, ô combien ! La fillette sage a tout avalé, tout concassé dans sa petite tête. Et j'ai vécu. Ce monde, je le connais. Il ne fait pas de cadeau. Je n'en ferai pas non plus.

Retour à la case départ. Comment échanger avec quelqu'un qui ne parle pas ? Nous passons dans son jardin, la seule chose qui l'intéresse encore. Je m'active, j'arrose les salades. Elle éclaircit le persil. Il faudrait tailler les forsythias :

— Je te prépare des petits pois frais, Anne ?

J'approuve. Soyez les bienvenus, petits pois. Nous en ramassons. Tiens, des plants se dessèchent on dirait :

— Maman, tu as vu ?

— Oui, ce sont les courtilières. Gégé va me mettre le produit.

Elle revit, dans ce jardin. Enfin, presque. Son corps fonctionne, elle en oublie le monde. Elle s'y met, à fond, sarcle les mauvaises herbes entre les raies de pommes de terre :

— Tu n'oublies pas mes fleurs, Anne.

Ces sacrées fleurs, tout un carré, de grandes marguerites jaunes, quelques rosiers, des giroflées, des dahlias. Pour Yvon. Un reposoir occupe son ancienne chambre, un autel sur des tréteaux, avec sa photo quand il était gamin. Sophie le fleurit, comme elle fleurit la tombe de ses parents dans le cimetière de Courdonne, sur la colline en face. Ces rites me tuent. Je pense à mon frère enterré vivant, à cette absence pire que la mort. Suffit, secoue-toi. Quoi d'autre ? Ah oui, les courses :

— Tu as tout ce qu'il te faut, maman ?

— Je t'ai préparé la liste, sur la table de la cuisine.

— J'y vais.

Je file soulagée. Le plus pratique reste Continent, la grande surface à l'entrée de Digne. Voyons : pâtes, sucre, de l'épicerie. Facile. Et une bouteille de pastis.

Mère ne se pocharde pas, mais son Gros Gégé n'a pas le coude coincé.

Sur la 85, le trafic s'est épaissi. Des caravanes hollandaises provoquent des grumeaux. Et voici Continent. En façade, l'horloge à quartz indique seize heures quarante-trois, vingt-huit degrés. Le monstre avale ses clients par fournées, chariots vides. Il les recrache une fois les chariots pleins.

Je m'y colle. On gèle près des surgelés, normal. Si je prenais quelque chose qui fasse plaisir à Sophie ? Quoi donc ? Du bonheur en branche ? Tu peux toujours chercher... J'achète de la Marie Brizard pour tante Fé, son péché mignon, plus deux sucettes géantes à l'intention de mes filles. J'ajoute des calissons, destination tatie encore. Elle verra que sa nièce pense à elle, à Aix.

Terminé. En approchant des caisses, je croise une jeune mère, son rejeton debout dans le chariot. Dans les deux ans, l'enfançon. Un chandail se prend dans la roue du véhicule, je le signale à la dame. Merci. Elle le dégage et demande au gamin de s'asseoir. Réponse du petit ange :

— Conasse !

Tiens, il sait parler...

— C'est comme ça que tu causes à maman ? Tu n'auras pas de manège.

Infraction, réaction, sanction. Correct. Continuons. D'un coup, le coup de pompe brutal. Je m'adosse à un pilier, mon corps me lâche. Une mémé me voit, s'inquiète :

— Ça va pas ma petite ? Vous êtes toute pâle !

Elle, non. Elle paraît à point, violacée, luisante, prête

à être enfournée avec une pointe d'ail. De quoi je me mêle ?

— Je ne suis pas votre petite !

Lui suggérer d'aller se faire liposucer ? Tout de même pas.

— Faites du bien à Bertrand, elle dit.

Fin de l'épisode.

Je retourne au rayon gâteries, j'ouvre une boîte de calissons, j'en mâche trois, quatre d'affilée. Je la laisse ouverte pour les amateurs. De nouveau je me sens d'attaque.

Il m'arrive de garder quelques grains de sucre en poche, au cazou. Là, j'ai oublié. Jules César se méfiait des maigres. Jules César, Auguste comme Navion. Qui donc se serait méfié de Zou malgré sa minceur ? Tout se tient, n'oublie jamais. L'histoire n'en finit pas de se mordre la queue, et je la fais devant les caisses.

Caissière, une situation assise. Installée comme au café, tu vois défiler ton monde, tu peux te faire des relations et de plus monsieur Continent te rémunère. Ce bienfaiteur a sûrement commencé en ramassant des bouts de ficelles étant gamin, je parie.

La note réglée, je passe dans la galerie marchande. On y trouve quelques machines masturbatoires à l'usage des gosses, en forme de Babar ou d'avion. On place le bambin, on met dix francs, et c'est parti. Que vois-je ? L'affreux moutard du chariot dans une de ces essoreuses en pleine action. À côté, maman attend. Infraction, menace, démission. Est-ce ainsi que les hommes vivent ? Il semblerait.

On rentre, fille. Devant la ferme une vieille Deuche stationne, celle de Gégé. Installé à la cuisine avec madame mère, il boit son pastis. Nous nous faisons la bise. Un morceau, cet homme, il m'impressionne. Gros ? Massif plutôt, rougeaud, un mélange de chêne et de plantigrade. Il me toise :

— Fatche de... Tu te fais pas grasse petite. Tu sembles taillée dans de la cellophane.

Sa plaisanterie favorite. Je souris. Il insiste :

— Ta maman te laisse mourir de faim ou quoi ?

Mère proteste. Elle n'y est pour rien, elle dit, je n'en fais qu'à ma tête. Gégé sort un bocal d'un sac en plastique, le pose sur la table :

— Je vous ai porté la daube de sanglier, vous n'aurez qu'à la réchauffer, avec des patates nouvelles, vous allez vous régaler.

Rituelle également, cette daube. Il en garde de pleins congélateurs. Il cause, les nouvelles, ce qui se passe dans le coin :

— Vous savez pas ? Le jeune de l'épicerie des Monges vient de se pourfendre en moto. Aussi ça devient des monstres, ces engins. Combien y ont eu droit, j'ose plus les compter. Ils attendent quoi pour les interdire ?

Maman opine. Elle semble plus détendue. Je demande :

— Ces motos, ils les remplaceraient comment ?

— Ils n'ont qu'à marcher ou prendre le vélo, pardi. Nous, avant, on se débrouillait sans.

Avant, au joyeux temps des bandes molletières... Il reprend :

— Quoique... Le vélo, vous avez vu, le dernier Tour de France, ce scandale ? Tous drogués, il paraît. Si c'est pas malheureux...

Ben oui, Rome n'est plus dans Rome. Gégé se lance :

— Vous me direz, tout dépend. Vous voyez, la sauge ? Des fois je prends deux feuilles, je m'en roule une cigarette avant de labourer, je la fume. Les sillons, mon ami, je les enfile comme en rêve, j'en reviens pas.

Intéressant. Sophie lui propose un autre pastis.

— Merci, madame Dangle, je me sauve, la bourgeoise m'attend. Pour peu que je m'attarde, elle se fait des idées, elle m'imagine déjà sous le tracteur.

Et de rire. Sa carcasse tressaute. Ah, les femmes... Il file. Je me retrouve avec mère sur les bras. Nous préparons le repas. Se payer un restaurant ? Autant lui proposer le pèlerinage à La Mecque. Le cinéma, même tabac. Mère reste scotchée.

Nous mangeons. Nous commençons par la soupe de légumes. Elle est très soupe, Sophie, une histoire de génération. Je l'entends déglutir. C'est insensé l'importance que prennent les bruits dans le silence. Je supporte mal. J'ai envie de l'étrangler, avec tout l'amour que je lui porte. Je n'ai plus l'habitude. Elle s'inquiète :

— Quelque chose te tracasse, Anne ?

— Rien de spécial, je pensais à Aix.

Silence dans les rangs. Anne, la gentille cheftaine, fait sa B.A. familiale. Elle trouve le temps longuet, cheftaine. Ce soir, il s'étire, il prend toute la place. On appelle ça l'espace-temps.

La séance se poursuit. Après le potage, daube et pâtes, les pois ce sera pour une autre fois. Ensuite, salade, fromage de chèvre, fruits de saison, la totale. Sophie porte la main à sa bouche :

— Mon dieu, Anne, je ne t'ai pas fait de tarte ! Toi qui les adores ! Aussi, il fallait demander.

J'adore les tartes. Oui, au cinéma, en noir et blanc et à la crème. Je la rassure, je survivrai. Pas question que je touche à la vaisselle, mère s'en charge. Il est tôt, à peine huit heures... Seigneur, éloignez de moi ce calice. Je dis :

— Je fais un saut chez Fé. Tu viens ?

— Non, je ne bouge pas, tu sais bien.

— Tu as une commission pour elle ?

Négatif. Moi et mes questions idiotes... De l'air. Voir Fé me fera le plus grand bien, elle est tonique, elle. Sauf que c'est la cata, je la trouve effondrée dans son fauteuil.

— Un problème, ma tante préférée ?

— Ne m'en parle pas, je coule de partout, comme une gargoulette. Je me mouche, je pleure, je n'en peux plus.

— Tu viens d'apprendre la mort de Luis Mariano ?

— Fous-toi de moi ! Non, chaque été, c'est le même schisme, je dois être allergique à une espèce de pollen.

— Ça se soigne.

— Je connais, ils m'ont entaillé les bras dix mille fois, ces cannibales, ils m'ont badigeonnée dans tous les sens, j'attends encore les résultats. En galère, j'espère que ça passera. Tu m'excuses, ce soir je joue relâche. Tu viens d'Aix ? Les études ça marche ?

On ne peut mieux. Je la rassure. Ne jamais entrer dans les détails, les gens s'en moquent. À demande en carton, réponse en bois. Je lui tends mes cadeaux :

— Tu me gâtes ! Fallait pas ! Tu as vu ta mère ?

— J'en viens.

— Elle me désole. Plus ça dure moins je la comprends. Ton père, je reconnais, ce n'est pas vraiment un cadeau, mais enfin à quoi rimait de le quitter de cette façon ? Tu peux me le dire ?

Je ne puis. Je suggère :

— Elle ne supportait peut-être plus son déodorant.

Bon public, Fé s'esclaffe :

— Ne me fais pas rire, je t'en prie. Elle te parle ?

— Elle m'a proposé de la soupe pas plus tard que tout à l'heure.

— Je vois, moi pareil, pas moyen de lui arracher quatre mots. Tu sais, elle me fait penser à une maison abandonnée. Elle pourrait servir, à part qu'il manque le toit.

Bonne métaphore, ma mère ne s'habite plus. Où est-elle ? Nous chassons peut-être dans les mêmes pâturages, qui sait ? Je fredonne :

— « Un jour, tu verras
On se rencontrera... »

Tante réagit :

— Attends ta chanson, je la connais, elle ne date pas d'hier.

— Prévert, Kosma. Tu as dû l'entendre dans un vieux film.

— Ne m'en parle pas. Le cinéma, avant, c'était autre chose.

Place à la nostalgie. Tante égrène des souvenirs, elle en oublie de se moucher. Le seul tort du présent, c'est de ne pas être révolu. Une fois passé, on en redemande.

Au moins, Fé s'exprime. Elle retrouve son tonus, se lève :

— Anne, je manque à tous mes devoirs. Je t'offre quoi ? Une bière ? Un vin de noix ?

— Ton vin de noix, je préfère.

Nous sirotons, moi sa décoction, elle ma Brizard. Sympa, son intérieur. Tatie a pas mal bougé au cours de sa carrière à la Poste. Les souvenirs se ramassent à la pelle.

— Tu n'as pas connu, avant ça s'appelait les PTT. On disait : les Petits Travaux Tranquilles. Après le tri, je suis passée en agence, tu avais ton village à toi, tu vendais tes timbres, tu faisais les appels pour le téléphone, tu comptais les mots des télégrammes. Tu étais la reine, presque autant que l'institutrice, sans blague. Plus peut-être, tu connaissais tous les secrets, sans compter la paye qui tombait recta à la fin du mois. Tous les types du patelin te couraient après, une fonctionnaire, tu penses ! En plus, tu avais l'impression de servir à quelque chose.

Elle a vu du pays, tante. Si elle se retrouve ici, au fin fond du bout du monde, c'est par choix. Elle veut son calme et son ciel clair.

— Fé, tu es la meilleure. Et ton économie libidinale, tu en es où ?

— Pardon, ma quoi ?

— Tes amours, si tu préfères.

— Ne m'en parle pas. Gaston – cet oiseau rare s'appelle Gaston je te jure ! Eh bien figure-toi qu'il veut essayer la marchandise avant d'acheter.

— Et alors ?

— Il me prend pour quoi ? Pour le Minitel rose 36 15 Félicie ? Il rêve !

— Les fiançailles ne se passent-elles pas toujours plus ou moins de cette façon, tatie chérie ?

— J'admets, seulement avant je pouvais me le permettre, la marchandise, comme il dit, était fraîche. Et en plus, j'étais souple, l'exercice ne me faisait pas peur. J'y allais à la manœuvre.

— Et donc, tu lui réponds quoi ?

— Qu'il aille se faire voir. Je t'explique, les hommes sont des toutous. Une fois ça compris, c'est réglé.

— Tu leur donnes un sucre et ils remuent leur moignon ?

— Rien du tout. Tu te montres maîtresse d'entrée de jeu : le pouvoir ne se partage pas.

J'en siffle d'admiration :

— Bravo ! Je peux noter ?

— Je t'en fais cadeau. Celle-là, quelqu'un a dû la sortir avant moi, mais ne va pas me prendre pour une bécasse.

— Jamais ! Si je comprends bien, ton Gaston boude.

— Voilà, depuis deux jours. Qu'est-ce qu'il se figure ? Tu dois le voir pour le croire. Ses soixante-dix berges, il les paraît largement. Même une professionnelle n'en voudrait pas, elle aurait trop peur qu'il lui claque sur le filet, si j'ose dire.

— Tu le lui as dit ?

— Non, ils sont susceptibles ces animaux, et rancuniers en plus. Amuse-toi à les vexer, tu n'as pas fini, leur petit vélo se coince. Après, il te faut reprendre les séances à zéro, et lui jurer que son popol c'est le plus grand pied depuis la reine Berthe.

— Ma tante, vous frisez la vulgarité.

— Tant mieux pour elle, c'est gratuit.

Elle étouffe un bâillement, je demande :

— C'est l'heure du marchand de sable ?

— J'avoue. Demain, je dois tenir la forme pour ma séance de charme, si jamais il repasse.

— Bonne chance, tu me raconteras. Je te laisse.

— À bientôt, Anne, tu connais le chemin. Ne m'embrasse pas, je dois sentir le foin mouillé. Sauve-toi.

Et de deux. Si j'en profitais pour passer voir papa ? Son troquet doit être encore ouvert. On s'offre la tournée des familles, ma grande ? Tout ce qui est fait n'est plus à faire.

Je prends la route de Vonges. Bientôt dix heures. Il a plu ces derniers temps, je navigue dans un océan de verdure. Attention, l'herbe a envahi les talus, on voit mal ce qui débouche d'en face, et le jour baisse. Tant pis, phares éteints, je coupe les virages, il faut mener une vie dangereuse. Et puis j'aime les accidents, ce pur moment où tout bascule. Rien n'est joué, deux secondes et le monde peut exploser, toi avec. Tu t'en sors, ou alors bonjour la chaise roulante.

J'arrête, je me serre. Plus envie. Papa, je le vois comme si j'y étais, derrière son comptoir, en train de jouer au patron de bar avec sa fine équipe, tout sourires.

Dès que je débarquerai, il va prendre son masque sérieux d'homme responsable. Je sais d'avance ce qu'il me sortira. Quel intérêt ? Nous ne sommes pas mariés.

Doucement, avec Sophie c'est pareil, non ? Peut-être, mais elle me fait pitié, pas lui. Je suis une grande fille. Je n'importune personne. Je n'ai rien à supporter de quiconque, jamais. Donc, pas de corvée de père.

J'hésite, l'enjeu n'est pas là. Je connais la vraie question : à quoi rime de continuer ? J'ai choisi de vivre ma mort de mon vivant, disons. Mourir n'est pas un problème, tous les jours des gens sans imagination y parviennent. Imagine, le repos, enfin, la grande sieste... C'est fatigant de persister jour après jour. Le temps me dure.

Oui, mais j'ai à faire, je dois tenir. Volontaristes de tous les pays, unissez-vous. Je continue. Tu te souviens, Brassens, la *Marine* ? *Content, pas content, content* ? Contente, je ne le suis guère. Quelque chose ne passe pas. Nous verrons plus tard, j'ai ma dose d'états d'âme pour le moment. Je me force, j'y vais quand même. Vingt minutes et c'est réglé. Papa puait le tabac froid.

D'emblée j'ai su que c'était elle, que ce serait elle, voilà. Je me trouve devant la B.U., j'en sors. Je voulais un ouvrage précis, pas un fromage, et donc je consulte le Minitel. J'obtiens la cote, enfin, celle du livre. Je fais la queue, j'attends. Le type devant moi a des pellicules, je n'ose lui demander s'il en fait l'élevage. Et la fille qui nous précède porte des collants à motifs bleus, on jurerait des varices. La prévenir ? La douce va s'imaginer que je la drague. Souffrons en silence. Mon tour arrive, je formule. La secrétaire tapote son clavier. Elle annonce :

— Il est en mains.

— Au pluriel ?

— Comment ça ?

— Rien n'empêche un manchot d'emprunter, n'est-ce pas ?

— Vous êtes un petit marrant, vous.

Marrant, on peut en discuter. Petit, moi, Pierre Saunois, pas vraiment, il m'arrive de culminer à 1 m 86, le beau bébé. Cette stature, entre autres avantages, permet de se cogner le crâne dans pas mal d'endroits sans avoir à sauter. Dans une autre vie, je serai nain de jardin.

Ce livre est en mains, et moi en rade. Que faire, l'acheter ? *Approche de la littérature latine, des origines à Apulée*. Un worst-seller à coup sûr. Apulée était-il Berbère comme saint Augustin ? Apulée de nous autres, diraient certains. Résigné, je vide les lieux.

Sur le parvis, j'observe un moment le va-et-vient de l'étudiant laborieux. Des fumeurs fument à ciel ouvert. Fumer devient une tare, les temps se durcissent.

Parlons-en. À l'époque d'Apulée, le tabac se consommait fort peu. Certes... Quant aux filles présentes, elles paraissent bas-de-gamme dans l'ensemble. Rien d'étonnant, fin juin nos bouleversantes barbotent déjà dans les eaux impures de Saint-Tropez, j'imagine. Ici, nous avons affaire au stade chrysalide, là-bas aux insectes parfaits. L'entomologie est l'avenir de l'homme.

À quoi tient le destin... Au départ, je voulais faire lettres. Je passe donc à la fac m'inscrire, un matin. Le secrétariat de cette matière se trouvant fermé, je prends la première option ouverte, l'histoire. Simple à comprendre, j'avais laissé la voiture au garage et au diable, et je demeure place des Cardeurs, en plein centre. Ce n'est pas la porte à côté. Recommencer le safari, pas question. Comme tous les grands imaginatifs, les efforts médiocres me rebutent. Voilà comment naissent les vocations.

Apulée... Joli nom pour un teckel ou un cheval de course. N'empêche, pour le coup je me suis fait avoir, historiquement parlant. Je ne demandais pas la guerre dans le Pacifique sur un plateau, Midway, Coral-Sea, Bataan, mais tout de même... La méthodologie, quelle horreur ! Quand je serai dictateur, il n'en sera plus question. Un de ces jours, j'irai feuilleter le programme de lettres, voir à quoi j'ai échappé. Ce ne doit pas être triste non plus.

Mais c'est elle que je vois. Elle s'avance, mince, droite comme une lame. Elle ne regarde rien, elle passe... Je reste figé. Elle est passée. Je me secoue, me retourne. Trop tard, elle a disparu. Imbécile, il fallait l'arrêter ! Pour lui demander l'heure ? Attends, elle est sans doute devant un Minitel... J'y retourne illico, j'inspecte. Non, nada. J'ai des visions, il me faut revoir mon taux de magnésium. Je jure, je l'ai vue. Elle ressemble à Louise Brooks. Sa coupe de cheveux, son allure. Certes, et dans la catégorie dépendeur d'andouilles, je me défends.

Ce choc me réveille, j'en avais besoin, parce que la fac, chapeau. J'arrive donc, croyant débarquer en plein enseignement supérieur, c'est écrit. Supérieur en quoi ? Je ne me pose pas la question. Je m'attends à voir mon esprit se dilater, comme les choux dans les dessins animés, quand on les arrose. Je vais m'épanouir sous le soleil de la connaissance. La rosée du savoir irriguera ma matière grise. Palier par palier, ma vision du monde s'élargira...

Tarare. Cette fac, c'est le genre patronage ramollo. J'attends encore. Pas mal, le parcours du combattant, je reconnais : premier niveau, soixante crédits. Cette mentalité de gagne-petit me tue, à quoi ça rime ? Ne me raconte pas que je poursuis ma croissance, j'ai donné.

Les profs me sidèrent, ils n'ont pas l'air concerné, mais alors pas un brin. Ils viennent, parlent, se vident comme des tubes de pâte dentifrice, inutile de leur presser le nombril. Puis ils disparaissent, tchao les petits, merci pour la prestation.

Leurs victimes paraissent résignées. En cours, d'aucuns prennent des notes, les meilleurs, les futurs survivants. Avec le temps, nos rangs s'éclaircissent. Plusieurs de mes condisciples ont déjà rejoint les poubelles de l'histoire. Les autres subissent. À chacun selon son karma.

Je reste. Papa le souhaite. Je suis à ses yeux « le sujet supposé poursuivant ses études ». Je n'ai pas à pleurer, il m'a laissé le choix. Père, avocat d'affaires, aurait pu exiger mon inscription en droit, ainsi naissent les dynasties. Non, mes erreurs m'appartiennent. Il ne me demande rien, sauf de continuer sur ma lancée du moment que j'évite la drogue, les MST et que je n'engrosse pas de cas sociaux. J'obtempère sagement. À partir de là, il paie, il en a les moyens. Je représente un non-investissement à fonds perdus, l'homme assume, il a les reins solides.

Maman, autre chanson. Papa gagne, elle dépense allègrement. Il n'y a donc pas capitalisation primaire dans la famille. Je l'appelle BTS, cela signifie Born-To-Shop pour les initiés. Il existe aussi STID : Shop Till I Drop, mais je préfère le premier pour sa brièveté.

Chez mère, l'acte d'acheter relève de la compulsion. C'est un art et un devoir. Elle sait précisément ce qu'elle veut et se met en quête, une fois achevées ses peintures de guerre. Le gibier ramené, elle s'en désintéresse. Le chasseur de race chasse pour chasser. Je la crois heureuse, cette passion suffit à remplir sa vie.

Elle m'a mis au monde, elle le devait. Ce détail réglé, mère est passée aux choses sérieuses, ses chers achats. Je n'étais pas concerné, l'amour maternel ne se trouve nulle part en rayon. Quant aux tâches subalternes, elle fait confiance aux bonnes.

Oh, j'en ai vu. J'en ai usé, des nounous, des vertes et des trop mûres. Je ne m'en plains pas, elles m'ont fourni ma ration d'amour, mercenaire soit, quel amour ne l'est pas ? Tous se vendent, d'aucuns se détaillent, la différence est là.

Tout gosse, je vis dans la lune. Le monde adulte me semble étrange, j'en ignore le mode d'emploi. Alors je lis. Personne n'y trouve à redire, au contraire. Je ne fais pas hurler la télé, je ne bouge pas, ne réclame rien. C'est parfait :

— Lis, mon petit !

Je lis. Les livres m'offrent la seule réalité qui vaille. Eux sont disponibles, ils demeurent, ne me laissent pas tomber. Ils possèdent une évidence, une densité, auxquelles je me raccroche. En dehors d'eux, rien, juste cette sorte de béance où le temps s'engouffre et qui m'engloutirait s'ils n'étaient là pour me retenir.

Je continue. J'adore mes super-héros, Batman, Spiderman, Super Man, Green Lantern. Ma faiblesse s'abreuve à leur force. Un jour je serai l'un d'eux. Je traquerai les monstres, le monde m'aimera, je le sauverai.

Je vis seul dans mon univers merveilleux, seul avec mes demi-dieux. Je leur parle, ils m'acceptent. Nous sommes complices. Sans eux, qui me prêterait attention ? Papa, pas là. BTS effectue ses Touch-and-Go, ramène son butin. Il lui arrive de constater que j'existe. Elle s'inquiète même de ma garde-robe, c'est son domaine. Elle la remplume au petit bonheur, puis repart vers de nouvelles razzias.

Je vis. Une vague inquiétude me ronge. Tout devrait aller, rien ne va. Quelque part, un registre reste ouvert, je le pressens. Un jour, on exigera des comptes, je sais. Je devrai payer. On me tolère, sans plus, en attendant. Je n'ai pas le droit d'exister. Pourquoi ? Mystère. Je ne connais pas l'acte d'accusation. Je n'en parle à personne, sauf à Dédou, vaguement.

Lui, c'est mon copain de toujours. Issus de familles proches, socialement parlant, nous avons grandi en parallèle, fréquenté les mêmes écoles privées, tout partagé. Il a mis ses pas dans mes empreintes, j'étais le plus grand. Je le reste.

Physiquement, tout mon contraire, Dédou, un petit râblé frisotté. Il fait histoire, également. À l'occasion, nous jouons au morpion dans le fond des amphis. Il ne partage pas mes angoisses, tant s'en faut. Lui s'en fout. C'est un lubrique émotif non actif.

Justement, il est là, nez au vent, contre un pilier. Il m'attend. Je l'aborde :

— Salut, camarade. N'es-tu pas sidéré par l'équivalence de toutes choses, surtout ces temps derniers ?

Il secoue les épaules :

— Va donc voir un psy, Pierre. J'ai toujours pensé que tu n'étais pas clair. Tu es trop grand, comment veux-tu que ton sang impur abreuve ce qui te sert de cerveau ?

Il ricane bêtement, content de lui. Je prends sa nuque en fourchette, entre pouce et index. Je serre en soulevant. Il tousse, fait signe qu'il capitule. Je le relâche :

— On demande quoi au monsieur, Dédou ?

— D'accord, pardon, espèce de brute ! Mais je ne pige pas. Tu ne vois pas toutes ces nanas en roue libre ? Tu es beau gosse que tu n'en peux plus et tu ne bouges pas ! Tu attends quoi ? Mec, c'est le printemps ! Moi, à ta place...

À ma place, vu son charme, il prendrait des baffes. Je l'écoute distraitement, je connais sa chanson. J'ai quand même réussi à tenir presque un an ici, en fac, entre ces murs pisseux tagués à l'os et ces affiches débiles placardées dans tous les coins. Joli décor. Très franchouillard, je reconnais, ce côté crade bien de chez nous. Tant qu'à bâtir, autant que ce soit n'importe quoi, vite fait mal fait, moche de préférence. Et quitte à enseigner, pourquoi ne pas faire bâiller son monde ? Restons calme.

Nous regagnons le centre. Dans l'allée, sous les cyprès, les genêts sont en fleur. Les taches rouges de quelques coquelicots éclaboussent l'herbe. Dédou ne voit rien, trop occupé à causer filles. Pas facile pour lui, vu son apparence médiocre, il ne renonce pourtant pas. Les copines il se les fera au baratin, parfaitement, à l'usure, il dit. Certes, un jour une d'elles finira par céder pour avoir la paix. Dieu est le plus grand.

Près du portail, admire, le bouquet, le un pour cent, l'œuvre d'art officielle. Après l'hécatombe de 18, nos trente-six mille communes, ou ce qu'il en restait, encaissèrent la déferlante baroque des monuments funèbres. Petit poilu, c'est aujourd'hui ta fête... Nos héros étaient morts à temps. Ils n'ont pas vu ce qui les attendait.

À présent, place aux civils. Chaque bâtiment public a droit à son chef-d'œuvre. Notre fac n'y échappe pas.

Juste à l'entrée, des plaques de blindage mahousses, rouillées, bordées de boulons, jaillissent du sol, une réussite dans le genre. Elles symbolisent l'état de l'enseignement supérieur, un désastre, une guerre perdue de longue date.

Dédou s'arrête pile :

— Tu en penses quoi, Pierre ?

— Je suis plutôt d'accord, petit camarade.

— Sans blague, répète un peu ce que je viens de dire !

— Quel intérêt ? Tu bavasses, tu produis du bruit avec ton système buccal, je reconnais, c'est assez mélodieux. Si en plus il fallait comprendre...

— Ça suffit. Je ne discute pas avec les brutes !

— Doucement... Un conseil, tu devrais te mettre aux abdos, minable que tu es. Tu arrives encore à voir ton jet quand tu...

— Là, tu exagères, je te signale.

— Ne nous fâchons pas, Dédou, je retire.

— Trop tard. Salaud, tu me débectes. Tu joues les gentils, mais tu triches, ne me prends pas pour une bille. Tu vas trop loin, je te préviens. Un jour tu te feras moucher, tu ne l'auras pas volé, ordure !

Il n'a pas tort. J'ai l'air paisible, la force tranquille, cependant il m'arrive d'exploser. Dans ces moments, je vois comme un voile blanc, je ne reconnais plus rien. Si je me fâche, je tue, obligé. Pas méchamment, certes, le jury appréciera.

Je me défoule, il faut. Chez moi, j'ai installé dans une pièce une panoplie d'engins. Je rame, je pédale, je soulève de la fonte. J'en ai besoin. Une énergie qui ne s'évacue pas se retourne contre elle-même.

Que dit Dédou ? Ce roquet profère sur sa lancée. Je suis un fauve, en gros. Ah bon... Ne commentons pas. Nous dépassons la muraille du rectorat, du béton, une merveille de l'architecture stalino-martienne. Jésus, voir Sarcelles et mourir... Et voici l'apothéose, l'antique cité des Fenouillards, jaune bileux et pistache prédigérée. Une époque qui aboutit à de tels renoncements ne mérite pas de survivre.

As-tu remarqué ? Les anciennes facs se trouvaient au cœur même de la cité, face à la cathédrale Saint-Sauveur, juste deux hôtels particuliers. Pour les nouvelles, des casernes en fait, c'est la dégringolade, il faut descendre presque dans le lit de l'Arc. Symbolisme pas mort, petit frère.

Dédou m'abandonne, il m'a assez vu. À sa guise, qu'il boude. Je lui tapote l'épaule :

— Ton joyeux babil va me manquer, crois-le bien.

Il répond qu'il préfère ne pas répondre. Voici de sages paroles. Adieu l'ami et enfin seul.

Si je m'offrais une corvée de bois ? Nous avons un jardin, dans notre villa d'Éguilles, donc de la place. Papa s'en fait livrer des monceaux. Je scie, je fends, je me dépense, le vrai bûcheron canadien.

Bizarre, les familles, ces sortes de billards mous, ces nécessités pas si nécessaires. Mallarmé a raison, un coup de queue n'abolit pas le hasard, il le démultiplie.

Gentils, mes parents, dans l'ensemble. Ils ne mordent ni ne bavent. Leur discours reste cohérent, bien que ne véhiculant pas grand-chose. Le langage n'est pas censé communiquer. Il s'agit au mieux d'un tissu conjonctif, n'importe quel linguiste confirmera.

Je les aime bien, mes vieux. Tout va, à condition de

ne rien demander. Je parle des sentiments forts. Ils doivent m'aimer aussi, à leur façon, quand ils y pensent, mais y pensent-ils ? Ils pourvoient au nécessaire, le reste peut attendre. Donnez-moi un désert, le vide sera moins vide.

À Aix, même chose, je n'en finis pas de me sentir seul. Pourtant vingt mille étudiants, ou le double, squattent la ville. Mes contemporains il paraît. À côté d'eux, je me sens comme un de ces braves vieux brontosaures qui broutaient naguère leurs brocolis au pied de la Sainte-Victoire.

Me plaindre serait déplacé, je reste un privilégié. Pourtant je continue à traîner ce malaise sans cause. Si au moins j'avais une raison concrète, pied bot, bec-de-lièvre ou regard sartrien, que sais-je ? Hélas, pas la moindre tare. Mon physique plaît, je n'y peux rien. Les demoiselles me le font savoir. Moi l'aimant, elles la limaille. Je connais, j'ai pratiqué, l'occasion, l'herbe tendre, avec une aimable voisine. À Éguilles, justement.

Nous passâmes à l'acte, un genre de Lego informel. Pas déplaisant, mais outrageusement surévalué, comme le caviar, mettons. Inutile d'en faire un plat. La chose me semble un tantinet grotesque, l'agencement reste primitif, le mouvement mécanique, quant à l'extase, vite vu. Une secousse, terminé. L'ensemble manque d'intimité. Dire qu'on remplit des bibliothèques avec cette balançoire, sans parler de la pellicule gâchée.

En vrai, tout se passe dans la tête, je le constate avec Dédou. La sienne ne pense qu'à ça. Vu son image, il n'enflamme guère l'imaginaire de nos tendrons. Dix centimètres de plus, vingt kilos de moins, et ce primate aurait les sinus dégagés. À quoi tient le bonheur ? ! Il gagnerait surtout cet équilibre intérieur, apanage des cœurs purs. Dans le domaine sentimental, les gens espèrent toujours prouver quelque chose. Il n'y a rien à prouver, cela se saurait.

Il m'est arrivé de renouveler l'expérience avec d'autres que mon Éguillette, sans insister. Ces demoiselles en demandent trop. Elles vous offrent en prime, avec l'usufruit de leurs charmes, un futur à crédit, réglable en trente ans et plus si affinités. Merci. L'avenir est un miroir aveugle. Qu'il attende.

Pour finir, je retournai à mes premières amourettes. C'était du fraternel, un genre d'inceste à la bonne franquette, sans surprises. Après, nous pouvions causer, c'est selon. Elle ne me demandait rien. Je n'en voulais pas davantage.

Le bois, une autre fois, je n'ai pas le courage de me déplacer. Je traverse le cours, je passe à la Bulle noire, mon magasin de comics, voir si le dernier *JLA* (Justice League of America) est arrivé. J'avoue, je garde un faible pour cette mythologie des temps modernes. L'argumentaire se renouvelle peu : des méchants veulent détruire le monde, à savoir les USA. Nos héros s'y opposent victorieusement, grâce à leurs super pouvoirs. Simpliste, certes, mais on distingue en creux l'empreinte d'un manque, une aspiration vers davantage de justice, c'est vrai. Nous avons la culture que nous méritons, celle-là en vaut une autre et le graphisme est fabuleux.

Pas de chance, pas de *JLA*. Je feuillette le rayon des mangas. Ces japoniaiseries ne m'accrochent pas. J'ai du mal à me concentrer. Je repense à cette fille, celle de la bibal. Je l'ai à peine entrevue, pourtant elle me manque. Louise Brooks... Je la vois encore, son image flotte dans ma brume comme une persistance rétinienne. Je souhaiterais tenir sa main, sans plus, exister pour elle. Je rêve, elle ne m'a même pas regardé. Ou alors, vision latérale, qui sait ?

Mon gars, il fallait t'allonger devant ta merveille. Quelle différence ? Une bûche s'enjambe. Pourquoi cette fille ? Parce que. À quoi rimerait de répondre : parce qu'elle est différente ? Différents, nous le sommes tous, et certains moins que d'autres.

Si, elle l'est. Elle ne regardait rien, on l'aurait crue seule. Pouce, arrête ce cirque, bel astre. Tire l'échelle, il ne s'est rien passé. D'autant que cette apparition, je l'ai mal distinguée. Ton inconnue se trouvait à contre-jour. C'était peut-être un mirage.

Si, j'insiste, quelque chose s'est produit. Admettons, d'habitude ce phénomène relève plutôt du domaine des bergères, Bernadette Scoubidou, Fatima, tout ça... Mon cas n'est pas désespéré, tout cela se traite.

T'en souviens-tu, dans *La Dolce Vita*, de cette scène où les gamins courent après la Vierge, entre les gouttes et les caméras ? Traite-moi de cinglé. Elle existe, la preuve, elle marchait dans son ombre, le casque noir de ses cheveux nimbé par la lumière. Je me suis écarté, sinon elle me traversait. Je la trouverai, elle n'était pas à la fac par hasard, il n'y a pas de hasard.

Admettons, et changeons de sujet. Je dois délivrer un exposé sous peu : « La France dans l'Europe des nationalités, 1848-1914. » Excitant, j'avoue.

Assez flirté, je prends un *X-men*, j'abandonne la Bulle noire. Me revoici place des Cardeurs. Une marée de parasols envahit l'espace en pente douce. Nos transhumants sont de retour. Ils reviennent, été après été. Leurs troupeaux se succèdent, vague après vague, le bétail ne varie guère. Il vieillit, voilà tout. Les grandes migrations prennent de la bouteille et moi l'escalier.

Ma chambre occupe un dernier étage, presque au coin de la rue de Saporta. De mon perchoir, j'aperçois le faîte des platanes, j'entends monter la rumeur de la ville. Par moments, des bouffées de musique me parviennent. Agréable, cette ambiance, et je me sens creux. Une petite faim ? C'est l'heure. Non, il s'agit d'autre chose, d'un autre vide. Cette fille me manque.

Doucement, ne confondons pas tout. C'est d'abord une question d'appétit, fils. Je n'ai pas déjeuné, une carcasse comme la mienne s'alimente. Nous en reparlerons après une pizza, l'artiste. Je m'en moque bien, tu peux la garder. Je suis heureux. Enfin j'éprouve quelque chose, c'est fabuleux. La pizzeria, une autre fois, je n'ai pas le courage d'affronter mes frères humains. Ma joie, je me la garde. D'abord un brin de décrassage. J'enfourche mon vélo-trainer, je pédale une demi-heure, l'équivalent de dix kilomètres. Ensuite je rame un moment. Enfin je prépare mon plat de choc : pois chiches, oignon cru, tomates, huile d'olive, un filet de vinaigre, servez froid. Plus un yaourt pour la flore, enlevez c'est pesé.

Dédou devrait en faire autant, il s'enrobe. Ce cachalot accuse son métabolisme et prétend que quand je mange le gigot, je perds un kilo. Et lui la gousse d'ail, il en prend deux. Il oublie la junk-food qu'il s'offre entre les repas : les chips en carton cancérigène, les barres de Mars. On ne naît pas Dédou, on le devient.

Du temps a passé, j'ai survécu sans Louise, et voici venue l'heure de l'exposé. Je me demande à quoi je joue. Je n'y crois pas, j'y vais quand même, salle C22. Le prof me présente, présente le sujet. Lui, c'est Bélugon, un timide. Il débite ses cours posté de trois quarts, d'une voix mécanique, et nous endort avant d'épuiser son sujet. L'histoire l'a desséché en le retirant du présent, il s'est fossilisé vivant. Je m'installe sur l'estrade. J'ai affaire à un groupe de travail, une vingtaine d'amateurs, Dédou compris. D'entrée je fais fort. J'annonce :

— Vous trouverez dans n'importe quel manuel le contenu de l'exposé que je devais vous présenter. C'est donc sans intérêt. Je préfère vous parler de Flaubert, plus précisément de : « La Perception de la durée chez Flaubert. »

Je jette un œil sur Bélugon. Il se garde de réagir. L'historien exploite l'événement, il ne le modifie pas. Mais du coup, mon public se réveille presque.

Je commence. Sitôt que je mentionne l'édition Conard, les autres moules clapotent de joie sur leurs travées. Il leur en faut peu. Je les laisse se calmer. Pour information, je leur signale qu'à la même époque, l'éditeur de Baudelaire se nommait Poulet-Malassis. C'est reparti. Cette fois, Bélugon me conseille de ne pas m'attarder. J'obtempère.

Mon sujet m'intéresse, si seulement Loulou était là... Revenons à Flaubert. Notre Gustave a passé sa vie à se sentir vieux. Il déprimait comme on respire. Il faut lire sa *Correspondance*, et particulièrement ses lettres à l'Aixoise Louise Colet. Il revient sans cesse sur ce thème. Dans *L'Idiot de la famille*, Sartre prétend étudier le phénomène, mais ce grand homme dérape. On n'écrit pas impunément sous amphètes. Il nous donne donc un livre clinique concernant son propre cas. Et j'insiste : clinique, pas critique.

J'aborde à présent *Madame Bovary*. Bélugon fixe le plafond. Un freluquet mâchouille de la gomme. Deux filles discutent, tranquilles. Elles sont sympas, elles ne me zapent pas. Dédou, pas rancunier, leur demande de la fermer. Il faut tenir vingt minutes. J'ai posé ma montre devant moi, j'y parviens sans délayer. Conclusion : nous sommes toutes des Bovary.

Terminé. Y a-t-il des questions ? Silence dans les rangs, personne ne réagit, bien entendu. Dédou applaudit en solitaire. Au prof de jouer.

Ce cher homme y va de sa critique. Je pourrais la faire, dans les mêmes termes, sachant d'avance ce qu'il va dire, comment il va le dire et pourquoi : il est payé. Bélugon, c'est un métier.

Il commence par me tresser des lauriers. Il apprécie ma culture et mon originalité, mais ne peut hélas me noter, je n'ai pas traité le sujet. Ce pédagogue utilise une langue de bois universitaire, du correct, ni vagues ni embardées. Je le regarde, il paraît usé. Trop d'études sans intérêt, trop de cours sans y croire. Végéter à l'ombre des morts vous zombifie son homme. L'enseignement est une voie de garage, vous laissez votre vie en consigne. Le pauvre diable vivote en dehors de cette histoire qu'il prêche dans le vide. Il le sait. Comment peut-il s'en arranger ? Toute existence reste un mystère, envisagée du dehors. Bélugon, à part d'exister, je n'ai rien à lui reprocher. Qu'on se le dise.

Ce brave présente une intéressante variété de tics. Son épaule droite tressaute comme si une bestiole le piquait, chaque deux minutes environ. Côté verbal, en fin de période il ajoute : « S'pas. »

Écho. La salle apprécie cette manie et lui renvoie son « s'pas ». D'ordinaire il ne s'en émeut guère. Cette fois il nous toise, de l'œil froid du cabillaud en promotion. Il déclare :

— Vous êtes des gamins.

Exact, la fac c'est la garderie, la mûrisserie de bananes. Elle sert d'abord à nous mettre hors circuit, et nous ne l'ignorons pas. Tant que nous restons étudiants, nous n'enflons pas la courbe du chômage, autant de gagné pour l'emploi, côté statistiques. Nous jouons donc un rôle social. Sur ce, ma voisine me demande l'heure. Je détache ma montre, la lui tends, qu'elle se serve. Je la connais, de la grassouillette standard. Elle essaie de me draguer depuis le début de l'année scolaire. Elle a même raccourci les bretelles de son fixe-gorge, ces choses-là sont rudes. Dédou me l'a affirmé, pour ce genre de détail il a l'œil, on peut lui faire confiance.

Au fait, que devient-il ? Il s'active. Mon têtard en manque est en train d'entreprendre une kolkhozienne en maillot de marin. Toujours les yeux plus grands que la tête, on ne le changera pas. La belle mâche aussi de la gomme. S'il insiste, elle va lui coller son Chiclets sur le clapet.

Ce kamikaze attaque tous azimuts, aussi bien les boudins en solde que les stars, et se ramasse des gamelles pas possibles sans renoncer pour autant. J'apprécie, la libido est une force sauvage, la sienne surtout. N'empêche, il ne se décourage pas. Bélugon en a terminé, match nul. Il ne s'est rien passé, juste un coup d'épée dans la mare. J'ai parlé dans le vide. Tant pis, ce n'est pas si grave, le monde changera de face une autre fois.

Nous sortons. Dédou prétend que je me suis bien défendu. Il paiera pour les autres. Je le contre :

— Pas toi, je t'ai vu avec ton king-kong femelle. Pourquoi ne choisis-tu pas plutôt une chèvre naine ? C'est mignon, vous feriez un beau couple, je t'assure.

Il me traite de pauvre type :

— C'est facile, toi elles tombent rien qu'à te voir, tu ne te baisses même pas pour les ramasser. Et moi, hein ? Tu y penses ?

— Je ne pense qu'à ça. Je t'achèterai un escabeau.

Il encaisse peu mon humour et me maudit, ainsi que mes ascendants, sur autant de générations que son souffle le lui permet. BTS constaterait un manque d'éducation, Madame Mère tient aux apparences. Grand seigneur, j'offre un pastis à Dédou. Une groupie se soigne.

De la terrasse du Grillon, nous observons le flux sur le cours. Du jupon quelconque, quelques rares divines. Dédou frétille, me lance un coup de coude :

— Pierre, vise un peu celle-là, le morceau !

— Oui, et alors ?

— Tu es miraud ou quoi ? Elle est fabuleuse !

— Pas encore, que je sache.

— Qu'est-ce que tu débloques ? C'est un canon, je te dis.

Je ne me perds pas en explications, à quoi bon ? Je constate :

— Admettons. La répartition de ses tissus adipeux

répond aux exigences d'une mode actuelle imbécile, mon lapin.

Dédou s'excite :

— Crétin des Alpes ! Tu ne cracherais pas dessus, ne prétends pas le contraire.

— Cracher, pourquoi veux-tu ? Elle ne m'a rien fait.

— Oh, ça va, commence pas à causer comme un... comme un foutu charlot d'académicien, tu me gonfles.

Et lui me fatigue.

— Cela te va bien de me traiter d'académicien, espèce d'alpiniste à la manque.

— Quoi ?

— On dit comment. Toi, c'est la Jungfrau ou rien, pas vrai ?

L'image l'amuse :

— Tu as tout compris.

— Et toi, rien, cloporte. Écoute, essaie d'enregistrer : tu vis dans l'espoir. Si jamais tu grimpes ta diva, terminé. Tu n'auras plus rien à attendre, tu seras donc désespéré, même un mongolien le comprendrait. Je te souhaite de persévérer dans l'échec. En plus cela te va bien.

— Tu es vraiment tordu.

J'approuve et nous prenons un autre pastis. Le garçon ressemble à Keaton, Buster. Il ne manque pas d'allure, chemise blanche avec cordon noir à glands d'or, gilet noir, tablier blanc, pantalon noir, tout à fait le toréador en demi-deuil. Qui sait ce qu'il peut bien penser de Sartre ?

Le soleil donne, pour cause. Les platanes du cours ne s'arrangent pas, tondus comme des caniches. Quelle manie, mutiler ces arbres ! Quand je serai dictateur, la jungle refleurira, les gibbons sauteront de branche en branche dans les allées. Et vlan re-coup de coude :

— C'est à quel sujet ? Tu viens de voir Madonna ?

— Pas encore. Tu as remarqué les filles, leurs sacs à dos ?

— Certes, on trouve aussi des modèles avec bandoulière et des bananes.

— Toi-même. Tu sais à quoi ça sert, pauvre demeuré ?

— À remplacer le sac à main, j'imagine.

— Tu dates. Ça sert à trimbaler la bouteille d'eau et les Kleenex. Et sais-tu pourquoi ?

Je crains le pire :

— Dis toujours.

— Après la pipe, elles se rincent la bouche et elles s'essuient, pas compliqué.

Je ne suis pas déçu :

— Bravo, Dédou, ton romantisme te perdra. Il est temps que tu rejoignes un élevage.

— De quoi ?

— Des juments, des vaches, pourvu qu'il s'agisse de mammifères. Un passage régulier à la trayeuse automatique te ferait le plus grand bien, crois-moi.

Cette fois, il encaisse mal. Il se lève :

— Tu es trop... Tu m'écœures. Je préfère me casser.

Monsieur dégage, monsieur est vexé. Cela lui passera, il doit exister des problèmes plus graves si on cherche. À côté, des types pérorent en picorant ou le contraire. Ils sont trois, costume, cravate, attaché-case, genre cadre. Ils abordent le stade où l'on refait le monde. Ces braves n'ont pas tort, il en a besoin. Ah, écoute. Un d'eux se lance :

— Voilà, je prends le Mur des Lamentations, je le rase, avec les morceaux je reconstruis le Mur de Berlin. D'un même coup, je liquide la question palestinienne et les problèmes de l'Allemagne.

Époustouflant, je m'en veux de ne pas y avoir pensé, il y a là matière pour un exposé magistral. Tout à fait mon frère, et ça ira comme ça, on s'y met. Une seule urgence, retrouver cette fille. Facile, ne bouge surtout pas, elle empruntera sûrement le cours.

Je reste. Il fait un temps à lire du Henry James. Pourquoi lui ? Pourquoi non ? J'admire le pelage des passants. Les beaux jours ramènent les shorts, pas si shorts, hélas. Le genre actuel tient de la jupe-culotte mâtinée de tente marabout. Regarde, les nu-pieds féminins exposent des ongles bleus, noirs, verts. Serait-ce contagieux ?

Longue, la patience, je supporte mal. Au-delà de deux secondes, je ne tiens plus, mon côté autiste. Je me cramponne, il suffit de vouloir assez fort. Je veux, j'attends. Pour changer, je m'installe sur la banquette de bois, au fond. Elle repose sur une estrade, on voit mieux. Je bois du blanc, sec. Puis du rosé. Meilleur, le rosé, plus fruité.

Ah... Non, ce n'est pas elle, à refaire. Puis j'ai mon compte, je décroche. Elle est peut-être allergique au Mirabeau ?

Pas question de renoncer, mon petit vieux. Cette fois, je l'espère place de l'Hôtel-de-Ville. L'après-midi s'écoule. Je continue au rouge. De temps en temps, je change de terrasse. À présent, le soleil couchant baigne le sommet du beffroi, le soir approche. Pas elle. Un pigeon se pose sur une table voisine. L'œil rond, il guette. Il l'a peut-être aperçue, qui sait ?

Je décroche, je persévère place du Palais-de-Justice, au débouché du passage Agard. Nuts. Puis place Saint-Honorat, près de la fontaine des Deux Joufflus. Même chose. Ensuite, place des Tanneurs. Dommage de ne pouvoir être partout à la fois. Quand je serai dictateur, je me clonerai.

Pas de Loulou. J'essaie de la dévaluer, elle ne doit pas être si terrible, après tout, je l'ai à peine entr'aperçue. La faute au palu, celui que j'aurai plus tard, une fois conseiller culturel à Manaus ou Kalamazoo. J'en souffre d'avance.

Kalamazoo n'est pas impaludé à ma connaissance. Peu importe, je ferai sans, au point où j'en suis... C'est bien. Heureux les vides, ils seront comblés. Rien de mieux ne pouvait m'arriver. Ce manque me remplit, j'ai enfin quelqu'un à qui penser. Le monde peut commencer.

Puis j'abandonne. Le lendemain, je pense à interroger Dédou. D'accord, elle n'est pas son genre, mais... Je détaille :

— Dis-moi, je cherche une fille, tu l'as peut-être croisée, grande, élancée, en robe noire, avec une coupe à la Louise Brooks.

— Tu dis ?

— À la Jeanne d'Arc si tu aimes mieux.

Il réfléchit. Nous nous trouvons au Grillon de nouveau. Il se tape le front :

— Ah, l'anorexique, le genre Prince Vaillant ?

Dédou tolère mon goût pour les BD. J'acquiesce :

— Tu parles, je ne connais qu'elle, tu la trouveras

en histoire, mais pas avec nous. Elle a choisi une autre option, langues ou géo, je crois. En quoi elle t'intéresse ? Elle n'a pas de corps, tu vois presque à travers.

— Tes corps, j'en ai soupé, je suis végétarien.

— Pas moi. Je vais me faire musulman, je te jure. Leur paradis, tu imagines ? Trois douzaines de souris vierges, d'entrée. Les cathos peuvent se rhabiller.

— De houris.

— Si tu veux. Au ciel, les vierges, et sur terre tu as droit à cinq ou six femmes, du moment que tu peux les zoner, la putain de Manon ! Que demande le peuple ?

Rien, à part sa ration de foot. Il fait beau à n'y pas croire. D'un coup, Dédou paraît en pleine montée de sève. Il n'en peut plus, il m'empoigne le bras :

— Admire un peu ce cul ! Djeezeuss, retiens-moi, elle n'a pas de culotte ! Et ses nibards ! Pas possible, elles veulent ma mort ! Comment peux-tu rester calme devant ces merveilles ? Tu es givré, c'est pas possible !

— Tu réagis pour deux, mon minet.

— Oh, ça va... Tu sais ce que j'aimerais, mais alors vraiment ?

— Va toujours.

— Devenir acteur porno. Tu te représentes le tableau ? D'abord tu limes des filles sublimes et après tu te regardes en couleurs.

— Les pornos comiques se font rares Dédou. Mais peut-être qu'un jour tu auras ta chance, qui sait ?

— Il faut absolument que tu te montres désagréable, c'est plus fort que toi !

— Attention, je ne te sous-estime pas. Tu connais le proverbe : « petit chien, grande queue » ?

— Fumier !

— Accroche-toi, mon joli, tu te retrouveras peut-être Phallus d'Or au Festival X de Ouagadougou, qui sait ?

Cette perspective le radoucit.

— Ce serait trop beau... Phallus de Béton, je m'en contenterais.

— En attendant, je t'offre ce que tu veux, commande, je paie.

Il me toise, méfiant :

— Même le plat du jour ?

— Surtout.

— Avec deux desserts ?

— Et des profiteroles en prime, si ça te chante.

— D'accord.

Il choisit la pintade aux choux. J'évite, la pintade ne passerait pas, mon chou. Je n'ai pas rêvé, elle existe, la preuve, il l'a rencontrée. Histoire, autre option. Facile, je passe au secrétariat, j'aurai ses horaires. Rien ne vaut l'histoire, qui l'ignore devra la revivre, il paraît. Tant qu'il vous plaira, pourvu que ce soit avec elle.

J'y pense, cette matière lui va bien. Mon inconnue a l'air d'un peuple en marche à elle seule. Elle fait penser à ces figures anciennes, plus grandes que nature, les sibylles, les pythies... Crois-tu vraiment ?

Pour l'heure, les secrétariats sont fermés. Bureaucrates, je vous hais. Par chance, nous sommes mardi, moins longue sera l'attente.

Le mercredi, j'ai mes infos. Louise devrait avoir cours ce matin à onze heures, en principe et en salle 37. Croisons les doigts et prions. Je l'attendrai en fin de séance.

Midi moins dix. J'y suis. Troisième étage. Décidément, ce décor étriqué me rebute. Le jour entre mal par les vitres ternies de poussière. Quand tu seras dictateur, les cours prendront place en plein ciel ? Exactement. Et en zeppelin, s'il faut.

Quand même, c'est moche, nous sommes un pays riche. Aucun doute, et alors ? C'est une question de mentalité, coco. Je t'expliquerai plus tard. Pour l'heure j'ai la gorge sèche et les mains moites.

C'est là, 37. Trois et sept, deux chiffres sacrés. Je suis en avance, j'entrebâille la porte. Le cours se termine, le prof se lève. La salle, à moitié pleine, va se vider. Brouhaha. Je l'aperçois, enfin, je respire à fond, mon cœur cogne.

La porte s'ouvre en grand, quelques types dégagent. Je m'écarte. Elle prend l'allée centrale, elle arrive. Attends, c'est quoi ce cirque ? Un guignol vient de s'arrêter à ma hauteur. Il se met au garde à vous à son passage. Il lance :

— Dachau devant !

Des tarés se marrent. Mon bras se détend. Paume ouverte, je cogne le profanateur en plein visage, il ricoche contre la cloison et s'étale.

Silence. Les autres me regardent, interloqués. Ma Louise pivote, jette un coup d'œil, ne s'arrête pas. M'a-t-elle vu ? Sans doute non, un coup pour rien.

Le type se ramasse, pas vraiment heureux, et m'apostrophe :

— T'es cinglé, enfoiré ! Ça te prend souvent ? Tu cherches quoi ?

Rien et surtout pas lui. Je l'ignore, je fonce, dévale les escaliers. Trop tard, elle s'est évaporée. Elle ne m'a même pas souri. Les tournois ne sont plus ce qu'ils étaient, à refaire.

Tu souhaites te repayer ce foutriquet ? Pas vraiment, je voudrais compter pour elle, comme dans les récits de chevalerie, au temps où les femmes étaient des dames et pas des meufs. Décidément, je n'aime pas mon époque.

J'ai rien compris, mais alors rien. C'est arrivé un jour comme les autres, pareil. Un peu orageux, quand même, je me souviens, un temps normal quoi. Passé le 15 août, la saison change, le soir les nuages arrivent, des gros bien noirs, au ras des collines. Les jours raccourcissent, il fait lourd.

Il faisait lourd, donc. Je gardais, j'ai l'habitude. Quarante ans que je pratique, j'ai commencé tout niston, faut dire.

Garder, c'est sérieux. Ceux d'en ville s'imaginent que c'est facile. Tu te plantes dans le paysage, à côté des bestioles, tranquille comme Baptiste et faï tira. Ô pauvre... Va z'y voir et tu me raconteras.

Un drôle de boulot, moi je te le dis. Elles sont capricieuses quand ça leur prend, les coquines. Quitte-les de l'œil seulement deux secondes, tu comprends ta douleur. Elles s'escapent, elles filent juste là où il faut pas.

Encore, là-bas, à Lambert, on se trouve en pleine montagne, elles risquaient pas de ravager les luzernes. Quand même, on rencontre des coins dangereux. Puis elles trottent, mine de rien. Une fois parties, pour les ravoir, c'est le diable. Et je parle pas des soins, les abcès, les sabots pleins de pus, les plaies, celles qui boitent de longue, celles qui se trimbalent la tumeur. Il faut soigner tout ça, tous les jours, inciser, passer la pommade ou le badigeon. C'est pas ragoûtant, ça cocotte. Elles savent plus quoi inventer pour te tirer souci.

Heureusement, j'avais Romy, la fille de Zaza. Mes chiennes, pas compliqué, un coup une s'appelle Romy, la suivante Zaza. Romy valait pas sa mère je reconnais. Elle commençait, elle s'y mettait, il faut que le métier entre. Du coup, Zaza me faisait double emploi, je l'avais donnée à une femme de Barrasse. La pauvre venait de tomber veuve, puis, elle supportait plus la solitude. Et aussi les chiens vivent pas de l'air du temps, tu dois les nourrir. Peu que peu, ça finit par coûter. Sans parler du vétérinaire. J'ai beau m'y connaître, je devais y passer à l'occasion.

Romy n'était pas feignante. Dès qu'une brebis s'écartait, elle avait tôt fait de la ramener. Elle se faisait respecter. On s'entendait bien.

Ce jour-là, donc, je gardais. La montagne, j'ai l'habitude, je la divise en secteurs. Je pars de ma cabane et je tourne. Il me faut huit-dix jours pour tondre les entours. Du temps, l'herbe repousse, je recommence de zéro. Enfin, ça dépend comment la situation s'enclenche, selon la pluie, le soleil, on peut guère prévoir. La nature décide en fin de compte.

Elle est vaste, cette montagne, le troupeau risquait pas de dépérir. Dos à mon gourbi, à droite vous trouvez les Clues de Barles, le Bès coule au fond. Plus haut, vous avez le sommet des Monges, et à gauche le massif de Géruen. On manquait pas d'espace.

Garder me va comme un gant. Je me trouve bien

seul. J'ai le caractère pour. Entention, je suis sociable. Celui qui va vous prétendre que je lui ai tiré la gueule, il ment. Je me fâche jamais. Oh, je pourrais. À Vonges, les gens s'imaginent de me prendre pour le crétin du village. À moi ça me dérange pas. Ils disent comme ça : « Zou, il est pas compliqué, si tu lui demandes rien, tu es sûr d'être servi... » Ou alors : « Zou, il comprend vite, mais faut lui expliquer longtemps. »

Ils en racontent d'autres, je connais. Ça les amuse. Et moi, je dis que leurs mères, doucement, je les respecte, ce sont sûrement de braves femmes. Mais eux, c'est rien que des fils de putes... Ils peuvent barjaquer, je prends d'où ça vient. Le monde jamais tu le changeras.

Leurs blagues datent pas d'hier. Tout s'est joué à partir de l'école. J'étais dans la lune, j'aurais pu suivre, seulement je trouvais le temps long, je me languissais que la classe finisse. Je rêvassais en attendant et le père Ménard s'encagnait. Le bon instituteur, personne prétend le contraire, mais pas deux sous de patience. De toute façon, il leur fallait un jobastre dans le lot, pourquoi pas moi ? J'ai laissé pisser. Le pli a été vite pris, les résultats ont suivi. C'était pas le style de mon père de chercher à comprendre, il a dit comme ça :

— Tu veux pas bosser à l'école ? Pas grave, tu bosseras ailleurs. Justement le Tonin se cherche un petit berger.

J'allais sur mes quatorze ans. À partir de ce moment, l'école elle est plus obligatoire. J'ai commencé avec le vieux Fabre, un bon. Il m'a tout appris, tout bien. Depuis j'ai continué, j'ai jamais regretté. Travailler entre quatre murs, rien qu'à y penser, il me vient le frisson, je supporterais pas. Au moins je vois de monde, au mieux je me porte. Des fois je me parlais seul dans mes herbages, qui allait me contrarier ? J'avais que ma brave bestiasse de chienne, les créatures et les nuages, puis. Je gardais...

Je m'y vois encore. Je me trouve à l'aise, avec tout mon temps et rien qui me gêne. Les ombres avancent au long du jour. J'ai mes repères, je les suis de l'œil. À chaque moment elles me donnent l'heure vraie, celle du soleil, pas besoin de pendule. Puis le vent m'indique ce qui se prépare, selon d'où il souffle. La lune pareil, d'après sa couleur. Leur météo, je m'en passe, elle se trompe rien qu'une fois sur deux. Plus, c'est difficile. Pourtant ils sont cadors, ils ont les moyens.

Je me méfie, vaut mieux faire gaffe en montagne. Les orages pardonnent pas. Vous avez intérêt à retirer vos bêtes du milieu au bon moment, et vous avec. Des bergers tués par la foudre, j'en ai connu.

Je me souviens, les marmottes nous tenaient compagnie. Elles sifflent comme des voyouses, à l'entrée de leurs trous. Des fois Romy s'en croquait une, ça la changeait de ses granulés. J'en ai eu mangé. C'est pas que c'est mauvais, seulement leur graisse a un goût amer, plus fort que le lièvre, ça se compare pas.

Le plus pire, c'est encore les chiens. Eux, tu dois t'en méfier davantage que de la peste. Quand ça leur prend, ils avertissent dégun. Ils attendent qu'un troupeau soit seul. Ils se collent en bande, ils se jettent sur les bestioles et te les égorgent droit devant, hardi petit. Ils y vont de bon cœur. Les mesquines s'affolent, elles se précipitent dans le premier ravin. Quand tu reviens, il te reste les yeux pour pleurer. Vous pouvez en perdre deux cents d'un coup et maï. Des fois le troupeau entier y passe, misère ! Pas moyen de laisser vos moutons sans personne, c'est trop risqué. On trouvait même un couple d'aigles sur Géruen. Eux, un agneau leur fait pas peur.

Avoir la carabine, j'en rêvais, seulement quel patron me l'aurait donnée ? Pas tant qu'ils avaient pas confiance, mais ils préféraient pas. S'il arrivait quelque chose, ils disaient... Je vois pas quoi. Je comptais pas d'attaquer le Crédit agricole, alors ? Alors, pour eux, je restais le fada. Une bonne parole, tant que tu veux, on va pas t'en priver. Un fusil, pas question, on sait jamais.

Je reconnais, j'avais pas le permis de chasse. Remarque, tu peux te payer une banque, personne te le demande à l'entrée. Alors je me débrouillais sans, je faisais gaffe deux fois plus. D'un autre côté, je calcule, les cartouches ils t'en font pas cadeau. Quand même ça m'aurait bien plu, je demande pas des masses à la vie. Faut croire que c'était encore trop.

J'ai compris une chose, c'est pas sorcier, au moins tu désires, au moins tu as de regrets. Si tu commences à jalouser les autres pourquoi ils ont la belle bagnole, la belle baraque et pas toi, tu as pas fini. Réfléchis, de quoi tu as besoin, mais alors vraiment ? Quatre nippes, une paire de bons souliers, des costauds, il faut. En montagne la caillasse a tôt fait de te manger les semelles. La casquette aussi, pas tant pour le coup de bambou que pour pas être ébloui. Le ciré en cas d'orage, plus le bâton fourchu, histoire de coincer les bêtes par le pied. Un Opinel et le compte y est.

Je ferme les yeux, je m'y revois. J'ai la grosse émotion d'y repenser. La source coulait à côté de la cabane. Mon patron du moment, le Marcou de Forcalquier, je l'estimais, c'était un homme propre. Il disait, il tenait. Chaque samedi il me montait les provisions avec le Kat-Kat, des choses qui se gardent, le fromage, la saucisse, les pâtes, la bonbonne de rouge. Le matin, je cassais une graine solide pour me caler un bon coup. Passé midi, je me préparais le frichti du temps que les bêtes chômaient. Le soir j'avais plus qu'à réchauffer. Ni radio ni télé, pas besoin. Dans tous les cas, ils racontent des fourbis qui se passent dans un autre monde, en quoi ça me concerne ?

Alors elle était pas belle la vie ? Je parle d'avant, avant que le ciel me dégringole sur la tête. J'étais le roi dans ma montagne. Je calcule, je serais resté à Vonges, mettons, je prenais un autre métier, carreleur ou glandeur municipal, parce que pour ramasser les poubelles, pas besoin d'être un génie, vaut mieux être bien avec le maire...

En bossant en bas, j'aurais pu me trouver une femme. Je dis ça comme ça, mais je crois pas. J'en avais pas l'usage. Ces engeances, je les sens guère. Il doit falloir leur parler, leur faire des choses rares, c'est pas mon domaine. Jamais j'ai su, jamais je saurai, j'imagine même pas. J'envisage mal de vivre avec quelqu'un, à quoi ça sert ? On doit se buter dedans sans arrêt, je vois pas. Je préfère pas y penser.

Des gosses, quand même ça m'aurait plu, trois ou quatre gamins. Ajoute les emmerdements qui vont avec et je te cause pas du reste. Parce que les gens, ils doivent s'occuper de leurs zognons, normalement. Seulement, en vrai, ce qu'ils cherchent c'est semer l'embrouille, et ils y arrivent. Tu as compris ça, tu as tout compris.

Berger, j'imaginais rien de mieux. Une fois que tu as eu topé, le camion à étages te mène à l'estive avec le troupeau. Les bêtes débarquées, te voilà peinard, plus un casse-bonbons pour te chercher des crosses, à part les mouches. Elles, pardon, elles te lâchent pas. On trouve des taons gros comme le pouce. S'ils te piquent, tu comprends ta douleur.

Sans être Matuzalem, les gens je les ai vus changer, au village. Ils peuvent pas rester tranquilles dix secondes d'affilée, pas moyen. Il leur faut la distraction en permanence, leur télé, leurs zinfos, savoir ce que l'Ohème a fait. Au début, quand j'ai eu commencé, ils semblaient moins décervelés. On en dégotait encore quelques-uns avec un brin de jugeote. À présent, ils sont branchés, comme ils disent. Ils savent tout sur tout, tout de suite, les catastrophes, la famille Monaco, ce genre. Question fariboles, ils tiennent la route. Du coup ils regardent plus si leur voisin a besoin d'eux, rien à secouer. À part leur nombril, rien les intéresse.

Je m'en fais pas, la roue tourne. À force d'aller d'un bord, elle finira par virer de l'autre, fatalement. Je le dis pourquoi ça m'est arrivé, ils m'ont jeté, démoli, ramené à moins que zéro. J'ai toujours pas compris.

De quoi je parle ? Je sais plus, je me mélange. Me revoici de nouveau dans mes murs, après tout ce temps. Je réalise toujours pas. Je demeure à l'écart de Vonges, en tirant vers les Patouilles. Un de mes patrons m'a eu fait cadeau d'une bicoque, une année, la vraie ruine. Je l'ai retapée, j'ai mis le poêle, je me coupe mon bois. J'ennuie personne dans mon coin. J'aimerais qu'on me traite pareil, pourquoi quand je me rends au village pour les courses, obligé, je sais jamais ce qui m'attend.

Je prends le pain, le morceau de bistek, le vin. Le reste, les patates, la salade, je m'arrange avec mon collègue Zé, le type impeccable. Lui fait le paysan, je lui donne la main. Après les courses, je passe boire le pastis au Glacier ou au Tabac. Si ça se trouve, on m'invite à rester pour la partie de cartes. Pourquoi pas ? Les journées se font longues depuis que je garde plus. Enfin il arrive que tout se passe bien.

Des fois non. Les types, pris un par un, ça peut aller. Seulement de se retrouver ensemble, ils deviennent mauvais comme la gale. Ils commencent par blaguer, puis pour finir ils exagèrent, ils te balancent des choses pas propres, que mettons les brebis je me les faisais. Des pures saloperies. Ils devraient pas plaisanter de cette façon, c'est de la cochonnerie.

En vrai, ils s'ennuient, c'est moi leur distraction. Je vais pour m'asseoir, mettons, le Pilou me tire la chaise. Je me prends le gadin, d'un peu je me casse l'os Bertrand. Je me ramasse, ils s'estrassent. Je me fâche surtout pas, ils attendent rien d'autre, ils se marreraient que plus. Je fais comme eux, je ris comme un fondu. Du coup ils me paient le jaune, c'est toujours ça de pris sur l'ennemi.

Je suis beaucoup brave, mais à des moments j'aurais la sulfateuse, je te les alignerais, rrran... Ils comprendraient.

D'accord, personne me force d'aller au bar, mais on peut pas se couper de tout, pas moyen. On finirait par dévisser. Il faut le minimum. Gratte le chien, le loup n'est pas loin.

Je m'obstine, j'essaie encore de comprendre, j'ai rien de mieux à moudre. J'ai pas eu le choix, puis. Dès le départ, ils m'ont fourré dans la mauvaise case, j'y suis resté. Tous on en est là, tourne vire, pas moyen de changer de circuit. Des fois, on s'imagine que c'est possible, que tu pourrais contrôler la mécanique. Regarde bien, tu constates que non. Les gens, même s'ils ont l'air d'emprunter un autre chemin, en fin de course ils se rejoignent, ils deviennent ce qu'ils sont dans le tréfonds. Rien tu peux contre ta nature.

Les miracles n'existent pas. Quand la montagne dégringole, si tu te trouves dessous, tu morfles. À moi ça m'est arrivé. Je dis que j'ai rien compris, la belle blague ! Il n'y a rien à comprendre. Ils m'ont pris comme on prend l'agneau dans le troupeau pour la grillade. Il en fallait un, je les arrangeais, ils sont pas allés chercher en galère. J'étais calibré pour de toute éternité.

Voilà, je reste là devant chez moi, avec mon malheur qui me trotte dans la caboche. Je m'occupe, je fends le bois, je mourrai pas de froid. Je bricole, j'essaie d'arrêter de ruminer. Ça me reprend, puis, je revois la scène.

Je m'en souviens comme si c'était d'hier. Nous sommes un jeudi. La veille, il y a eu la Foire aux agnelles à Vonges. Elle tombe le premier mercredi après le 15 août, pas moyen de se tromper. Ça m'aurait plu d'y faire un saut, mais avec les bestioles, macache.

Je connais, j'y suis déjà été. La première chose, ils interdisent de garer les voitures. Une fois le boulevard dégagé, les éleveurs parquent leurs plus belles bêtes, des espèces rares venues d'autres régions. Derrière, sur la place, les forains te proposent leur fourbi, les fringues, les outils, des bricoles. On trouve même des tracteurs, manque rien. C'est une foire comme les autres, les moutons en prime.

Aux gens ça leur plaît. Il se déplace plein de monde du département, même il en vient d'Aix et de Marseille, la vraie folie. Les bars installent leurs tables dehors. On se retrouve, on boit, on mange. Surtout on parle. Ces foires, pour les nouvelles, rien de mieux. C'est l'occasion de revoir son monde, de savoir ce que les autres trafiquent, ça se rate pas.

Grosse affaire, le préfet débarque avec les cadors du Conseil général, les maires des communes, toute la raille. On s'entend plus, entre la musique dans les haut-parleurs et les réclames. Tant qu'ils t'ont pas défoncé les oreilles, ils sont pas contents.

Vers midi passé, les huiles se lancent dans les discours, comme quoi l'agriculture elle est mal barrée, ça date pas d'hier. Mais eux qui vous causent, ils ont le bras long, le ministre ils vont vous le réveiller en fanfare, demain, vous en faites pas, la solution sera solutionnée les petits, pourquoi le bout du tunnel ils l'ont dans le collimateur, promis. On les applaudit. Après ils distribuent les récompenses aux meilleurs éleveurs, les sacs d'engrais, les coupes, un peu de pognon même. Puis ils tirent la tombola. À tous les coups, un Marseillais se retrouve avec le premier prix, un mouton qui pue le bouc. Il pourra se le coller en pension dans la baignoire, je te dis pas la rigolade. Ensuite on passe au repas, il y en a pour un moment. La belle journée, quoi.

Donc, cette foire, c'était hier. Aujourd'hui, un jeudi, ce fameux jeudi, je garde. Je me fais du souci. Ce matin, en sortant les bestioles du parc, je les compte. Il m'en manque deux, une boiteuse, l'autre grosse. Tout à l'heure j'irai jeter un œil quand les autres chômeront, mes escapées doivent pas se trouver à dache. Elles seront tombées dans une ravine hier soir, en revenant il faisait beaucoup sombre.

Je me trouve perché sur une crête. Les brebis broutent, têtes basses, bien serrées. Romy tire la langue. Appuyé sur mon bâton, j'observe la piste qui mène à la cabane. À force d'y passer, il reste une trace plus large dans l'herbe, comme une rivière sèche. Elle paraît pâle dans le soleil. Tout à l'heure, deux rapaces ont mené un combat tournoyant. Des jeunes, ils devaient s'amuser. Romy, ça lui a pas plu. Ces engeances, elle les craint, elle a aboyé contre.

Ça va faire un été de plus, je me dis. C'est drôle, les journées paraissent longues, les années tu les vois pas filer, pas croyable. Et d'un coup j'aperçois du monde au débouché de la vallée, plein de gens. Ils viennent vers la cabane. Par exemple...

Ma foi, je regarde. De loin, pas moyen de distinguer qui c'est. Ils s'étirent le long du sentier, ils paraissent pressés, on dirait pas des promeneurs. J'en compte deux bonnes douzaines. Ils jouent à quoi, la chasse au trésor ?

Attends... À l'arrière, j'en remarque deux, en bleu, avec le képi. Eux, je situe. Alors ils ne jouent pas, il se passe quelque chose, ils cherchent quelqu'un. Peut-être un parapentiste scratché, ou un planeur. J'ignore, j'ai rien aperçu, rien entendu. Un planeur, ça siffle drôlement quand ça vous passe pas loin. Le mieux c'est encore d'aller à leur rencontre.

Je me trouve dans les cinq cents mètres de mon

gourbi, la draille descend dans le lit du ruisseau, puis remonte. Je l'évite, je coupe court. À présent je les reconnais, il s'agit de mes collègues de Vonges, en nage pardi. Grimper, ils ont guère l'habitude. Je vais leur offrir l'eau fraîche, ça leur fera du bien.

À peine ils m'aperçoivent, ils crient comme des perdus :

— C'est lui ! Il est là ! Le laissez pas échapper !

Je reste bête. C'est quoi cette embrouille ? Je me retourne, ils en veulent à quelqu'un d'autre, pas possible. Sûrement l'homme invisible, à part moi, dégun. On va bien voir.

En tête s'amène le Pilou. Je lui souris, je souris toujours. Dès qu'il est à portée, je dis :

— Alors, qu'est-ce qui se passe fleur de nave ? Vous vous payez l'excursion ?

L'enfifré arrive à ma hauteur :

— Alors prends ça !

Il me vire le méchant coup de poing. Il vise la figure, comme il se trouve en contrebas, il me chope à la poitrine. Je m'y attends pas, je tombe. Les autres fondus se jettent sur moi. C'est ma fête, les coups de pieds dégringolent de partout. Je me fourre en boule d'instinct, je planque la tête entre les bras. Ça dégringole dans les reins, le dos, les jambes, la méchante dégelée. Sur le moment je sens rien, je jure, tant je suis soufflé. Ils sont calus ! Un peu ça va, mais ils vont me viander à force.

J'entends aboyer à travers les insultes. Romy se jette à la rescousse, brave bête. Ma casquette vole, un coup m'ouvre le crâne, je sens le sang pisser. Puis cet autre, en pleine nuque, je vois une lueur blanche, je plonge, bonjour chez vous.

Je me réveille dans un fourgon, allongé sur la banquette. On roule, je sens les secousses. Je vais pour me redresser, pas moyen de bouger les bras pour m'accouder, ils m'ont passé les bracelets. La plaisanterie continue. Je suis chez les bleus.

Un gendarme prévient l'autre :

— Chef, il revient !

— Pas malheureux ! La vache, on est arrivé à temps. J'aurais pas dégainé, ils le finissaient en beauté.

— Faut les comprendre, chef.

— Peut-être, mais jusqu'à nouvel ordre, on n'est pas au Far West. Non mais...

Il me demande si je peux parler. Je peux. J'ai soif, je dis. Le gendarme va pour me passer la bouteille d'eau en plastique, le chef retient son bras. Il m'interpelle :

— Réponds-moi et on te laisse tranquille. C'est toi ?

Quelle question à la flan ! Oui, j'admets, c'est moi. Moi c'est moi et toi tais-toi, une blague de l'école. Je me la garde. Le chef insiste :

— Tu reconnais, c'est bien toi ?

— Ben oui, c'est toujours moi. Je change pas.

Il est débile ou quoi ? N'empêche, ça le rend content, il lui en faut peu. Il dit :

— Donne-lui à boire.

Ça me rappelle un poème, toujours à l'école. Mon père ce Hugo, ça racontait. Des poèmes, on en apprenait plein, par cœur. Il m'arrive de m'en réciter, j'aime bien, je les garde en mémoire. Ça meuble. J'ai droit à la bouteille, j'en descends presque la moitié. Ensuite je demande :

— Excusez, où vous me menez ?

— À l'hôpital de Digne, te rafistoler.

Je montre les menottes :

— C'est pour quoi faire ? Vous pouvez pas me...

Chef fait signe au gendarme :

— Enlève-les-lui, il vient d'avouer.

Avouer ? J'ai avoué ? Quoi ? Il m'a rien demandé. J'interroge :

— Ça vous ennuierait de m'expliquer ? Je pige pas.

— Tu comprends mieux que nous, joue pas les innocents.

Alors je m'écrase. Autant épargner ma salive, j'ai tort d'avance. Je débarque dans la sombre magouille, on dirait. Ça s'éclaircira, j'ai rien fait, j'ai confiance. Pour le moment, le corps me lance de partout. J'évite de geindre, on a sa fierté. Chef et gendarme discutent boutique, leurs stages, leurs primes. J'accroche pas vraiment, je suis crevé, je ferme les yeux. Je replonge.

À l'hôpital, ils me retapent. Mes fifres y sont pas allés de main morte. Je me retrouve côtes fêlées, crâne fendu et plein de... Un truc en tome comme le fromage. En vrai, ça veut dire des bleus. Pas grave, on en meurt pas. Ils me gardent trois jours en observation. Ensuite ils me transvasent à la prison de Digne. Elle est petitoune, plantée à côté de l'église, sur une butte au-dessus de la ville.

Ils m'enferment seul, je préfère. Ils ont inventé de coller une espèce de plancher devant la fenêtre. Je devine à peine le jour. Ils veulent me punir, ils y tiennent, je veux bien, je suis pas contrariant, mais de quoi ? Et Romy ? J'ose pas demander. J'entends les bruits du dehors, les klaxons, le cri des hirondelles. À l'air libre, les gens vivent. Moi, ils me bouclent comme un malfaisant. Je leur ai fait quoi ?

J'ai eu vu des films policiers au Glacier. Des fois le patron me laisse regarder le poste, dans la cuisine. En même temps, j'épluche les légumes. Sur ce coup, j'ai l'impression d'être la vedette, mais je joue quel rôle ? Il doit pas être joli, les infirmières à l'hôpital me regardaient comme le vrai monstre. C'est quoi ce cirque ? Ils seraient bien gentils de m'expliquer, entre tous.

Une semaine passe, les gendarmes me sortent, me remettent les bracelets, me poussent dans le fourgon. Je demande rien. On roule. Un gendarme me dit, sans me regarder :

— L'homme des bois, tu vas chez le juge.

Ah bon... Ça semble logique, je les voyais mal m'emmener à la boucherie chevaline. Un juge ? Peut-être qu'il va me raconter la combine. Il serait temps.

On arrive. Ils me tirent, ils me poussent, puis. Je me retrouve dans un bureau avec un monsieur derrière. Il semble jeune. C'est quand même le vrai monsieur, en costume gris, avec la cravate rouge. Dessus, on voit plein de petites lunes. Il doit bosser dur, sur sa table des moulons de papiers s'empilent dans des cartons. Il paraît sympa, il a pas l'air de m'en vouloir et me parle en face, en me fixant, comme si j'existais. Ça change.

Il fait un signe, on me retire les menottes. Elles étaient serrées, punaise, je me frotte les poignets. Il me fait même asseoir. Ensuite, il me lit un pataphar, l'acte d'accusation, il dit. Alors ? Nous y sommes. On m'accuse d'avoir agressé un des petits du Tabac, le jour de la Foire aux agnelles, le garçon. Ils sont malades, c'est pas vrai ! Je proteste :

— Quoi ? Ça va pas !

J'ai la gorge sèche, j'en reste cloué. Après je bondis comme un ressort. Les gendarmes me chopent par les épaules, me font rasseoir. Me voir dans cet état ne dérange pas le juge. Il doit avoir l'habitude. Il continue :

— Nous avons relevé des preuves matérielles, et surtout j'ai vos aveux.

Des aveux ? Je me pince la peau du bras gauche avec la main droite, je tords. Non je ne rêve pas. Ils doivent confondre. Ils sont vraiment largués.

Enfin, quoi ! Les petits du Tabac, des jumeaux mignons, je les adore. Ils se ressemblent à l'identique. Comme ils sont beaucoup jeunes, tu distingues pas la fille du garçon, et quand ils s'habillent pareil tu as l'impression d'y voir double. Je les connais de toujours, ces anges. Sérieux, polis, jamais ils oublient de te saluer. À moi, ils m'ont fait que des bonnes manières. Si j'aurais eu le pognon, je leur payais plein de cadeaux. Et je viens d'amocher le garçon, moi ? Pas pensable. Ils déraillent. Sauf que je viens d'avouer dans le fourgon, c'est marqué, le juge me secoue le papier sous le nez. Il en démord pas. J'ai reconnu que c'était moi, il dit. Il délire en plein, mais il lâche pas le morceau pour autant.

— Auguste Navion, maintenez-vous vos aveux ?

Là, je calcule. Doucement les basses, ça mérite réflexion. Si j'avoue que j'ai jamais avoué, tant ils me recollent entre les pattes de la bande au Pilou, je suis foutu. Autant maintenir, c'est tellement gros leur cinéma, ça peut pas durer, ils vont s'en apercevoir, forcé. Ou alors nous sommes un premier avril. Je crois pas, il tombe rarement en août.

De la folie en comprimé... J'ai jamais causé de tort à quiconque, à part quatre marmottes, mais elles comptent pas. Qui peut m'en vouloir, et de quoi ? Quand ça s'est eu passé, leur combine, je m'y trouvais même pas, à cette fichue foire. Je peux pas être en deux endroits à la fois, enfin, où ça s'est vu ? Ils rêvent.

Le juge tapote le bureau avec le stylo, sans s'énerver :

— Je réitère ma question. Auguste Navion, maintenez-vous vos aveux ?

J'ai pas le choix. Je viens de m'escaper de justesse. À peine ils me remettent dans la nature, les autres me chopent, ils me finissent, ils jettent les restes aux chiens. Le mieux c'est la prison, je sauve ma peau, on verra plus tard. Parce qu'une fois refroidi, s'ils te rendent justice, ça te fait la belle jambe. Mieux vaut un âne en taule qu'une colombe morte. Je me décide :

— Je maintiens.

Le juge soupire. Il se renverse dans le fauteuil, il semble soulagé. Même il s'offre un petit sourire. Moi pareil, ça fait plaisir de faire plaisir. Je relève des assises, il m'informe, c'est écrit dans son Code. En attendant je dois retourner en préventive. Les assises, kézako ? J'ai pas le réflexe de demander, les gendarmes me récupèrent direction la bonne auberge, et me revoilà bouclé. J'ai tout loisir de retourner mes questions dans tous les sens je m'en prive pas.

Maintenant je sais, j'ai vu, j'ai compris. D'abord tu attends plein de temps en taule. Préventive, on appelle, ça prévient quoi ? J'ai toujours pas idée. Personne m'a prévenu. Par contre ils te fournissent l'avocat d'office, soi-disant il va te défendre gratos. Au mien j'ai rien à dire, pour cause, alors il insiste pas, il a raison.

Un autre jour, ils me sortent, ils me trimbalent à Vonges, près de la rivière. C'est la reconstitution, ils disent. Je marche pas, j'ai rien à reconstruire, c'est eux qui m'ont démoli, ces emmanchés. C'est à eux à faire marche arrière. En plus le village s'est attroupé, les gens commencent à balancer des pierres. Alors ils me ramènent, ma boîte, je la connais à fond.

Je fais quoi ? Je marche, de la porte à la fenêtre, quatre pas. Cinq, si je les fais petits. Je tourne, je vire, je me chante des chansons dans ma tête :

« Napoléon avait cinq cents soldats,
Marchant d'un même pas. »

Après, c'est quatre cents, et à suivre... Des tas de chansons dans ce genre, tout mon répertoire y passe. Je marche sinon je lâche la rampe. Pourquoi ils me collent pas dans un zoo, tant qu'ils y sont ? Ils mettraient une pancarte :

Crétin des Alpes. Espèce en péril.

Avec un peu de chance, je récolterais des cacahuètes... Ou des cailloux, va savoir. Quand j'en ai marre, je m'allonge. J'ai toujours l'impression d'être en plein rêve éveillé, sauf que ça se passe en vrai.

C'est quoi ce fourbi ? J'encaisse plus. Je me sens la bête à l'engrais, comme un cochon, ou un lapin dans son clapier, ou une de ces bestiasses en batterie. Il y a les repas, puis... Des fayots, des pâtes, de la ragougnasse. C'est pas terrible, mais je m'ennuie. J'avale, machinalement. Je prends du poids. C'est bien ça, ils m'engraissent. Je n'en peux plus, alors un matin je me lève, je balance la gamelle, le café, tout, et je me balance moi tête première contre le mur. Au dernier moment, je m'amortis pile avec le bras. À quoi ça rimerait de m'éclater le crâne ? Je veux comprendre. Alors je dois en passer par là, j'attendrai. Il y a eu un début, il y aura une fin, c'est sûr. Je patiente, je fais le vide, je ferme les yeux. Voilà, je suis à Lambert, les moutons chôment, Romy dort d'un œil. Et ces bruits autour ? C'est rien, je rêve...

Je me réveille. Tout arrive, même les assises. Je me retrouve au tribunal, devant leur cirque, la brochette des jurés, les juges, le public, manque rien. Je reconnais du monde du village. Les collègues témoignent. En vrai, ils m'accusent comme un seul homme. Ils me tuent. Kess qu'il leur prend ? Je préfère pas entendre, mes oreilles bourdonnent. Je pige moins que jamais. Les voilà leurs assises. Ça dure. Ça ne tire rien au clair, ça finit de m'enfoncer.

Ils prennent leur temps, deux jours, trois. Un bonhomme explique que je suis le sale type. Pervers, il dit. Il faut m'enfermer pour protéger la société. Il réclame vingt ans. Mon avocat s'y met, il raconte qu'il me voit plutôt comme une espèce d'abruti. C'est en asile qu'il m'enverrait. Il en vient d'autres, puis c'est l'expert. Il m'a posé des questions à la noix, il en ressort que je suis normal comme un moule à gaufres. Normal et dangereux, je tire pas le ticket gagnant. J'ai l'impression que c'est eux qui dérapent, je le leur dis, ça plaît pas tellement. Le bonhomme, j'y suis, le procureur, dit que j'aurais mieux fait de sortir des regrets. Quels ? Pourquoi diantre ? J'y suis pour rien, rien.

Pour finir, le jury part réfléchir dans son coin. J'attends un paquet d'heures. Les guignols reviennent. Le juge en chef me dit :

— Accusé, levez-vous.

Il lit la sentence. Je prends vingt ans, le paquet-cadeau, maxi. Tout ça, d'une parce que le petit jumeau est devenu cinglé, puis surtout je manifeste pas le remords. Je chiale pas. Ils attendaient que je leur joue leur jeu, que je m'arrache la tignasse. Moi je peux pas, désolé, je leur souris. Ils savent pas ce qu'ils fabriquent. Ils confondent, la victime, c'est aussi moi. C'est tellement énorme, j'arrive pas à y croire.

Le lendemain, un gardien me passe le journal. Je me retrouve en photo en première page de *La Provence* avec marqué en gros : « Le sourire du monstre. » Je lis l'article. Je suis le taré blindé, plus pourri ça existe pas. Même des lecteurs écrivent, ils veulent réchauffer la peine de mort rien que pour moi. Je déshonore la race humaine. Vingt ans contre un sourire, c'est gentil.

Vingt ans... Ça n'a pas de sens, c'est juste un chiffre. En vrai, c'est la même journée, recrachée des millions de fois. Vingt ans, oh pauvre... Je m'y mets. Ils me changent de taule de loin en loin. J'entame le tour de France des prisons. Vingt ans... J'en fais dix. Dix ans en plein brouillard. Dix ans de bruit et de vide. Je sors, et me revoilà dehors, aussi ahuri, comme un canard devant la moissonneuse. Je me retrouve au même point, devant le même mur que quand ils m'ont chopé. Ils m'ont tué Romy. J'aimerais retrouver la même, Zaza doit être morte depuis.

Voilà, je suis libre, il paraît, mais pas dans ma tête. Je peux bouger, ça oui. Je trouve bizarre de circuler sans un mur contre le nez en permanence. Je me lève quand je veux, je mange quand je veux, si je veux. Je marche, personne m'arrête. Surtout je respire, j'en ai besoin. Leurs prisons, j'en ai pratiqué un paquet, elles empestent le fauve en cage. Normal. Elles puent le temps mort. Le jour, tu attends la nuit. Ils te filent des cachets, tu dors comme une enclume, tu es plus là. À force tu es plus un homme, tu deviens un genre de paquet oublié dans un fond d'armoire. Un peu comme une poule d'élevage, sauf que tu produis rien, tu vieillis. Tu n'es pas mort, tu oublies juste de vivre. Tu sais plus où tu es et tu y es coincé, bien bien.

Ils ont continué à m'isoler, pourquoi quand tu t'attaques à des nistons les autres taulards rêvent de te faire la peau. Deux fois ils ont failli m'avoir. Je me défends même pas. J'ai plus rien à perdre, j'ai tout perdu. Je me retrouve à l'infirmerie, le meilleur endroit, tu as plus d'espace et puis on s'intéresse à toi. À ta carcasse je veux dire. En gros, j'ai vécu un genre de rêve, un rêve pas rose et me voici. Ils m'ont plié ma vie, j'ai du mal à me redresser. Je peux en parler à dégun, pourquoi si tu es pas passé à leur moulinette, en vrai, pas moyen de comprendre. Je l'ai vécu, et après ? J'ai subi, j'ai rien appris. Sauf qu'il peut arriver n'importe quoi, n'importe quand. Je suis pas plus avancé. En vrai, la prison j'y suis encore. Elle est en moi, elle me quitte pas.

Romy me manque. Avant je l'avais dans les jambes en permanence. J'avais les bestioles. Qui donc osera me confier un troupeau, à présent ?

Je sors de taule donc. Je suis innocent, j'ai payé pour rien, tant qu'ils ont voulu, recta. Quand même je reste le monstre. Le premier abruti qui boit son coup de trop, si ça lui chante de me refroidir, à lui on lui collera la médaille. C'est pour cette raison que le village, je crains. Ça reste le champ de mines.

Une chose après l'autre, collègue. J'ai retrouvé la lumière du bon Dieu. En cage, le soleil tu l'aperçois à la télé, selon le film. Ils nous en mettaient, dans les cellules. Il fallait payer. Des fois je la prenais, ça aide. Je repense à l'heure de promenade dans la cour, ils avaient même grillagé le ciel. Ils m'ont traité comme on n'oserait pas traiter un animal, j'en sors pas.

Regarde, il vient de pousser un cerisier ce printemps à l'aplomb du mur, personne l'a taillé. Que tu sois là ou non, la vie continue, pareil. Elle déborde tout autour, j'avais oublié. Ma vie à moi, je sais pas si les morceaux j'arriverai à les recoller. Je sais une chose, leur prison jamais j'y retourne. Je me tue avant.

J'en suis sorti à cause du printemps. En dernier je me retrouve à Luynes, la centrale moderne, près d'Aix. D'un coup ça me prend, la nature explose, j'encaisse plus. Je me dis :

— Fan de loup, j'ai mon compte. Je m'en vais.

C'est drôle de voir comment la caboche fonctionne. J'avais tout bloqué depuis ce maudit jour. J'osais plus réfléchir à rien, j'étais grillé. Tout m'est revenu dix ans après, comme si j'appuyais sur le bouton. Simple comme bonjour, leur saleté de foire, puisque je pouvais pas m'y trouver, je dois leur prouver. C'est à Luynes que tout se déclenche. La peur du dehors me coinçait la mémoire, comme une grosse pierre. J'en tiens plus compte. Brusquement je revois tout, clair comme un film. J'y étais pas, aux agnelles, et je sais pourquoi. Je fais demander l'avocat.

Seigneur qu'il fait chaud sous les toits ! Le jour, on rissole. La nuit, j'établis un courant d'air entre chambre et cuisine. La fraîcheur ne revient qu'au matin. Je pourrais dormir sur la terrasse, c'est vrai. Et les moustiques ? On en voit peu à Aix, mais sait-on jamais. Par contre, vieux Memento ne se plaint pas. Il semble même se dilater, il vous prend des allures de Ramsès II.

Côté fac, je sature. Leur façon d'aborder l'histoire m'ennuie au-delà de tout. J'aurais mieux fait de préparer le diplôme d'infirmière. Arracher un pansement d'un coup sec, rater la veine, farfouiller avec une aiguille, imagine... Arrête je t'en prie.

Réflexion faite, je n'ai pas offert mes sucettes. J'entendais d'avance la remarque de Rosy quant à l'usage que je pourrais en faire. Et Caro est assez poisseuse sans sucrerie. Je les ai données à un des gosses qui mendient sur les marches de l'église du Saint-Esprit, en bas de la rue Espariat.

Du temps, le temps passe et c'est bien. Inutile d'imaginer, j'ai un horaire, je n'ai qu'à suivre. C'est vrai, tout se vaut et Caro parle dans son sommeil. Elle dit :

— Non, non, non, et NON !

Sa voix monte, je la secoue. Autant remuer un sac,

elle ne se réveille pas. Hier nous nous sommes accrochées. Son côté petite fille démunie professionnelle me fatigue. J'en ai assez de la trouver toujours à ma remorque. Je lui ai asséné qu'elle ne respecte ni elle, ni les autres. Du coup elle a pris une dose de calmants, et voilà le résultat.

Je dors de moins en moins. Avaler quelque chose ? Pas question, pas moi. Je devrais me dépenser, aller à la piscine, par exemple. Et exhiber mon corps de chatte maigre ? Jamais.

Il est tôt, le jour pointe, tant mieux. Je me lève. Chaque matin est une promesse non tenue. Je me prépare le premier Nes, le meilleur. Les filles se sont acheté des gâteaux, il en reste des bribes dans une assiette, chocolat et noix de coco. Qu'est-ce qu'elles peuvent engloutir, ces créatures de rêve ! Ensuite elles feront carême, quelle blague, et à suivre. Le bégaiement comme mode de vie, pourquoi pas ?

Rosy a encore frappé, elle nous a vanté sa dernière conquête, un cas. Il suffit de sucer ses mâles mamelons, et c'est parti, le mât de cocagne. Caro en est restée bouche bée. Ce genre de détail l'impressionne, cette nunuche. De mon côté, il s'en passe. Mes charmes médiocres font des ravages, qui l'eût cru ? Brûlant, mon café, j'ajoute un peu d'eau. La séquence d'hier valait la peine. J'ai beau me vouloir indifférente, voir ce roquet rouquin mouché en beauté m'a réchauffé le cœur.

J'ai donc un chevalier servant. Je l'avais déjà croisé devant la B.U. Un beau gosse, et je lui fais de l'effet. À ma vue il s'est figé. Diable, je n'en demande pas tant. Moi, tranquille, pas un regard, je passe. Dans la vitre de la porte, je vois son reflet me suivre. Je rentre, je me cache derrière un pilier. Il me cherche un moment, ne me trouve pas, repart. C'est bon de jouer, je n'en ai plus l'habitude.

Depuis j'ai l'impression qu'il me guette. Je l'évite. Se faire désirer, toute la séduction est là. J'ai adoré cette séance, il m'en faut peu, je ne suis pas Rosy.

J'intimide les garçons, c'est vrai, pas seulement à cause de mon physique. Je suis dure, ils le sentent, ils ne supportent pas. Il leur faut des poupées, gonflables ou gonflantes, peu importe, mais à leur botte. Qu'ils ne comptent pas sur moi, ils peuvent se rhabiller.

Beau Gosse va encore traîner sur ma trajectoire, je parie. Si ça lui chante... Laissons sa chance au destin, comme dit la presse du cœur. Rien ne presse.

Ce que ces filles peuvent dormir ! Encore heureux, le matin je ne supporte rien. Je passe sur le balcon. En face, loin, les blanches volutes de Gardanne étirent leur chantilly sur l'horizon. Pas un souffle d'air. Avec le jour, la silhouette des collines s'éloigne. Les hirondelles poursuivent leur ballet mécanique. On devine les plus jeunes à leur vol tâtonnant. Les autres foncent comme des malades, souvent par paires. J'en vois frôler la gouttière de la maison attenante, s'attarder un moment, ailes battantes, corps incliné. Je ne distingue pas les nids. Un bref arrêt, et elles repartent, jamais elles ne s'arrêtent. Le soir, elles continuent leur sarabande, pareilles à des lambeaux arrachés à la nuit proche.

J'oubliais. Rosy a encore enrichi son feuilleton poivré. Je me demande si nous partageons le même sexe, tant nous n'avons rien à voir. Elle vient de découvrir la merveille, un culturiste tatoué, percé, pectoraux de génisse et abdominaux en tablette de chocolat. L'autre soir elle passe chez lui. Elle a sa clef, elle l'attend. Il revient, accompagné d'un copain du même tonneau. Cette niaise de Caro demande :

— Tu ne te...

— Oh que si, tous les deux. On a joué au sandwich, moi je faisais le jambon. Je m'en suis payé une tranche, garantie. Il vous faut un dessin ?

Et de donner des détails. Les yeux de Caro brillent, pour un peu elle s'en mordrait les poings. Une nature sensible, cette petite. Elle s'inquiète :

— C'était bien ?

— Super ! Écoute maman, vis tes fantasmes et vis-les à fond. Défonce-toi ma petite, tu n'auras pas de regrets sur tes vieux jours, crois-moi.

L'histoire continue. Le lendemain, toujours chez Gonflette, qui donc frappe à la porte ? Doublure. Cette fois Rosy l'envoie paître :

— Je n'ai pas ouvert, vous pensez ! Je ne tiens pas à voir défiler le club des affamés.

Je suggère :

— Ou alors, fais-toi payer.

— Figure-toi, j'y songe.

Ma suggestion est bien passée. Notre amie songerait-elle à devenir pro ? Mes hirondelles s'en moquent. Arrivées avec les touristes, elles repartiront avant. Elles vivent leur vie au-dessus des toits, les touristes en dessous. Le ciel et la terre ne se mélangent pas.

Vieille Rosy m'inspire un mélange de dégoût et de lassitude. Le chagrin et la pitié ? Si tu veux. Cette conne croit jouer un jeu sans importance. Elle flanque sa vie en l'air. Avec ce genre d'escalade, plus rien ne signifie rien. Elle se pense libérée. Pour les types, ce n'est qu'une pute gratuite. Ils partent gagnant à tous les coups.

Je la comprends, je ne la juge pas. Besoin de se valoriser, peur de la solitude, ennui, désir d'être dans la course et de tout essayer, d'accord. Encore faut-il pouvoir encaisser. Elle paie pour rentrer dans la danse, avec sa seule monnaie, son sexe. À sa guise. Je donnerais tout pour deux sous de tendresse.

Mieux vaut filer, mes camarades m'insupportent. Caro m'épuise. Soyez gentilles, les gens se croient des droits sur vous. Elle m'étreint à tout bout de champ, me donne des bises, sa tendresse fait ricaner l'autre hyène. Après tout j'ai signé le bail, je suis chez moi. Il va me falloir faire le ménage une bonne fois.

Je sors, j'achète *Libé*, je compte le lire au Grillon. Et tes cours ? Pas envie, tant pis pour eux. Et Beau Gosse ? S'il s'ennuie, il peut reprendre sa séance contre Ginger, que le meilleur gagne.

Flûte, j'ai oublié mon argent. Porter un sac, pas question, je n'aime pas m'encombrer. D'habitude, je place mon portefeuille dans la poche arrière des jeans, et là rien. Peu importe, les garçons me connaissent, je réglerai plus tard.

Ce qu'il fait beau ! L'air est léger, j'ai presque envie d'avoir envie de je ne sais quoi. Un miracle ? Si je faisais démineuse ? L'adrénaline doit circuler sec. Joli nom, Adrénaline. Si jamais j'ai une fille...

J'avais oublié les travaux. Je remonte le cours, je prends le passage Agard. Si j'avais le temps, j'écrirais un livre, je ferais d'Aix un personnage. Oui ? Devant le palais de justice, deux statues de pierre exhibent leurs faces de Sphinx. À chaque rentrée, naguère, les étudiants les peinturluraient. La municipalité les débarbouillait. À force, leur visage a fondu. Ainsi va toute chair.

Place de l'Hôtel-de-Ville, des Anglais âgés, bob sur le crâne et caméscope au poing, dérivent au mitan du marché aux fleurs comme des bourdons flapis. Leurs maigres jambes blanchâtres sortent de leurs shorts trop larges, le globe-trotter n'est plus ce qu'il était. Un car vient de les jeter pour une heure. Ils se filment devant le beffroi. Quel intérêt ? La preuve, ma Doucette. À quoi bon se déplacer si on ne peut pas s'en vanter au retour ?

Assez, je repars. Surprise, devant l'hôtel d'Arbaud, je bute dans Beau Gosse. C'est bien lui. Il pile. Mon Dieu, il a le regard d'Yvon. Je fonds. Cet idiot me lance :

— Ne me quitte pas !

J'éclate de rire. Là, il m'a eue, personne ne sort des énormités pareilles. Quel pitre ! Entrons dans la danse. Je demande :

— Ces perles de pluie, ça vient ?

Il rit à son tour. L'animal a de belles dents :

— J'y pense. Plus tard, promis. En attendant je t'offre un café.

— Désolée, je sors d'en prendre.

— Le champagne, d'accord ?

— Tout de suite les grands mots. Si tu veux.

Demande la lune, il la décrochera, no problem. Nous remontons. Au marché aux fleurs, mes vieux sont encore là, les fleurs aussi, pivoines et bleuets, c'est la saison. Nous prenons place chez Nano. Beau Gosse se dégèle. Il s'appelle Pierre, habite forum des Cardeurs, à deux pas, et fait histoire.

Je demande :

— Ça te plaît ?

— Si tu aimes perdre ton temps, c'est pas si mal.

Je crois voir mon frère, tel qu'il serait devenu, tel que je l'imagine, si... Décidément, cet oiseau rare m'intéresse. Poursuivons.

— À part la fac, tu aimerais faire quoi ?

— Superman, mais le rôle est pris.

Un cinglé, tant mieux.

— Et sinon ?

— Le tour de la terre ou de la Méditerranée, enfin un tour. Tu m'accompagnes ? Au fait, tu n'aurais pas un prénom ?

— Oui, Anne.

— C'est bien, il te va.

— Merci. Anne Dangle, pour te servir.

Il se fige :

— Pardon ?

— Tu as bien entendu, remets-toi. Je sais, comme tu t'appelles Pierre, si jamais tu prenais mon nom, tu gagnerais les trois cerises au premier bandit manchot venu. C'est ça ?

— Attends. Tu es de Vonges ?

— Une partie de ma famille, oui. Pourquoi ?

Il hésite. Je demande, mais je sais. Il sait. À quoi bon finasser ?

— D'accord, Pierre, tu connais l'affaire, on en a assez parlé...

C'est plus fort que moi, j'ai la gorge serrée, mes

yeux se mouillent. Et puis toutes ces fleurs tout autour. Je pense au reposoir d'Yvon à L'Amalanche. J'étouffe. Je me tais. Pierre prend ma main. Je laisse faire, le temps de me ressaisir. Je continue :

— Cela fera dix ans au mois d'août et son agresseur en a encore pour un moment, le salopard. On change de sujet, tu veux ?

— Non.

— Comment non ?

— Ne te fâche pas. Tu te trompes, il vient de sortir.

J'ai le souffle coupé. Il raconte n'importe quoi, ce n'est pas possible. Reprenons :

— Une minute, Pierre, nous parlons bien du même individu ?

— Tout à fait, nous parlons du nommé Navion, prénommé Zou, mais c'est fini, il est libre. Écoute, il a pris vingt ans, il en aurait fait quinze maxi, la peine incompressible. Seulement son avocat vient de tomber sur des éléments nouveaux. On l'a relâché.

— Comment le sais-tu ?

— Maître Barnaud se trouve être un cousin lointain de mon père. Papa est de la partie, il leur arrive de se voir. Ils en ont parlé récemment.

Bingo. L'horreur... Je ferme les yeux. Mon sang reflue, je dois être blanche. Ne bronche surtout pas, il faut en savoir davantage.

— Raconte.

— Pas facile, un vrai sac cette histoire. En tout cas Zou est innocent.

Tiens donc, je frissonne.

— Comment ça ? Explique.

— J'y viens. Ils l'ont bouclé, il leur fallait un coupable. C'est du classique, dès que tu tombes sur une sale histoire, l'opinion exige une tête, la justice ne se casse pas la sienne, ils ramassent le premier pauvre bougre venu. Avec lui, c'était du cousu main, un berger réputé simplet sur les bords, tu penses.

— Selon toi, le métier de berger te décerne un brevet d'innocence ?

— Personne ne le prétend, mais ce Zou, je le connais. Mes parents possèdent une propriété dans les Basses-Alpes pas loin du Castelard. Tu situes ?

— Oui.

— Étant gosse, il m'est arrivé de le rencontrer, on ne trouve pas plus gentil, toujours le sourire. Il adorait les chiens et les enfants.

— Hitler aussi.

— Tu ne vas pas comparer ! En tout cas, ce fameux jour, il ne pouvait pas se trouver à Vonges, il gardait du côté de Lambert. Son avocat a pu le prouver.

— C'est bien joli, tu oublies qu'au procès ton innocent a avoué. Pourquoi ?

— Je peux te répondre. Si tu te souviens, le soir du drame le village a monté une battue monstre. Mais ce n'est que le lendemain qu'ils ont retrouvé leur pièce à conviction : un blouson. D'accord ?

— Continue.

— Ça leur a suffi, ils sont allés débusquer leur suspect, ils l'ont tabassé à mort. Les gendarmes l'ont récupéré de justesse. Il les a trouvés bien aimables. Du coup il a reconnu tout ce qu'on voulait, tu n'avais qu'à demander. Il aurait avoué le vol de la Joconde, aussi bien.

— Je t'en prie.

— Pardonne-moi. Il avait joué aux boules à Vonges, le dimanche d'avant, et laissé son blouson au village ce jour-là, probablement.

— Où exactement ?

— Quelque part, il n'en sait plus rien. Seulement un blouson pareil, rouge avec un aigle noir, ça se remarque. Quelqu'un s'en est servi pour le piéger. Ça a marché.

— Et le sang, tu en fais quoi ? Il en avait plein les mains.

— Bien sûr, il soignait ses brebis, il se lavait quand il y pensait, ce n'est pas un maniaque de la propreté. S'il s'était agi du sang du gosse, il se serait nettoyé, tu penses.

— Tu as réponse à tout.

— Désolé, il ne s'agit pas de moi, je cite son avocat. Donc, jusqu'ici, toutes ces années, Zou est resté dans le noir, pas moyen de se rappeler. Là, ça lui est revenu. Le jour en question, il s'occupait de son troupeau. Un peu plus bas, des touristes campaient, ils sont passés voir les moutons, Zou leur a raconté sa montagne, ils lui ont offert une bière. Tu suis ?

— Va toujours.

— Ils avaient un caniche dressé à porter le journal dans sa gueule, tu vois le genre ? Le berger s'en va, le chien-chien le suit avec le canard. Une fois à sa cabane, Zou le lui prend et commence à faire les mots croisés au feutre rouge, note bien. Enfin, il essaie. Du temps toutou batifole avec sa chienne. Tu suis toujours ?

— J'adore, continue.

— Au bout d'un moment, Zou laisse tomber les mots croisés. Il est soigneux, il replie le journal. Le caniche le reprend, la chienne le course. Zou cavale après eux. Pas très loin, on trouve un à-pic. Ce chien des villes idiot ne voit rien et dégringole. Voilà notre bonhomme bien embêté, pas question de descendre, c'est du rocher pourri. Catastrophé, il prévient les touristes qui lèvent le camp. Ça s'est passé dans l'après-midi de ce mercredi où ton frère...

— Et... ?

— Zou a gardé cette histoire pour lui jusqu'à présent, une sorte d'amnésie, la peur aussi. Son passage à tabac l'avait perturbé, il ne se souvenait de rien.

— Tu veux me faire croire que c'est ressurgi d'un coup ?

— C'est exact. Il y a mis le temps, mais il a parlé. Maître Barnaud s'est remué. On a retrouvé ce qui restait du caniche après le passage des corbeaux, une poignée d'os, et surtout le journal. En décollant les pages, on pouvait encore lire la date et voir du rouge délayé sur la grille des mots croisés. Son avocat a même pu joindre les touristes, imagine, leur adresse était gravée sur le collier du chien. Et cette date, ils ne risquaient pas de l'oublier, tu penses. Donc ils ont relâché Zou. Il se trouve en liberté... J'ai oublié le terme exact, je ne suis pas juriste. Le jugement sera cassé, il faudra du temps. Ça ne va pas ?

Ça va, j'ai envie de tuer, sans plus. Je me lève :

— C'est parfait, merci pour tout.

— Anne...

La carte du tendre, une autre fois. Je file. Tout est à reprendre. J'ai vécu en plein mirage, ces années. En plein cirage. J'ai attendu qu'il sorte, c'est fait, il est sorti, plus blanc que ses sales moutons. J'ai attendu pour rien, quelle dérision ! Un caniche de chez Cruciverbiste, comment lutter ? Bon Dieu, quel besoin avais-tu de parler à ce type ? Et alors ? Il n'est pas responsable. Je croyais l'histoire terminée, il me fallait juste mettre le point final. Non, Zou est libre... Et moi ? Je rentre, je dois me reprendre, je ne supporte plus cette foule. Tu oublies tes fauvettes. Oh elles...

Au coin des Tanneurs un type parle à une fille. Il porte un T-shirt noir avec une inscription en blanc. Machinalement je lis : « To be is to do. To do is to be. Tobedobedo. »

D'accord to be. Tout reste à faire. To do. Nous y sommes, pense à prendre ton argent. Je monte. Au premier palier, je bloque, aucune envie de voir ces fofolles, pas en ce moment. Pourquoi, elles sont égales à elles-mêmes, non ? Elles peut-être, moi pas. J'ai besoin de souffler. Vieille Rosy, je ne l'encaisse plus, elle tourne à l'ignoble. Un sexe n'est pas une poubelle. Sa dernière, mademoiselle nous a suggéré d'acheter un minitel à frais communs, pour planer en plein rose, j'imagine. Et aussi un fax. Pour faxer quoi, des pizzas ? Je m'assieds un moment sur les marches, je frissonne. Zou est dehors, l'idée cogne dans ma tête. Il est dehors, pur comme la neige. Neige en novembre, sida en décembre. Pourquoi dis-tu ça ? Pour me faire rire, c'est raté. Ce serait bien s'il venait à neiger, un peu de blancheur dans cette grisaille. Fin juin ? Je n'ai rien contre.

Me revoilà dans le vide, j'ai l'habitude. Avant, j'attendais. Là, fini les repères, me voilà perdue. Je ressors. Rue Lieutaud, rue des Muletiers, arrivée au bout je vire à droite, je débouche place des Cardeurs, le repaire de l'ange annonciateur. Il doit te chercher à la fac, j'imagine. Qu'il cherche.

Une marée de terrasses envahit l'espace. Onze heures, les garçons dressent les tables. Des touristes baguenaudent, déguisés en touristes, on s'y tromperait. C'est dingue ce conformisme programmé. Une fois encore, je me retrouve place de l'Hôtel-de-Ville. Tu sais ce que tu veux ? Oui, ne plus penser. Je m'installe. Coucou, garçon. Je désire ?

— J'attends un ami.

Je croyais l'avoir trouvé. Triple sotte, Pierre n'est pas en cause, tu devrais le remercier. Au moins me voilà fixée. Nous le reverrons, c'est du fidèle ça madame. Il ne te lâchera pas. Cette idée me fait du bien.

Que devient le monde ? À deux pas, une fille blonde, à la limite de l'albinos, boit une bière. À côté, trois jeunes bruyants mastiquent leurs paninis. Un husky se promène entre les tables, flaire Blondie, intéressé. Les jeunes s'esclaffent, bouche pleine. Ils parlent fort, s'étalent, contents de peu, à savoir d'eux-mêmes. Un type en polo sombre s'installe près d'Albinette. Son type, ils se bécotent. Ou alors un cas de coup de foudre instantané, genre Blitzkrieg de chez Nesquick. Pas jaloux, Husky revient flairer Blondie. Un couple de Japs, sac au dos, caméra sur le nombril, ne sait où s'installer. Ils consultent les menus, hésitent. À leur place, j'envahirais la Mandchourie.

Attends... Je viens de voir briller quelque chose. Je n'hallucine pas, le Darky de Blondie s'est fait faire un piercing sur la langue, une bille d'acier. Elle accroche la lumière dès qu'il ouvre le bec. Sinon, clapet fermé, il peut se la sucer. Pas mal. Merci de me distraire, les amis.

Toujours ces touristes perdus qui errent comme des volailles sans tête. Le touriste consomme du touriste. Où qu'il aille, il ne rencontre que son reflet. Le tourisme est un pays dont le centre est partout et la limite nulle part, et vice-versa. Tu me fatigues avec tes remarques. Oublie-moi.

Peu importe, je me sens mieux. J'ai encaissé le premier choc. Ça ira. L'ami que je n'attendais pas n'est pas venu, je lève le camp. Je prends la rue de la Verrerie, tous les restals du monde viennent y faire leur miel, du grec, du viêt, du bambara, du thaï et j'en passe. Sur les pavés, la bouffe. Bon appétit quand même.

Place des Tanneurs, pouce, je vais te dire, je n'encaisse plus. Il s'agit de mes compagnes, j'en ai ma claque. L'élevage des larves, j'ai donné. Je les vide. Elles sont trop. Elles sont surtout de trop.

Comme il te plaira. Je rentre. Les charmantes sont dans la cuisine, la pièce empeste le renfermé. Rosy, assise, pieds sur la table, peignoir ouvert, fume, pas gênée. On peut voir sa chatte rasée de frais. Elle cause. Caro l'écoute, en chemise de nuit. La vaisselle traîne, des restes de bouffe, un torchon en boule, et moi donc ! Je m'adosse à la porte, face à la scène. Ces demoiselles ne se dérangent pas. Détente au bordel, tableau vivant. J'écoute. Quelque chose coince, on dirait. Caro demande :

— Répète un peu. Il t'a fait du fiss quoi ?

— Pas du fiss, nouille, fist. Ça veut dire poing en anglais. Il m'a fait du fist fucking, tu comprends cette fois ?

Caro porte la main à la bouche, horrifiée :

— Tu veux dire avec le poing ? C'est trop gros, tu me racontes des histoires !

— Et quand tu accouches, c'est quoi ? Un pois chiche, comme ta cervelle ?

— Bon, d'accord. Quand même, ça doit faire mal !

— Je reconnais, au début ça surprend. Il vaut mieux enlever les bagues.

— Il te l'a fait souvent ?

— Je veux !

— Et c'est comment ?

— C'est géant. Essaie, tu verras. Faut pas rester coincée, bécasse, on n'est plus au Moyen Âge, je te signale. Tiens, Anne, salut. Tu vois, j'instruis la jeunesse, toute une éducation à faire.

Ah, j'existe :

— Salut. Ne vous dérangez pas. Voilà, il va être midi, je repars. Ce soir quand je reviendrai, vous ne serez plus là. Vous continuerez vos séances où vous voudrez. Ici, terminé, on ferme.

— Pardon ?

— Pas de pardon. Vous dégagez, je vous vide. C'est clair ?

— Tu plaisantes !

Je ne réponds pas. Je passe dans la chambre, je prends le portefeuille, la *Cité antique* et Caro de plein fouet. Elle s'accroche, elle pleure. Dieu que je déteste ! Elle me supplie de ne pas l'abandonner. Finissons-en :

— D'accord, toi tu restes. Pour Rosy, rien de changé, veille à ce qu'elle s'en aille. Et mouche-toi, tu baves.

En espagnol, baba. Je disparais. Tu crois que l'autre

obsédée va obtempérer ? Elle est vexée à mort, et elle dispose d'une brochette de petits amis prêts à la récupérer, elle, ses charmes et ses techniques de chez ta mère, mon poing à couper. Une brochette, hein ? Je claque la porte.

À propos, et les cours ? Qu'ils attendent. Il s'agit bien d'eux, tu ne vois pas que ma vie est en l'air ? J'ai tout à reprendre. En ce cas, à quoi rime de garder Caro ? Bah, elle ou un canari... Ce n'est pas la mauvaise jument. Une fois remise sur rail, elle trottera droit, sinon du balai. Elle possède un côté petite souris attendrissante, Câlinette.

Quel jour sommes-nous ? Aucune idée, les jours se valent. Je les distingue de la nuit, mais entre eux, non. Un jour est un jour est un jour... Et me revoici place de l'Ancienne-Halle-aux-Grains. Le marché plie bagages pour laisser la place aux terrasses. Le souk habituel, caissettes, déchets, gens qui s'interpellent, j'ai connu plus paisible. Le bruit m'obsède, je finirai au carmel.

À Aix, on doit pouvoir s'offrir un restaurant différent par jour pendant un an, je pense. Et à Bahia, une église, Bahia-de-Tous-les-Saints, Aix à toutes les sauces.

Place de l'Hôtel-de-Ville, je retrouve le même siège au même bar. Blondie et Piercing ont disparu, Huskie aussi. Le garçon persiste, voilà un brave. Il demande :

— Pour mademoiselle, ce sera ?

— Un blanc sec.

— Sauvignon, côtes-de-provence ?

— Un côtes, merci.

Ce jour-là, ce maudit jour, c'était une grenadine. Je me disputais avec tante Fé, chez elle. Son sirop, je n'en voulais pas, je voulais voir mon frère. Pas question, elle comptait me dresser :

— Les caprices, ça suffit, Anne. Ton frère est au village, tu sais bien. Nous irons le rejoindre quand tu auras bu ton verre, pas avant. Non mais, tu ne t'imagines quand même pas faire la loi !

Je ferme les yeux. Cette grenadine, je la sens encore.

La Foire aux agnelles a lieu le premier mercredi après le 15 août. Mes yeux brûlent. Pleure, il faut pleurer. Tout condamné à mort aura la tête tranchée... Tu vois le rapport ? Oui, la syntaxe, sujet, verbe, complément. Elle structure le flux, j'aurais dû faire grammaire. J'essaie de plaisanter, sinon je deviens folle. J'ai envie de hurler.

Je n'y étais pas, pourtant je revois la scène. Gros Gégé nous a raconté, le reste, je connais, la foule, la chaleur, le brouhaha, ce qu'on appelle la fête. Plein de monde, bien sûr, et par moments le bêlement des brebis en fond sonore, par-dessus le bruit des musiques et des voix. Cette foire, j'y étais allée l'année d'avant avec Yvon.

Et cette année, celle de nos huit ans, je devais y retourner bien sûr. Maman, pas question qu'elle bouge. Tante Fé passe me prendre à L'Amalanche. Elle a oublié je ne sais quoi, j'ai soif, nous nous arrêtons chez elle. Yvon nous attend au Tabac.

J'ai peur de m'y rendre. Une sorte d'angoisse m'étreint. Je pressens, je ne veux pas. Je veux que mon frère me rejoigne ici, avant qu'il soit trop tard. Je demande à tante Fé d'aller le chercher pendant que je finis de boire, promis. Elle refuse, pas de raison.

— Et quoi encore ? Tu veux que je t'amène monsieur le maire et tous les santons avec ?

Non, je veux mon frère. L'an passé, il me tenait par la main, nous nous promenions entre les stands. C'était fou, tant de foule, de choses, tant de couleurs et de mouvement ! Noël en plein été, les terrasses bondées, les têtes recuites des paysans, les grappes de ballons avec des Mickeys, des gros éclats de voix.

Je me souviens. Yvon s'est arrêté en extase devant un stand de couteaux, tous différents, avec des lames étincelantes. J'aurais voulu avoir l'argent pour lui acheter la boutique. Ou même un, seulement, on le lui aurait confisqué.

Nous entendons les clarines, nous allons regarder les moutons, des bêtes énormes qui sentent très fort. Ils ont soif, ils sortent la langue. Ils sont différents de nos brebis stupides, toujours en train de ronger le paysage droit devant, tassées les unes contre les autres comme de gros vers gris. Ils ont des cornes enroulées, des taches noires. Tante Fé nous a donné des sous, papa aussi. Il y a trop de tentations, impossible de tout prendre.

C'était l'année dernière, donc. On pouvait manger au Tabac, chez papa. Nous avons préféré le Glacier, pour changer. Un de ses amoureux venait d'inviter tante Fé, nous avec. Un gros rougeaud, avec du ventre et une chaîne en or au poignet. Elle est maligne, tante, elle se débrouille toujours pour trouver des amateurs. Je les comprends, elle ressemble à un gâteau à la crème. Les messieurs sont gourmands, mais c'est elle qui déguste à leur santé. Après, tintin, elle se moque bien d'eux. Tante Fé, c'est un chef.

Au Glacier, le patron ne se casse pas la nénette. Rien à commander, le même menu pour tout son monde, radis-beurre, rôti-haricots verts, des mollassons droit sortis de leur boîte. Fromage, glace Gervais ou tarte industrielle. Enlevé c'est pesé.

Il fait le plein. Les gens ne sont pas là pour déguster quatre haricots en carton. Ils viennent se retrouver. Ils sont contents, ils se virent des claques dans le dos, ils discutent, ils bouchent les trous du temps perdu. Le temps est un gruyère.

Nous, on s'installe à la bonne table, à l'ombre des platanes. Les grands prennent l'apéritif. Avant, je croyais que ça s'écrivait en deux mots : « la péritife », mais bon. Avec Yvon, nous nous contentons d'une orangeade. Rougeaud rougeoie. Après le pastis, il continue au rosé, ça ne l'arrange pas. Tante Fé rit beaucoup, son rire de gorge. Ça rend fou ses bonshommes, elle dit. On dirait qu'elle roucoule, les pigeons adorent, normal.

Yvon n'a pas faim, moi pareil. Il fait trop chaud, et puis ces odeurs de mangeaille, cette foule grouillante... Mon frère s'énerve, ses jambes remuent en cadence sous la table. Il dit :

— Tu viens ?

— À quel endroit ?

— N'importe où, viens !

— Pars devant, je demande la permission à tante, je te rejoins.

— D'accord, je t'attends près des cabines du téléphone.

Fé ne s'occupe pas de nous. Rougeaud se penche vers elle, lui parle à l'oreille. Après il va essayer de l'embrasser dans le cou, elle connaît. Les rougeauds en veulent pour leur argent, elle dit. Elle baisse la tête, elle glousse. J'en profite pour prendre son verre à moitié plein, j'avale. Du mousseux, son amateur a bien fait les choses. Je continue. Ça pique, c'est bon. Puis je passe au verre de l'autre gros cochon.

Je me réveille collée à ma chaise. Tante lit le journal, Porcinet a disparu. On voit toujours plein de monde, on entend plein de bruit, un cran au-dessous quand même. Yvon revient, mais alors pas content :

— Anne, moi j'attends et toi, tu fais quoi ?

— La sieste, tu vois.

— C'est idiot, on aurait pu s'amuser dans la foire, enfin !

— On se rattrapera à la prochaine, je te promets.

Il n'y aura pas de prochaine.

Place de l'Hôtel-de-Ville, le spectacle continue. À Mallemoisson, il vient de s'enrayer. Tante Fé s'obstine, et moi donc !

— Ta grenadine, Anne, tu te décides !

— Je veux mon frère.

— Bois et tu l'auras. Il est à la fête, lui. C'est quand tu voudras, j'attends. Je ne suis pas pressée.

Moi si. Je veux qu'Yvon quitte le village, vite. C'est urgent. Comment l'expliquer à cette obstinée, elle m'enverra bouler.

Je dis :

— Téléphone à papa.

— Il est occupé, un jour comme aujourd'hui, tu penses ! Et pour dire quoi !

— D'envoyer Yvon, je t'en prie, tante !

— Ton frère s'amuse sans toi, il n'est pas si bête.

Si je ne me retenais pas, je te collerais une trempe. L'âge idiot commence on dirait, on n'a pas fini.

Quel âge ? Quelle idiote ! Pourtant, Fé téléphone. Je prends l'écouteur. Elle a du mal à joindre papa. Lui, je le vois, il essaie d'être partout, il y arrive presque, il se démène. Enfin, il arrive :

— Alors ?

— Fé à l'appareil, bonjour quand même. Yvon est avec toi ?

— Il est sorti avec son nounours. Vous n'êtes pas ensemble ?

— Pas du tout. Tu ne sais pas où il peut se trouver ?

— Dans sa chemise, cherche-le.

Il raccroche d'un coup sec, ça fait mal dans l'oreille. Papa n'a pas la patience. Il vient de parler de l'ours, Yvon l'adore, il s'appelle Vévéo-Nanar. Tout le monde le crucifie à cause de lui. À son âge on est un grand garçon, il paraît, on ne joue plus avec une peluche.

Mon frère répond qu'il ne joue pas, l'ours le surveille. On trouve bien des chiens de garde, non ? Quand on essaie de le lui prendre, ça craint, Yvon se bat. La dernière fois, à l'école, Vévéo-Nanar a laissé un œil dans la bagarre, on ne l'a pas retrouvé. Tante Fé a promis de lui mettre un bandeau, comme les pirates.

Du côté de papa, autre chanson. Lui c'est le travail d'abord. Cette foire représente le gros chiffre de l'année, il dit. Alors quand tante l'a rappelé, il n'a pas bougé, il ne s'est pas inquiété.

Moi si, je sais, ça presse. Il faut faire quelque chose, mais quoi ? Si j'étais plus grande, j'assommerais tantine en douceur, je prendrais la voiture. Mais j'ai huit ans, tante pèse vingt tonnes et je ne sais pas conduire.

Ça va être trop tard, je ne supporte plus. J'avale la saleté de grenadine, basta. Je me sens faible, d'un coup. Je m'évanouis. Enfin je fais comme si. Elle m'a trop contrariée.

Et voilà le travail. Fé s'inquiète, j'ai beau m'être réveillée, elle me mène à l'hôpital de Digne. Le voyage prend des siècles, entre les caravanes et le reste. Une fois rendues, nous devons patienter deux ou trois éternités. Ils appellent ça les urgences.

Je fais semblant d'être à moitié dans les pommes. Une infirmière m'examine, rassure tatie, la croissance, la chaleur, elle dit, faut pas s'affoler. Fé remarque :

— Justement, elle se faisait du souci pour son frère.

— Qu'est-ce qu'il a ? Un bobo ?

— Non, il est à la foire de Vonges.

— La foire vous dites ? Chez nous c'est le cirque en permanence, surtout l'été. Bon, petite, porte-toi bien.

Il est trois heures passé quand on me demande de dire merci à la dame, on s'en va. Fé a faim, elle se décide pour un sandwich sur le Gassendi, à Digne. Le village, c'est trop tard.

Nous y sommes. Tante avale, moi pas moyen, rien ne passe. Elle soupire, je l'agace :

— Tu as décidé de me gâcher la journée jusqu'au bout, pas vrai ? Tu veux une glace ?

— Je veux Yvon.

— À la fin, je n'en peux plus. Yvon, Yvon, Yvon, Yvon... Tu le reverras, ton Yvon, laisse-moi vivre.

Elle me sort le roman à rallonges. Je subis. Quand j'ai une chance de pouvoir parler, je dis :

— Appelle !

— Pour quoi faire ? Ça suffit, je te ramène chez ta

mère, qu'elle se débrouille avec toi. Chacune son tour, j'ai mon compte à la fin, je te jure.

Il est quatre heures. Nous reprenons route et trafic. Le temps file. À L'Amalanche, personne. Maman, pas là. Pas au jardin, ni dans son oratoire. Envolée. Il est cinq heures. Il est trop tard.

Tante se réveille. Quand même, j'ai réussi à l'inquiéter, enfin. Elle se décide à appeler Vonges. Le Tabac, occupé. Elle fait le numéro du Glacier.

— Ici Fé. Dites, le petit Dangle, le jumeau, vous l'avez vu ?

Je la regarde. Elle écoute, ses yeux s'arrondissent. Elle dit :

— Non, c'est pas vrai !

Elle écoute encore :

— J'arrive.

Elle pose le combiné. Elle dit :

— Anne, il est arrivé quelque chose à ton frère.

Mes oreilles bourdonnent, je repars dans les nuages pour de bon. Cette fois, pas d'hôpital. Fé me donne du vinaigre à respirer, me gifle. Je reviens. Elle a changé, elle est gênée, elle ne sait comment m'apprendre ce qui s'est passé. Je ne demande rien, je sais. Puis Gégé arrive, avec maman. Elle non plus ne dit rien, pâle comme la mort. Elle se pose sur une chaise, mains nouées sur les genoux. Gégé raconte.

Yvon nous a attendues. Il a mangé avec des cousins, au Glacier. Après le repas, il les a prévenus qu'il allait faire un tour à la rivière. Il a filé.

Rivière, si on veut. C'est une source qui passe dans la ravine du Bœuf, au pied du village. Plus loin, elle rejoint le torrent des Duyes.

Yvon et moi, on aimait bien y jouer. Avec des galets, on fabriquait des barrages. Quand l'eau monte, Yvon fait naviguer ses barques Playmobil ou alors des brindilles. Il met des fourmis à bord. Il les regarde flotter. Je le regarde regarder.

Mon frère part pour la rivière. Vers quatre heures, les cousins décident de s'en aller. Ils le cherchent pour lui dire au revoir. Gégé se trouve à la table à côté. Toujours serviable, il propose d'aller le récupérer.

Il descend le sentier vers la source. Deux gamins remontaient en courant. Ils l'aperçoivent, ils crient :

— Monsieur, monsieur, vite, appelez les gendarmes !

— Mon Dieu, pourquoi donc ?

— On vient de trouver le petit du Tabac, il ne bouge plus.

Quand maman entend ça, elle se lève, elle part. La porte de sa chambre claque. Gégé a l'air peiné, il demande :

— Qu'est-ce qu'on peut faire ?

Il soupire, il continue. J'entends, dans la brume. Je ne veux pas. Il faut. Je me sens glisser. Tu dois tenir. Gros Gégé descend dans le pré...

Ce pré, nous l'avons dévalé tant et tant de fois nous deux, Yvon et moi. Dans l'herbe, des sauterelles sautent, par gerbes, des rouges, des bleues. Une ligne de peupliers borde le fond de la ravine. Un peu plus bas, au pied d'un gros rocher, l'eau a creusé un trou, le seul endroit profond. C'est là que nous allions.

C'est là que Gégé trouve mon frère.

— J'ai cru d'abord qu'il dormait. Ça m'a soulagé. Puis j'ai vu son crâne saigner, on venait de l'assommer avec un caillou, et aussi son expression, un air d'énorme surprise, voilà... Je l'ai pris dans mes bras, je l'ai remonté. Plein de gens descendaient, j'ai dû me fâcher pour pouvoir passer. Heureusement les gendarmes...

Heureusement... Je me lève, me bouche les oreilles, je crie. Fé me serre contre elle. Je me débats, je la mords. Elle ne me lâche pas :

— Anne, on va le soigner, il n'est pas mort. Tu verras, tout va s'arranger, fais-moi confiance.

J'ai vu. Yvon ne sera plus jamais le même. Ils le soignent depuis dix ans dans un centre hospitalier. Il en avait huit, il ne les a plus. Il n'a plus d'âge. Il n'est pas mort, c'est pire. Ça ne s'arrangera pas. Je ne vais pas le voir, je ne peux pas. Avoir confiance ? Comment donc ! Trouvez-moi une raison, une seule.

Je me laisse aller. Tante me couche sur un canapé. Elle me donne un cachet, pour m'assommer. Je dors. Je me réveille, c'est un autre jour, ma bouche est pâteuse. Si seulement je pouvais me rendormir et ne jamais sortir du sommeil. Je veux disparaître, qu'ils me laissent, tous. J'ai froid, le soleil est froid. J'entends parler. Tante téléphone de la cuisine. Elle dit :

— Comment je me débrouille avec cette petite ?

Je l'écoute de très haut, de très loin. Tiens, je suis chez elle, je ne m'étais pas rendu compte. Je suis sur ce canapé, mais ce n'est pas moi, juste mon corps. En vrai je plane quelque part au-dessus du mûrier, dehors. C'est bien, ils ne me rejoindront plus. Ils me croient avec eux, ils ne savent pas, et tante reprend :

— Écoute, je vais voir si elle se réveille. Je te rappelle.

Je ferme les yeux. Elle se penche, me tapote doucement les joues :

— Anne ?

Je la regarde. Elle dit :

— Tu nous as fait une peur bleue. Comment tu te sens ?

Je ne réponds pas.

— Tu as faim ? Je te prépare un chocolat ?

Je ferme les yeux.

— Anne, je t'en prie, je ne vais pas attendre cent ans ! Sois gentille !

Cent ans c'est un bon début, qu'elle attende. Elle deviendra une mémé-rhumatismes, une de celles qui peuvent à peine se traîner. Il n'y a plus de curés, elles vont quand même à l'église, elles restent en noir. Les rougeauds ne s'occupent plus d'elles, elles sont devenues des mémés-corbeaux, elles sentent la mort. Je veux partir, j'étouffe, je dis :

— Emmène-moi.

— De suite. Tu peux marcher ?

Je peux. C'est drôle, mon corps obéit, comme s'il ne savait pas que je ne suis plus là. Je viens de rejoindre cet endroit hors de tout, cette marge où je survis depuis dix ans. Une bulle vide. J'attendrai. Un jour elle explosera, je vengerai Yvon. Je le vengerai. Après ? Quelle importance ? Il n'y a pas d'après, seulement cette absence toujours présente.

Je marche, je respire, la machine fonctionne. Fé me parle comme on parle à un bébé. J'écoute. Mon frère est à l'hôpital, il vient de sortir du coma. Elle m'explique :

— Hier, un gamin a vu quelqu'un se sauver près de

la rivière. Il a filé dans la ravine. Au village ils ont fait la battue jusque tard dans la soirée. Ce matin ils sont repartis, j'attends les nouvelles. Je te prépare ton chocolat ?

Je fais signe que oui. Je bois, je vomis, le premier refus d'une longue série. J'ai eu le temps d'aller aux toilettes, tante ne s'est aperçue de rien, elle dit :

— Je m'en veux, j'aurais dû t'écouter. C'est comme si tu l'avais senti venir...

Je demande :

— La battue ?

— C'est vrai, il va être midi, j'appelle.

Je l'accompagne. Elle utilise un téléphone mural dans la cuisine. Leurs battues, je connais. À Vonges, ils les pratiquent tout au long de l'hiver contre les sangliers. Ils mettent la tenue de soldat, celle avec des taches de couleur. Ils portent des casquettes vertes, ils ont plein de fusils, plein de chiens. Ils jouent à la guerre, ils sont heureux. On les regardait avec Yvon, c'est presque aussi bien que Conan le Barbare. Ils partent dans des genres de Jeep. Chaque fois ou presque, ils reviennent avec deux ou trois bêtes grises tachées de sang, ils prennent la photo. Les chiens tirent la langue, eux boivent le pastis. Mon frère a de la peine pour les sangliers. Quand il sera grand, il les défendra, il protégera toutes les bêtes. Quand il sera grand...

Nous en avons vu, des sangliers morts, ils en tuent tellement qu'ils ne peuvent pas tout manger même en se forçant. Ils en bourrent des congélateurs, leurs femmes préparent des montagnes de bocaux de daubes, ils en ont pour quelques vies d'avance. Et tante dit que ça leur détraque le foie, toute cette sauce. Elle en sait long, tante.

Elle appelle donc, encore et encore. Elle râle :

— Toujours occupé, c'est pas vrai !

On dit d'une chose qu'elle n'est pas vraie quand elle l'est. Je ne m'impatiente pas, je pense aux sangliers, aux arbres, aux nuages. Les pensées arrivent, elles flottent. Si celles de mon frère font pareil, elles vont se rencontrer, alors je les laisse aller. Je dois vivre. Tant que je reste vivante, lui n'est pas perdu, je lui garde une place dans ma tête. Nous vivrons ensemble, personne ne nous séparera.

Tatie essaie encore. Cette fois quelqu'un répond. Non, pas de nouvelles de l'expédition. Tant pis, elle dit :

— Je te prépare du foie de veau avec de la purée. Du temps, tu regardes la télé, d'accord ?

Elle allume le poste. Je fixe sans voir, je coupe le son. Je veux entendre quand elle rappellera. Tante folle ne tient pas en place :

— Je te laisse un moment, je n'en peux plus, je fais un saut à Vonges. Je peux ?

Elle part. La permission, en vrai, elle s'en passe. Elle est comme les autres, elle ne veut rien perdre du spectacle.

Tiens, une odeur de brûlé, au bout d'un moment. À la cuisine, le foie se transforme en charbon. Je laisse faire. Il grésille, la fumée emplit la pièce. Je tousse, j'ouvre la porte en grand, je sors respirer. Beau temps pour une battue. Le soleil me poignarde les yeux. Je les ferme, je vois Yvon, il me tend Vévéo-Nanar. Il dit :

— Tu le veux ?

Je réponds oui, je suis contente parce qu'il tient à cet ours plus qu'à n'importe quoi. Pourtant, il me l'a donné, en vrai. Ça s'est passé à Pâques, il m'en a fait cadeau, je suis sa préférée. Des filles essaient de l'embrasser, à l'école, à la récré. Elles le trouvent mignon. Les autres garçons, c'est rien que des petites brutes à côté, elles disent. Nous les jujus, nous sommes différents. Les autres le sentent et ils nous en veulent, ils nous cherchent. Nous devons nous battre, des fois. À deux, on se défend mieux.

Il me donne Vévéo, je le lui rends et son image s'efface. Elle reviendra, puis revoilà tante. Elle brasse plein d'air, avec elle pas besoin de ventilateur. Elle n'aurait pas dû me laisser aussi longtemps, elle dit. Les gens commencent par faire, après ils te sortent cette chanson. Elle demande si je veux des crêpes ou un croque-monsieur. Je dis :

— La battue ?

— C'est vrai, où j'ai la tête ? Figure-toi, ils ont pris un berger, ce Zou, tu vois de qui je veux parler ?

Elle raconte. Je dis :

— Qu'est-ce qu'ils vont lui faire ?

— Le juger, ensuite le mettre en prison un bon bout de temps j'espère. Pourtant, il avait l'air brave, jamais on se serait attendu...

Qu'ils l'enferment. Un jour, il sortira, je serai là. J'aurai toute la patience du monde.

J'ai attendu. Il est sorti, et je suis là, place de l'Hôtel-de-Ville, là pour rien, comme une vieille Pénélope, et à Mallemoisson tante Fé ne sait plus quoi inventer. Elle me propose des pommes de terre sautées avec des lardons :

— D'habitude tu en raffoles, de mes patates.

D'habitude je vivais. Je réponds oui pour avoir la paix. Patates ou pas, je n'avalerai rien, je ferai semblant, il s'agit bien de manger. Tant que je n'aurai pas ce berger en face, rien ne passera. Je n'ai pas pu faire revenir Yvon, je suis coupable, je dois payer.

Tante dresse le nez :

— Tu sens ? Mon foie !

Elle bondit. J'entends plein de bruits, l'eau, l'évier, la poêle. Elle se démène. Les gens s'occupent. S'ils s'arrêtent, ils sont perdus, ils vieillissent d'un coup. Ils meurent, c'est leur vie.

Nous passons à table, chips et jambon, le menu d'urgence. Fé entreprend trop et ne finit rien. Au départ le temps ne manque pas. À l'arrivée il en reste assez pour ouvrir une boîte en cata. J'ai de nouveau droit à la battue, avec détails. C'est une raconteuse, tante. Elle peut reprendre une histoire en variant des tas de fois.

La veille donc, ils s'y mettent tous. Une équipe part ratisser au-delà du Planas, vers les Hautes-Duyes. Une autre remonte le chemin des Patouilles, en direction du Castelard. Une troisième descend jusqu'au hameau des Bourres. Un artiste ajoute régulièrement un accent aigu sur le E du panneau. Ça donne les Bourrés. Au village, cette finesse les fait mourir de rire.

Une autre bande s'appuie le chemin du relais de télé. Ils cherchent. Ils demandent aux gens qu'ils rencontrent s'ils ont vu quelqu'un passer ou se planquer. Rien.

Ce matin, ils remettent ça. Il y a aussi l'hélico de la gendarmerie, c'est pratique :

— D'en haut on voit mieux, tu comprends ? L'an passé une mémé venait de s'escaper de la maison de retraite, pas moyen de la retrouver. Elle s'était fourrée dans un coin, sans l'hélico elle y serait encore. Aussi, c'est une honte, plus personne ne garde ses vieux à présent. Pour un peu ils les enverraient à la déchèterie.

Pour parler, elle parle, tatie. Elle tient un sujet, elle ne le lâche plus, on dirait un chien avec une peau de lapin. J'écoute. Elle brode. Des fois elle perd le fil :

— Aussi, c'est terrible, on n'a plus le droit d'être vieux. On est tous jeunes, sauf qu'on a plus le même âge. Et quand tu te retrouves croulante pour de bon, tes enfants te retirent de la circulation, direction le mouroir. Merci d'être venus les papis ! Total, les jeunes filles se battent pour leur torcher le derrière, aux ancêtres, tu m'excuseras. On ne trouve pas d'autre boulot dans la vallée. C'est une chouette façon de commencer la vie pour des gamines, pas vrai ? Où j'en étais restée ?

— La battue.

— C'est vrai. Dès qu'il a fait jour, c'est reparti. L'équipe des Duyes a continué vers Auribeau. Une fois franchi le col, après le château, tu débouches vers Lambert. C'est précisément là que ce berger travaille. Dans le lit des Duyes, en dessous du col, ils sont tombés sur son blouson, un rouge avec l'aigle noir et plein de taches de sang. Tu auras assez de chips ?

Il s'agit bien de chips ! Ce blouson, je l'ai vu. Je m'en souviens, il tire l'œil. Elle reprend :

— On l'appelle Zou, ce berger, tu le sais ? Un rien demeuré. Aussi, ne va pas me dire que c'est un métier normal, seul avec son troupeau, pas de femme, personne à qui causer. À force ils deviennent comme leurs bêtes, pareils. Ça devait arriver. Pourquoi a-t-il fallu que ça tombe sur...

Elle prend le mouchoir, s'essuie les yeux :

— C'est terrible, mais qu'est-ce qu'on a fait au bon Dieu...

Elle renifle comme une gamine qui a un gros chagrin. Moi pas. Je me sens dure. J'ai vieilli, depuis hier. J'ai mille ans, et Fé m'amuse avec ses rougeauds, ses romances et sa solitude. Les types, pas besoin de les priver de femmes, pour les changer en bêtes, ils le sont de nature. À quoi bon pleurer ? Il y a mieux à faire. Je le sais, je sais ce qui m'attend, dès ce moment.

Elle reprend :

— Ce blouson signifie qu'il vient de passer par là, pardi. Personne ne l'a vu au village, donc il se cache, sinon il aurait pris la route, pas vrai ? Seul un coupable se planque. Alors ils continuent, cette fois ils sont fixés. Un peu plus tard ils l'ont trouvé, ils lui sont tombés dessus, le carnage ! Ils y sont allés de bon cœur, je te prie de croire. Sans les gendarmes, ils en faisaient du steak haché. Ils l'ont ma-ssa-cré !

Requinquée, tante se ressert. Elle boit. Elle constate :

— Ils ont drôlement bien fait. Moi je l'aurais achevé, c'est plus un homme, c'est un nuisible. Un chien enragé, tu commences par l'abattre, tu discutes après.

Elle hoche la tête, elle réfléchit :

— Puis non, la mort c'est trop doux. Il faut commencer par leur couper le zizi, à ces saletés, pour l'exemple. Et comment ! Ça fait réfléchir les autres.

L'émotion assèche. Elle se ressert :

— Pour finir, les gendarmes le planquent dans leur fourgon, et là figure-toi, il avoue, tranquille, sans se faire prier, comme s'il avait juste mis le doigt dans la confiture. Tu imagines ?

— Et après ?

— Oh, ils l'ont bouclé, il va prendre un max de taule. Puis un jour il sortira, il remettra ça. Il faut les tuer, moi je dis, au moins tu es sûr qu'ils ne recommencent pas.

Logique, tante. Elle soupire un grand coup :

— Ça n'a pas traîné, merci Seigneur ! Tu trouves des affaires en suspens depuis des années, tu te rends compte ? Je ne vivrais plus. Quel dommage qu'ils aient sucré la peine de mort. Ils ne nous ont pas demandé notre avis, tu remarqueras. Les assassins, eux, la mort ils ne s'en privent pas. Tu as assez mangé ?

J'en ai soupé. Elle s'essuie les yeux :

— Ma pauvre chérie, ma poule, mon chaton, c'est terrible mais au moins ils l'ont attrapé. Tu veux quelque chose ?

La paix. Impossible, l'article n'est pas en montre chez tatie. Et aussi le fusil de papa, pour quand ce berger sortira. Je dois apprendre à m'en servir, il faut que je grandisse. Ils l'ont supprimée, leur peine de mort. Pas moi. J'attendrai. J'attends. J'ai attendu, dix ans. Pour des prunes. Cela fait un joli chiffre quand on n'en a pas vingt. J'ai grandi à l'ombre d'une idée fixe. C'est fini. Zou est dehors, la victime c'est lui. Ton fusil peut rester où il est.

La suite ? On se secoue. Je suis sous le beffroi, au cœur de tourist-land. Rien de changé, nos visiteurs n'ont pas rajeuni. Beffroi ou pas, leurs virées ne datent pas d'hier. Ils sont déjà venus, voici une pincée de siècles. À l'époque ils descendaient vers Rome, comme un fleuve barbare. Marius et ses légions les regardaient passer, installés au pied de la Sainte-Victoire. Elle ne portait pas encore ce nom. Les envahisseurs insultaient les légionnaires :

— On va niquer vos femmes, bâtards !

Ils sont toujours là. Ils ont pris un coup de vieux, troqué l'épée contre le caméscope. Ils évoluent. Un temps, ils déboulaient en panzer. Ils ne rentreraient plus dedans, les loups maigres ont pris du bide. À présent, ils arrivent en bus ou en Mercedes, et nous voici tous cousins. Marius joue aux boules avec Helmut et que sont devenues les légions ?

Les barbares, terminé. Je décroche, je prends au plus court, je rentre. Voici les Bernardines et l'amie Caro. Elle m'annonce :

— Elle est partie.

— Furieuse ?

— Même pas. De toute façon, elle serait partie, elle a dit. Je ne sais pas si je peux te répéter...

Elle hésite. Je l'encourage :

— N'aie pas peur des mots, tu peux y aller.

— Elle a dit que les gouines, ça ne la branchait pas et qu'on devrait se le faire mettre pour de bon, à sec, à fond, dans tous les orifices, par devant, par derrière et par les Canaques. Ça nous dégagerait les sinus, elle a dit.

Sinus et Canaques...

— Chut ! Viens.

Je la prends dans mes bras, je la berce. Elle se laisse

aller. Ma cuirasse grince, à force elle est rouillée. Dix ans dans le bleu, j'ai l'impression de me dissoudre.

Pas de ça, fille mienne, on se ressaisit. Tu leur as fait confiance, tu as cru gentiment leurs sornettes. Ils disposaient de la Justice et de la Loi. C'était Zou le vilain. Tu étais petite. Eux non, ils ont salopé leur travail. C'est vrai, à huit ans, que pouvais-je ?

Me voici deux fois plus vieille et cent mille fois plus forte. Cette fois, personne ne me possédera. Je trouverai, sans eux, contre eux s'il faut. J'ai grandi. L'autre existe, le monstre doit bien vivre quelque part. Il a possédé tout son monde. Où qu'il soit, nous nous retrouverons. Patience.

J'ai tenu, je tiendrai. Caro me caresse la joue :

— Tu pleures ?

Tiens, c'est exact. Je pleure, visage immobile et vais m'allonger, volets fermés. Nous n'irons plus au bois... Caro est là, c'est bien, elle est gentille, trop. Un jour, elle se fera manger. Les loups mangent les petites filles qui refusent de grandir. Elle chuchote contre mon oreille. Elle dit qu'elle m'aime, qu'elle m'a toujours aimée, elle m'admire, je suis fantastique, je représente tout pour elle...

N'importe quoi... Je me sens sèche. Je n'y suis pour personne, à quoi bon ces fadaises ? Pourtant je me prête un moment, à force de lassitude. Et tes résolutions ? Qu'elles aillent se faire violer ailleurs. J'ai besoin d'un peu de chaleur, cela se passe en surface. Au fond, je reste dure, aussi dure que ce galet qui a expédié mon frère dans les limbes. L'autre, je l'aurai, je le briserai.

Caro continue sa litanie, un vrai moulin à prières et

c'est moi sa divinité. Dieu n'est plus ce qu'il était. Sa main s'égare, je lui bloque le poignet. Elle s'étonne, demande pourquoi :

— Tu as tes...

Non, désolée, ni mes ours, ni mes ragnagnas, ni les soldats de chez sa très gracieuse majesté, ô femme-enfant malade et treize fois impure... Mes règles font l'école buissonnière depuis belle lurette, Guillemette.

— Je ne suis pas d'humeur, peux-tu l'admettre ?

— Excuse-moi.

Elle admet, tant que je veux. Ce que je ne lui dis pas, c'est qu'à présent je pourrais devenir amoureuse, si jamais... Si je trouvais un garçon assez doux pour m'accepter, assez fou pour me supporter. En attendant cette perle rare, que ma chatte repose en paix. Qu'on se le dise. Il faut quand même réconforter la troupe :

— C'est bien que tu sois là, Caro.

— C'est vrai ?

— Oui, et aussi que Rosy soit partie, je n'en pouvais plus. Au départ je la prenais pour une amazone. En fait c'est un macho, cette fille.

Ma compagne se blottit contre moi. Un brin de tiédeur au milieu de la banquise, un rien de tendresse. Accordez-moi encore ce répit, demain je repars en chasse.

Je pense à elle, son image tourne en rond dans ma tête comme un hamster en cage. Rien de précis, une idée pure. Je veux dire, je ne me vois pas faire quoi que ce soit avec elle. J'ai besoin de sa présence, j'en ai besoin très fort, c'est tout. Cette fille me hante. J'ignorais que ça pouvait être aussi intense. C'est dément, je ne la connais pas. Rien de physique, j'insiste, elle n'a pas de corps ou si peu. Il ne s'agit aucunement de me la faire, pour parler à la Dédou. Elle me manque, point. L'amour, il me semblait connaître, un besoin vague ou une urgence, tout dépend des moments. Ce phénomène te prend sans prévenir, pas forcément au printemps, nous ne sommes pas des plantigrades. On l'accroche à la première venue, comme une écharpe à un portemanteau. La glorieuse incertitude du sexe ? Ce genre... On se raconte des histoires sans trop y croire, ce n'est même pas nécessaire. Ceux que ça amuse encore se contentent de suivre la règle d'un jeu démodé. Les autres font l'impasse.

Je connais, j'ai pratiqué. La chose n'engage à rien, Elle s'inscrit dans le catalogue des nécessités non nécessaires. Elle permet de meubler. C'est plus ou moins toujours la même chose. Les bras semblables des filles, coco ? Certes. On fait comme si. Oui, et quand je serai dictateur j'interdirai l'amour. Surtout entre les repas, la vie sera plus simple.

Anne, rien à voir. Dieu qu'elle paraît dure, et c'est un feu follet, impossible de la saisir. Elle a l'air de tomber d'une autre galaxie. Quoi d'étonnant avec son histoire ? J'ai du mal à imaginer, étant fils unique. Tiens, papa aussi l'était, son père également. Encore une histoire de répétition, mon bon monsieur.

Anne... J'aime ce prénom, j'en ai soupé des Audrey, Shirley et autres Beverley, tous ces résidus de feuilletons à la louche. Anne plane en dehors. Tu peux le dire, la retrouver n'est pas évident. J'essaie de mettre la main dessus. Je guette, installé dans un des troquets de l'avenue Robert-Schuman. Schuman, chou blanc. Je patiente, entre fac de droit et fac de lettres, entre la loi et le verbe, le passage obligé.

J'y suis depuis lundi, trois jours donc. Gibbon me tient compagnie. Une somme, ce bouquin, j'en ai pour un moment. Les heures passent, les empires s'écroulent, j'écluse des demis, je tiens. Boire, boissons, poire, poissons. Kess tu racontes ? Il y a à voir et à langer. Le temps s'étire. Je regarde le défilé, pas terribles nos consœurs dans l'ensemble. Normal, camarade, la plupart sont fauchées. Elles ont l'air d'aller à l'usine, un genre de mobilisation ou de rafle. Doux Jésus, pourtant elles sont jeunes, elles devraient pétiller de joie, danser... Pas vraiment, elles ne semblent guère en état de grâce, en état de marche tout au plus. Aucune jupe à l'horizon, ces demoiselles portent des jeans, des tenues sombres, et trimbalent des sacoches, ou alors un classeur serré sur le thorax. On jurerait une procession de fourmis. C'est tout ? Monsieur compte tricoter une thèse sur le look estudiantin en fin de millénaire ? Je ne compte pas. Pour compter, il faut commencer par exister. Ce n'est pas mon cas et ce n'est pas nouveau.

Pourquoi ? Je l'ignore. Mes impressions ne tiennent pas la route, je sais. Enfance normale, RAS, personne ne m'a retiré la bouillie du bec, ni enfoncé des piquants d'oursins sous les ongles. Je ne prétends guère avoir été le centre de l'univers pour BTS. Quant à papa, il pense à moi quand il me voit. Ils m'ont tout de même souhaité, j'imagine. D'où vient que je me sente si creux, presque coupable ? Mais de quoi diantre ? Et où espères-tu en venir, avec tes questions gnangnans ? À cette fille, évidemment. Elle m'attire, elle représente tout ce que je ne suis pas. Crois-tu ?

Anne... Sa densité me fascine, une histoire de gravitation, voilà. Je vivais en apesanteur, terminé, elle m'aspire. Je te préviens, c'est une grenade dégoupillée. Quand je lui ai parlé de Zou, j'ai eu l'impression qu'elle pouvait faire n'importe quoi et elle a disparu. J'aurais dû me taire. À quoi te sert de lire Gibbon ? Les Anciens mettaient à mort les messagers de malheur. Je connais. Je sais surtout son absence. Que le jour recommence et que le jour finisse... Tu m'as l'air d'un drôle de Titus, l'ami, et je ne vois pas venir ta Bérénice.

Je patiente. À force, je reconnais des têtes, cela distrait. Tu pourrais aussi noter les numéros des plaques de voitures, les combiner, en tirer des augures. Tu m'amuses.

Les cours passent à l'as. Ils ne mènent nulle part, quelle importance ? Ils sont à eux-mêmes leur propre fin. Par chance, papa continue à s'en moquer, il me croit étudiant, il s'en contente. Inutile de préparer l'ENA, il déteste les énarques. Ses affaires marchent. Père a les moyens de payer les fanfreluches de son épouse et d'envoyer son rejeton en salle d'attente. Du moment que nous ne le dérangeons pas, tout va.

J'accepte. La fac fonctionne comme un tapis roulant, j'y fais du jogging sur place. Je trottine sans avancer, seul le temps se déplace. L'âne et la carotte ? Il y a de ça, sauf qu'avant la bourrique y croyait. C'est fini. Un DEUG, j'en ferais quoi ? Des papillotes, papi. Tes collègues s'y collent pourtant. Ils n'ont pas le choix, ils souhaitent se caser, chacun dans son trou. Ces nobles enfants commencent par vouloir en finir. Bon vent.

Les temps évoluent. Voici trente ans leurs pères tentaient de casser le vieux monde, et faute de mieux de se casser du milieu. Oui, et les modes se renouvellent. Les enfants de Katmandou ont pris un coup de vieux, la route de l'Inde est coupée, restent les sentiers du Net. L'aventure devient virtuelle et ta sœur Anne n'apparaît toujours pas. Moi ? J'aimerais vouloir, pouvoir me raccrocher à... À quoi ? Si seulement je savais. Ma vie ne débouche sur rien, rien qui m'intéresse. Deux doigts de tragique, j'accepterais volontiers, mais mon destin a l'air en panne. Ça se soigne ?

Qui parle de destin ? Attention à l'auto-apitoiement, fils, c'est la pente savonneuse. Gare à la sénilité précoce. Je te signale, aucune fille n'est une solution. Reprends un demi. Personne ne peut rien pour personne. Qui te dit que je demande quoi que ce soit ? Je ne...

Tiens, l'ami Dédou. Il m'aperçoit, me rejoint :

— Hombre ! Je ne te voyais plus, Pierre. Je peux ?

Il s'installe. Il constate :

— Toi, tu m'inquiètes.

— À ce point ?

— Et davantage, tu as l'air d'un ruminant solitaire. Je vois, tu es amoureux.

— Première nouvelle.

— On ne me la fait pas, figure-toi. Tu en pinces pour ton squelette ambulant.

— Si tu le dis... Tu prends quelque chose ?

— Une bière, pas de refus. Écoute...

Je le laisse délirer. Bien beau la Kro, mais quitte à s'envoyer une blonde, il préférerait une vraie, Batave ou Viking, peu importe. Il précise :

— Pour ma SS.

— Pardon ?

— La sécurité sexuelle, pauvre pomme. L'idéal c'est encore de se trouver une régulière, plus besoin de draguer.

— C'est faisable, un petit prince dans ton genre...

— Attends, il m'en faut une vraiment chaude, que tu ne sois pas obligé de te casser le poignet pour la démarrer à la manivelle et à froid.

— Tu as le sens de l'image, en plus de ton charme discret.

— Ne me parle pas d'images, *Play-Boy* ça suffit, j'ai besoin de concret. Note bien, dans concret il y a...

— Je t'en prie.

— Je te trouve bien pudibonde, ma bichette. Les mots t'effarouchent ?

Deux minutes et je ne supporte déjà plus ! Courage, ce n'est qu'un mauvais moment à passer :

— Une fois ta SS dégotée, Dédou, on peut savoir ?

— Facile, je présente un concours, n'importe. Je me dégote la planque peinarde, à moi la vie de patachon.

— Et ensuite quarante ans à t'ennuyer comme un rat mort.

— Peut-être... Ou alors je fais le Club Med, ils ont besoin de types super en permanence.

— Dans ton genre ?

— Tout à fait. Au Club, les filles pas de souci, elles y vont pour la tringle.

— Quel intérêt ?

— Tu es malade ! SSS, tu connais ? Sea, sun and sucette. Tu n'imagines pas, l'été elles déferlent pour se taper les G.O. mon pote. G.O. ça veut dire Gross Orgasme, tu es payé pour t'envoyer en l'air. Quel emplâtre je suis ! J'aurais dû m'y mettre plus tôt. Je finis mon verre et je cours m'inscrire.

— Tu es sûr d'avoir le profil voulu, Dédou ?

— J'admets, Schwarzenegger et moi ça fait deux. Coluche non plus n'était pas terrible. Aucune importance, il en jetait quand même. Il n'y a pas que le muscle, il y a le neurone, n'oublie jamais.

— Il doit t'en rester au moins deux douzaines.

— Arrête ! Comprends, avant tout tu dois être drôle. Une fille, fais-la rire, c'est dans la poche.

— Oui, et après ?

— Comment après ? Ça signifie quoi cette question ? Tu continues, tu t'offres une fixette ou tu passes à la suivante, ce n'est pas la chatoune qui manque, mon minou.

— Je ne suis pas ton minou. Et tu as l'intention de

continuer ce cirque longtemps ? Pour toi, le bonheur c'est la baise, comme tu dis, rien de mieux ?

— Eh, oh, quoi d'autre ? Je suis normal, moi, espèce de tordu. Tu lis quoi ? Gibbon ? Mais tes Romains, bordel, ils ne pensaient qu'au phallus. Ils te le statufiaient en bronze, en mosaïque et en peinture. Ils niquaient comme des dieux, les filles, les garçons, les esclaves, hop à la casserole. Eux ils savaient vivre. Ils avaient compris, le pouvoir est au bout de Popol.

— Tu dois confondre avec Mao.

— Aucune différence, le pouvoir n'a pas de couleur.

Étincelant, le camarade. Je le congratule :

— Continue, tu finiras dame pipi à Pompéi. Permets-moi quand même de m'inquiéter. Le jour où ta puissance érectile te laissera en plan, tu y penses ?

— Parle français. Le jour où je ne bande plus, je me flingue à grands coups de queue.

— Tu auras du mal.

— Tant pis, Pierre, j'essaierai. Je n'en suis pas encore là, parce que... Je vais tout te dire.

Il baisse le ton, se rapproche :

— Voilà, je t'avoue, je suis puceau ou tout comme.

— Pas possible ! Toi le maître-étalon !

— Si. J'en veux trop, tout de suite, alors les rares fois où j'aurais pu... Tu comprends...

— Je crois. Vous montrâtes de la précocité, si je peux me permettre.

— Tu peux. Imagine le désastre, la purée part avant son tour, et la fille avec direction la sortie. Je n'ai plus qu'à me faire un nœud.

— Avec un ruban rose ? Ce doit être mignon.

— Fous-toi de moi. C'est pas drôle, ça me pourrit la vie, je te jure.

— Mon frère, je respecte ta douleur. Tu comptes t'en sortir ?

— Je ne demande que ça.

— En ce cas, envisage la question autrement. Commence par ne pas avoir le sexe à la bouche en permanence, si j'ose dire. Les filles, tu t'imagines que ça les ravit d'être considérées comme des escalopes à l'étalage ?

— Fais-moi braire ! Un peu, mon neveu. Celles qui prétendent le contraire sont des hypocrites. Et si j'avais ton physique, je te le prouverais. Je ne serais pas en train de glander en espérant me tomber un boudin.

Le bougre n'a rien compris, il continue :

— Pierre, des fois j'angoisse. Je me demande si je ne l'ai pas trop petite ou quoi... J'ai beau me dire : « Il vaut mieux l'avoir courte et bonne... »

— Que Black et Decker, d'accord. Une autre bibine ?

— Non, je me tire, tu m'as cassé le moral. Je vais me flinguer. Ami, tu planteras ce que tu voudras au cimetière, je te fais confiance.

— Je n'y manquerai pas. Meurs bien.

Il s'en va. Quel pitre ! Il fait penser à ces chiens salopiauds toujours en chaleur qui se masturbent contre votre jambe. L'animal ne voit décidément pas plus loin que le bout de sa queue, courte ou pas. Quand je serai vizir, je lui offrirai un harem. Quel genre ? Nous verrons le moment venu, rien ne presse.

Attends. Et si Anne t'en voulait parce que tu es au courant de ses malheurs ? Je ne pense pas. Elle s'en veut. Son frère est... Comment dire ? Il nous a quittés, elle pas. Depuis elle se le reproche. La culpabilité, tu connais ? Il n'existe pas d'arme plus redoutable. Je dois l'aider. Comment ? Simple, être là, l'écouter, rester disponible, qu'elle puisse s'appuyer sur toi et qu'elle le sache. Elle en a besoin. Elle n'attend que ça. Elle t'attend.

Si seulement... Je voudrais tout lui donner, mon temps, ma patience, ma tendresse, et qu'elle soit libre. Vous comptez jouer les chevaliers servants, mon doux ami ? Ne ris pas, je n'ai jamais été aussi sérieux. Je ne savais pas pour quoi vivre. À présent, je sais pour qui.

Et elle, que veut-elle ? Pas compliqué, rendre enfin sa justice. Je viens de lui retirer Zou, je dois l'aider à trouver le véritable responsable.

Doucement, de quoi je me mêle ? De mes affaires, Coco. Ma vie, c'est elle. En attendant, midi approche, je lève le siège. La seule idée de reprendre les cours me colle la nausée, pas vrai vieux Gibbon ? Te souviens-tu à Rome, quand tu débouches Piazza Navona en venant du Campo de Fiori ? L'accès se fait entre deux immeubles modernes. Sur celui de gauche, on peut lire, gravée dans la pierre, l'inscription : EF XII. An douze de l'ère fasciste. Il ne doutait de rien, le cavaliere Benito. Elle a duré vingt ans son ère, misère. Et le Reich de mille ans, douze bon poids. Quant au communisme, la nouvelle Rome... Capri c'est fini.

Tu comptes jouer les gibboneaux ? Non. Notre époque ne me passionne pas, elle est glauque. Elle colle ses étudiants, sa future élite, dans des facs pouilleuses. Normal, quoi de mieux qu'un cadre au rabais pour un avenir en solde ? Décidément, je ne l'aime pas.

Banlieues et grandes surfaces, merci bien. Nous avons les acropoles que nous méritons, petit.

J'ai besoin de beauté, faute d'autre chose, voilà pourquoi je demeure à Aix. Cette ville a su rester noble, ils n'ont pas réussi à la défigurer. Je rêve de pureté aussi. Anne est une flamme, tant mieux si elle me brûle. Décidément tu es atteint...

Je décolle. Je me retrouve place de l'Hôtel-de-Ville, l'envie d'y voir clair ne me lâche pas. Il me faut une trajectoire. La mangrove, suffit. Et si tu rentrais chez toi faire un peu d'exercice ? Non, je pédalerais dans le vide. Et une séance de sciage, à Éguilles ? Non plus, oublie-moi.

Trois drapeaux neufs pendouillent au fronton de la mairie. Un rouge et or, un tricolore et un bleu clouté d'étoiles. Le tiercé dans l'ordre chrono. Et au centre de la place, la colonne n'a pas bronché, coiffée d'une boule envahie par un lierre en bronze. À Rome, les clefs de Saint-Pierre dominent tout ce qui est phallique. Elles se croisent les bras, un pour le ciel, l'autre pour la terre j'imagine.

À la table voisine deux filles papotent. Elles causent études. J'écoute, tout y passe, profs et programmes. Elles s'expriment, le bec plein de pizza, et le cœur de nobles espérances. Leur rêve : épouser un footballeux, ce héros des temps nouveaux. Elles trempent leurs frites dans du ketchup, se lèchent les doigts. Elles se comportent comme n'importe quel garçon de leur conditionnement. Le foot est l'avenir de la femme, elles raviraient Dédou.

À côté, un couple s'installe, plus mûr, la classe au-dessus. La dame désigne une boutique. Elle dit :

— Chéri, c'est là que nous l'avons acheté !

Son bouquet de mariée ? Non, son portable. J'adore le ton employé, comme si elle disait : « C'est là que nous connûmes nos premières extases... »

Portable, baisable, jetable... L'ère du Kleenex et Anne reste invisible. À force, j'ai des fourmis plein le cœur. Je repars. C'est gai, Aix, cette atmosphère de goguette permanente. Dieu que la vie est lente...

Place du Palais-de-Justice, la brocante s'étale, bouquins, tissus, bric-à-brac, cartes postales. Je m'attarde à un étalage de bijoux, argent et turquoise. J'interroge la marchande. Afghanistan ? Non, Tibet. Elle se rend chaque année à Dharamsala faire la récolte auprès des exilés. Chaque chose appartient à qui la rend plus chère.

Un peu plus loin, un jeune propose Ganeschs et Garudas. Inde ? Raté, lui pratique l'Indonésie. Il écume les villages. Dur, le marchandage, il reconnaît. Mais ce négoce lui permet de vivre. Et moi ? Si j'allais à Disneyland prospecter les petits Mickeys ?

Plus tard. Comment retrouver Anne ? Il doit exister un moyen... Imbécile ! Je me tape le front. Consulte l'annuaire, crétin, réveille-toi. Dans le premier café venu, je commande un kir. Le bottin ? Au sous-sol, avec la cabine. Voici l'objet. J'épluche... Dame... Dandin... Danger... Dangle. Rue des Bernardines, au 5. On tente le coup ? On tente. Ariane ma sœur... Je compose, ça sonne. Mon cœur dérape. Une fille répond. Oui, Anne est bien là, elle me la passe.

— Non, dites-lui que j'arrive.

Attends, pas question de se présenter les mains nues. Je m'approvisionne chemin faisant. La voix du cœur passe par l'estomac. Vin, pâté, un pain croustillant, une tarte aux fraises, du whisky... Et de belles cerises, en bas de la rue Espariat. Des cerises avec pedigree, elles viennent de chez la maman du détaillant, près d'Aubagne. Élevées sous la mère, quasiment. J'ajoute un bouquet de fleurs, des bleuets. De quoi ai-je l'air ? D'une mère nourricière, sauf que je vois mal BTS dans ce rôle.

On y va ? Du cran, soldat. Place des Tanneurs, tables et chalands débordent sur la chaussée, il faut zigzaguer en pleine cohue. Rue de la Couronne... Tes Bernardines sont à main gauche... Voici le 5. Dangle, c'est tout en haut. Tiens, on trouve deux autres noms sur le carton. Je sonne. À l'interphone, une voix interroge :

— Oui ?

— C'est Pierre.

— Montez, au quatrième.

Déclic, la porte s'ouvre, les dés sont jetés. On ne meurt qu'une fois. J'y vais.

Je suis tout plein content, le Zé m'a trouvé un chien, un berger. En vrai, c'est une chienne. Je l'appelle encore Romy. Normalement ce devrait être Zaza, c'est son tour, mais je regrette beaucoup l'autre, celle qu'ils m'ont tuée. En plus c'est pas sa vraie fille, seulement tous les chiens sont cousins, comme nous, pareil.

C'est vrai, à chaque fois qu'une de mes chiennes avait les petits, j'en mettais un de côté, je noyais les autres. Ça fait peine pourquoi c'est mignon, ces créatures, mais j'avais pas besoin de la meute, je chasse pas. En plus, le berger c'est pas la bonne race pour le sanglier.

Des fois, j'arrivais à en donner. C'est rare vu que c'est pas des chiens de salon. J'en ai eu rencontré, de ces créatures, on jurerait des rats, ils sont pas maï gros, ils te font des crottes pareilles que des noyaux d'olive, tant ils sont estransinés.

Après, je faisais gaffe que ma chienne ait plus de portées. J'ai jamais eu les sous pour lui payer l'opération, c'était pas gagné d'avance. Une chienne en chasse, c'est terrible. Tous les clébards du département rappliquent la truffe en avant, comme si on avait mis l'annonce dans le journal. Supposons, ta Zaza tu la boucles dans la grange. Ils restent, ils montent la garde, ils se découragent pas. Des drôles de queutards, pas de doute.

Balance-leur le seau d'eau, ils s'écartent d'un poil. Ils bougent guère. Ou alors le foutre leur prend, ils tentent de passer, ils te font le trou dans les planches, carrément. Pas besoin de tronçonneuse et pas moyen de s'en dépéguer.

Une fois, le Léon des Brousses... On lui donne ce nom vu qu'il crèche dans le coin perdu pas loin du Revest. Donc le Léon invente de coller sa chienne dans la voiture, la fenêtre un peu ouverte pour l'air, et il file. Quand il revient, il reste bleu. La coquine avait dû appuyer sur la manivelle, un épagneul était entré, ils s'en étaient donné, je te dis pas ! La voiture, cyclonée, comme quand la machine à laver tourne à toute blinde. Les sièges éventrés, de la mousse plastique partout, la vraie panique. Il était content, le Léon.

Qu'est-ce que je dégoise ? Je sais plus, je perds le fil par moments. Ça me reste de la prison, à force de penser pour penser, sans trop savoir, tu t'embrouilles. Tu as tout ton temps pour remettre à plat.

La roue tourne, je sais que ça et heureusement. Un coup tu es dehors, un coup dedans. Si ça leur prend, tant demain ils me rechopent, ils me remettent dans l'usine à endives. J'irai pas, je jure. Cette fois, je m'escape dans la colline, je prends le fusil.

Sauf que j'en ai toujours pas. Je n'ai jamais rien eu que mes deux mains pour travailler, mes yeux pour pleurer, mes chiennes pour me consoler, puis mon vélomoteur pourri. Je le prenais pour la partie de boules du dimanche, au village. Il me servait aussi, avant l'estive, quand il m'arrivait de garder dans le coin. Ma foi, je sais pas ce qu'il est devenu. Des gamins ont dû l'emprunter, en galère ! Plus personne vole à présent, juste on pique, on va pas s'ennuyer pour si peu. Chacun se sert, c'est la mode.

Je me sens drôle, je reconnais plus mon monde. Presque j'en viens à regretter la taule, c'est à ne pas y croire. Là-bas, j'ignorais pourquoi je m'y trouvais, je connaissais comment ça fonctionnait. Tout bien réglé, mon pays, impeccable, pas besoin de te casser le bourrichon :

— Lève-toi, fais ci, va là, mange, promène, allez, couché ! Plus à te soucier de rien...

Tu aurais seulement eu l'air, la lumière, la bouffe correcte et de l'espace, c'était vivable, la prison. Parce que si tu cherches bien, une fois libre, sans pognon, ta liberté vaut pas tant cher.

La mienne, j'en fabrique rien de spécial. Le matin, je sors du pageot, je pisse un petit coup, je regarde le temps qui s'annonce. Chez nous, il fait beau de longue. J'ai perdu le pli de pisser dehors, après, avec la chaleur, ça emboucane. On a inventé les cabinets pour s'en servir, on est pas des bêtes. Quoique...

Ensuite je déjeune. En ce moment, j'ai plus l'appétit, je me force. Plus rien me dit. Je me presse surtout pas, je connais la suite. Rien m'attend, j'attends rien.

Me voilà perdu avec toute la journée devant moi. Les bras m'en tombent d'avance. Je tends l'oreille, d'instinct. C'est terrible, j'entends pas les sonnailles. Autrefois elles restaient en bruit de fond en permanence. J'avais mes bêtes et toute une montagne rien que pour nous. J'étais le plus heureux, je m'en rends compte. Ils m'ont libéré... Ça veut dire quoi ? J'ai pas fini de casquer. Ils m'ont bousillé la vie, ils ont balancé les morceaux, débrouille-toi avec.

Je sors. Ma nouvelle Romy me suit, elle quitte pas mon ombre, brave bête. Elle a une façon de me regarder en penchant la tête, comme si elle s'inquiétait pour moi, elle est trop belle. Une chance qu'elle soit là, sinon des fois il me prend l'envie de me coller la caboche dans le sac plastique et de battre le record de durée. Je sors donc, je me plante au soleil, je me chauffe.

Elle m'a eu manqué, cette chaleur, et pas qu'un peu. Le soleil, j'en ai la grosse fringale. D'où je viens, tu risquais pas de t'en payer l'indigestion. Ils te retirent pas rien que la liberté, tu te changes en serpillière, tu es plus un homme. Leurs prisons, il faudrait que ceux qui t'y expédient l'essaient d'abord. Une semaine, pas davantage. On verrait.

Je reste planté comme une cigale à peine sortie du cocon. Je sais pas quoi trafiquer. Je prends un bout de bois, mon Opinel, je taille des copeaux. Je me cause, je calcule... De temps en temps, je donne une caresse à la chienne, je lui gratte le crâne, elle adore. D'un peu elle ronronne, elle ferme les yeux, elle dresse le museau, heureuse qu'elle en peut plus. C'est fou le besoin de t'aimer qu'elles ont ces bestioles. En vrai, les vrais chiens c'est les hommes, y a pas plus sale race. Je repars dans mes pensées.

Je me souviens des troupeaux que j'ai eu menés, trois cents têtes me faisaient pas peur. Des fois on m'en ajoutait d'autres, je m'arrangeais. C'est élastique un troupeau, la montagne aussi, pas la peine de pousser les murs.

En dernier je travaillais pour le père Fabre. J'étais prêt à recommencer, seulement lui m'a pas attendu. Il rajeunissait pas, d'accord. À peine j'ai eu le dos tourné, il en a profité pour passer l'arme à gauche, tu crois pas que non ! Son fils trafique à la Poste, lui est né fatigué. Rester au cul des bêtes, c'est pas son style, il disait déjà à l'époque. Un style, je te demande un peu ! Il se prenait pour un fauteuil ou quoi ? En attendant il a tout bazardé, les brebis, la ferme, les prés. Son père saurait, il sortirait du caveau pour l'étrangler.

En ce moment ils viennent d'inventer le problème du loup, puis, comme si le mouton de Nouvelle-Zélande suffisait pas à notre bonheur. On t'aurait raconté cette combine voici seulement vingt ans, dégun y aurait cru. Des loups au jour d'aujourd'hui ! Pourquoi pas des mammouths ? Cherche plus, c'est fait, le loup est de retour. Faut croire qu'il s'ennuyait de nous autres, alors le revoilà.

Ceux de la ville sont contents, pauvre. Des loups, à part dans leur télé, ils en ont jamais vu en vrai. Ils verront jamais la queue d'un, sûr et certain. Ça change quoi de les recoller dans le paysage ? La connerie se discute pas, elle a pas de limites, collègue. La preuve, ils sont tous pour, à fond, pourquoi ils trouvent ça écolo. Cette bête, c'est quelque chose, la légende mitic, comme ils disent. Mitic, kesako ? Mitic, mi-raisin. Ça doit signifier super-extra, à deux poils près.

Mitic ou pas, le loup a pas changé, il a pas perdu le goût du mouton. Il se goinfre pas dans leurs MacDo. Il continue à s'en prendre aux bestioles, d'abord en haute montagne. Toi, berger, une fois que ton troupeau a eu morflé, tu cherches à pâturer plus bas. D'une, tu es pas forcé de trouver un herbage. De deux, le loup te suit, ou plutôt il suit le gigot.

Le René des Blaches, lui, c'est un bon, il s'est pas dégonflé, il a pris le flingue, monté la tente. La nuit, il couchait près des bêtes le doigt sur la détente. Un soir il est pas venu, il avait à faire. Le loup est arrivé, pardi. Je te dis pas, entre les brebis égorgées et les estropiées, il s'en est perdu la bonne moitié.

Seulement ton loup, la loi le protège, pas le berger ni ses bêtes. Tu t'imagines chez toi, dans ton pays, tu paies plein d'impôts, total tu passes après le fauve. On croit rêver ! Des fois je me dis l'époque est dévariée. Les gens, à force de vivre dans des boîtes à chaussures dans leurs villes pourries, ils se sentent piégés, ils rêvent de liberté. Le loup est libre pour eux, donc ils l'adorent. Et nous autres les pâtres, nous sommes rien que des ploucs, pas mitics pour deux ronds. Je trouve pas d'autre explication, j'ai beau chercher.

Je reste là, au soleil, éreinté de ne rien faire. Je me demande si ma nouvelle Romy, ce serait la bonne gardienne. Elle ressemble à mes autres chiennes, tout pareil, noire avec le poil frisotté serré, des taches blanches aux pattes comme des chaussettes. Elle a l'instinct, sûrement, mais faudrait la dresser, l'essayer.

Zé, je le trouve beaucoup brave, il tâche encore de me dégoter le troupeau. Avec leur combine de loup, tu as la moitié des montagnes, plus dégun veut y mettre les pieds, il dit. Tu as ta chance. Le ciel l'entende. En attendant, comment nous faisons ?

Les chasseurs sont pas plus heureux, remarque. Ils

avaient introduit du mouflon à Géruen et dans les Dourbes pour varier le menu. Le loup, pas besoin de permis, il se colle pas le timbre gros gibier sur la carte, il se sert et bonsoir. J'encaisse toujours pas cette combine de lui donner la préférence. À force, les bergers ont guère apprécié, Zé m'a dit. Ils ont monté plein de manifestations à Aix, à Nice, avec les troupeaux. En ville ça leur plaît, ce genre de défilé, ça fait carnaval hors saison.

J'ai demandé au collègue pourquoi ces loups on s'en débarrasse pas. Il a rigolé, il en pouvait plus. On les connaît, l'artiste, il a dit. Ils sont trente-deux au total, avec dix fois plus de savants pour les espincher en long et en large. On sait tout sur eux, leur âge, leur parenté, leurs petites manies. On leur a sûrement donné des noms, c'est des vedettes, doucement...

Vedettes ou pas, trois petites douzaines c'est pas la mort d'un homme, on devrait pouvoir se les faire. Sauf qu'ils sont malins, les diables, tu les approches pas comme ça.

Suppose même, tu en dégommes un, alors là c'est le crime contre l'humanité, en plus pire, il précise. Et il rectifie :

— L'humanité, quand même pas. Pour le loup, j'ignore le mot, il doit en exister un, mais j'ai pas fait assez d'études. La loucheté, peut-être ? Ou la loupiote ?

Et de rigoler. Il aime blaguer, Zé. Il me raconte que je suis le meilleur et de pas m'en faire. On les aura, il dit. Je sais pas ni qui ni quand ni comment, n'empêche je suis d'accord. Il faut. Une fois eus, on en fera quoi ?

Je vais finir chèvre à force de rester planté comme une souche. Le collègue tente de remonter le peu de moral qui me reste, il a du mal. Quand même, je devrais me lever le mafre, bouger un peu, je garde la vergogne d'aller au village. Rien n'est plus pareil. Avant, j'étais Zou. D'accord, j'étais que moi, rien de spécial. Je sais juste lire le journal, mais j'en connaissais assez pour vivre ma vie.

Je prétends pas être une lumière. Ça suffisait, les gens m'estimaient, je faisais de l'ombre à personne. Ils m'acceptaient. À présent c'est plus le même tabac, je reviens des galères, puis. Ils se méfient. Je garde la méchante tache, même avec la pâte Arma tu t'en dépègues pas. Personne m'a encore rien balancé dans les gencives, seulement c'est à deux doigts, j'ai l'impression.

Je l'ai eu constaté au boulanger, à l'épicier. Avant, ils trouvaient un moment pour causer un brin. À présent, on dirait que je les constipe, ces têtes d'âne. À peine s'ils te rendent le bonjour. Du coup je m'y montre le moins possible, j'encaisse mal, et le terrible c'est que j'y peux rien.

Heureusement, j'ai guère de besoins, et il y a le jardin de Zé, je me sers. La viande, j'ai arrêté. Le goût m'en est passé, à l'ombre. Fallait voir la saleté qu'ils osaient nous refiler, de la daube de poubelle. Elle était digérée d'avance. Et me revoilà soi-disant libre. Ce mot, ôtez-le-moi de devant. Une vie, c'est comme un château de cartes, tu en retires une, le reste s'écroule, et à moi on m'a retiré le troupeau.

Je sais, je le pense et je le repense, cette histoire devait fatalement me dégringoler sur le paletot, pourquoi je suis zéro. Tu t'imagines pas valoir lourd, tu te goures, on peut quand même t'utiliser. Tu sers de bouche-trou quand il faut envoyer quelqu'un à l'ombre d'urgence. C'est pas un vrai métier, d'accord, ça rend quand même service. L'art d'utiliser les restes, quoi... Tu parles d'une consolation ! Faudra que je le dise à Zé, si j'oublie pas. Il vaut mieux en rire, sauf que c'est pas drôle.

Dix ans. Ça me fait quel âge ? Sur le coup, je sais plus. Puis en taule, ton anniversaire, ils organisaient rarement la fiesta pour. J'étais un tas d'estrasses, pas maï. Ça se trimballe, ça se fête pas.

Je calcule. Je vais sur mes soixante ans, j'en reviens pas. C'est comme si hier j'en avais eu cinquante, et vlan, d'un coup tu arraches le paquet de feuilles en accéléré. Voilà, dix de mieux, dix ans pour des nèfles. Ça me rappelle un conte, le type s'endort sous le jujubier, il se réveille un siècle plus loin, grosse surprise. Ils en ont fait un film, je crois. Moi je me le suis tapé en vrai.

Voici dix ans, à un moment, j'aurais presque pu me marier, ça me revient. Une veuve me cherchait, elle me disait trop rien. Elle était large de tous les bords, j'aurais pas su par où la choper. La femme c'est comme le reste, il faut en avoir l'usage. Puis entention tu sais pas où tu vas te fourrer. Alors moi j'ai joué les innocents, pas les novices, pardi.

Je me trouve bien, seul avec ma chienne. Elle, j'ai aucun compte à lui rendre, elle me cherche pas les poux dans la tête. On vit tranquille ensemble, pas vrai Romy ? Pourquoi si je me trouve avec une autre personne dans une pièce, supposons, il y a quelqu'un de trop, et ce quelqu'un, c'est forcément moi. Alors, une femme, il doit falloir prendre le pli tout jeune, comme pour le reste. C'est un genre de métier. Après, terminé.

Pourtant, je regrette encore d'avoir pas de petits. J'aurais été bon père, je crois. C'est plus possible. À l'école, mes nistons dégusteraient :

— Comme ça, ton papa sort de taule ? Alors toi tu vas y aller, promis, graine de bandit que tu es !

Tu parles du cadeau à leur faire ! C'est cruel les gamins, faut pas croire. Des anges en fils barbelés. Mes regrets, je me les garde et j'entends une voiture. Au bruit, je reconnais le Kat-Kat de Zé. Il arrive, s'arrête à ma hauteur, il descend pas. Il me montre la paire de gros gants, les sécateurs, il dit :

— Embarque, collègue, tu vas me nettoyer l'olivette.

— Je savais pas que tu en avais une.

— Tu pourras plus le dire. Elle se trouve pile à l'entrée de Malijai, je l'ai obtenue l'hiver dernier d'une vieille qui s'en est jamais occupée. J'en ai marre de te voir faire du lard, mon cochon.

— Ça risque ! Tailler je saurai ?

— Pas compliqué, tu vas te régaler. Derrière j'ai la bêche et l'échelle. Zou, embarque, Zou.

Je grimpe, la chienne suit. Ça leur plaît de rouler aux bêtes. Elle sort la tête, elle prend son content d'air. Nous filons. Zé me tape sur la cuisse :

— Tu as eu de la chance dans ton malheur, gari, tu sais ?

— Comment ça ?

— Ton avocat, c'est un dieu, il a pu prouver que c'était pas toi. Sinon, imagine. Ils te relâchent parce qu'ils t'ont assez vu, ils te disent : « De l'air, l'emmanché, va voir ailleurs ! »

D'un coup on entend unc rafale de klaxons. Zé se

presse pas. Derrière nous la procession s'organise. Là, un zigoto en a sa claque. Il double, il se rabat en nous faisant la queue-de-poisson de première. Zé l'insulte, il dit :

— Un jour, je m'installe la 12,7 sur le capot, ils comprendront leur douleur, ces chiens galeux. Que le cul leur gèle en enfer !

— C'est quoi ?

— La 12,7 ? Une mitrailleuse lourde, y'a que ça de vrai. Je reprends. Supposons, tu viens de tirer ton temps, ils te libèrent, et dehors quelqu'un t'attend avec le calibre.

— Qui veux-tu ?

— Quelqu'un qui estime que t'as pas payé le prix et qu'il faut solder l'addition.

Ah bon... J'y suis été à crédit en cabane. C'est eux qui sont en compte, pas moi. Je dis :

— Doucement, tu parles de payer, mais ma vie elle est foutue, et qui c'est qui va me la rembourser, tu as une idée ?

— Tu as raison, fifre, ils ont saboté ton histoire de bout en bout. Les comptes sont pas réglés. On en reparlera. On arrive.

Au rond-point avant Malijai, nous prenons vers Gap. Presque de suite après, on enfile le chemin empierré. C'est là, un terrain en pente planté d'oliviers, caffi de ronces. Les arbres ont la grosse tête à force de pousser dans tous les sens. Zé se gare à l'ombre :

— N'y a pas le feu au lac, d'accord ? On commence par souffler.

Il sort sa blague, roulc deux cigarettes, m'en donne une. Je fume pas, je la prends quand même. L'amitié se refuse pas. Son tabac embaume le pain d'épices. J'attends, il va me brancher. Il se décide :

— Cette affaire, vois-tu, Zou, Dieu sait si j'y pense. J'essaie de m'y reconnaître. Dis-moi, quelqu'un t'en voulait ? Tu n'as joué de tour de cochon à personne ?

— Moi ? Tu me scies, j'ai jamais rien fait que de garder pour les autres. À qui je pouvais porter tort ?

— Je suis d'accord, mais ce blouson, bon sang, ton blouson, c'est quand même pas le père Noël qui l'a déposé dans les Duyes ?

— Je crois pas.

— Où tu l'avais laissé ? Cette question tu as dû te la poser !

— Pas qu'un peu et pas rien que moi. Je vois pas, au café si ça se trouve, mais lequel ? Je vais pas inventer pour te faire plaisir, je me souviens de rien.

— Quand même, ta combine du journal et du clébard, ça t'est revenu, alors ?

— Je t'ai raconté, enfin quoi ! Du choc de ce qui m'est arrivé, il m'est resté le trou noir, je m'en sortais pas. À force un morceau de passé a pu se détacher, mais rien de plus pour le moment. Ce blouson, pas moyen, je le situe toujours pas. Impossible de savoir si je l'avais dans la cabane, à Lambert, ou autre part. Si ça se trouve quelqu'un me l'a pris du temps que j'estivais. Du passage tu en rencontres, malgré que ce soit le désert. Tu tombes sur des marcheurs, ou alors ces rigolos avec le vélo qui pédale dans le vide. Comment ça s'appelle déjà ?

— Des V.T.T.

— Voilà, ils se gênent pas, va pas croire. Ils entrent chez toi, tranquille, mon ami, ils s'installent. Une fois je reviens, je tombe pas sur un, allongé sur mon matelas ? Je dis : « Ça vous plairait si je faisais pareil chez vous ? » Il me répond : « J'ai vu personne, je croyais que c'était vide, c'était pas fermé. » Il s'excuse même pas. D'un peu il m'enguirlande, je te jure. Tout ça pour t'expliquer que cette fringue, n'importe qui a pu se l'approprier.

— Tu l'as dit au juge ?

— Pas moyen. D'entrée j'avais avoué, selon lui. L'affaire était pliée. Surtout que j'avais la frousse de me retrouver dans la nature. Leur prison me protégeait. J'étais passé près. Avant tout, je voulais sauver mes miches, blouson ou pas blouson.

— Essaie quand même de te rappeler.

— Ça viendra si ça doit venir.

— On verra. C'est pas que je m'ennuie mais on m'attend. Donc tu débroussailles au pied des arbres, puis tu élagues franco. Regarde, ils sont envahis de bois mort. N'aie pas peur de tailler, je reviens te prendre vers une heure, ça te va ?

— Tu plaisantes, à une heure j'aurai jamais fini.

— Et alors ? Tu continues demain, les arbres vont pas se carapater cette nuit. Tant que c'est pas terminé, tu reviens, je te paye au noir, soixante francs l'heure, mais pas un mot à la reine mère. Si quelqu'un te demande, tu dis que tu bricoles pour le plaisir. Prends le matos.

Je tire l'échelle, j'empoigne la bêche.

— Enfile les gants, sinon les ronces vont t'escagasser. Allez, à la revoyure Bicou.

Il s'en va. Meilleur que lui, ça existe pas. Ça compense la chiennerie des autres. Romy part s'installer à l'ombre, elle tire une langue d'un kilomètre. À tous les coups elle a soif. T'inquiète, elle trouvera, c'est pas un chien de boucher, cette chienne.

Je m'y mets. C'est beau, un olivier, avec les feuilles argentées dessous, plus foncées dessus. Mais pour les dégager, pardon ! Les ronces, c'est quelqu'un, pire que du chiendent, elles datent pas d'hier, la vache. Si tu fais pas gaffe, elles t'écharpent en moins de deux. Peut-être qu'elles aussi patientent depuis dix ans, si ça se trouve. Au plus c'est dur, au plus ça me convient. Les gants me montent à moitié bras, tant mieux, sinon j'y laisse la peau. On y va. J'entame un coin, je coupe, j'entasse, je mets à sécher, je brûlerai plus tard. Puis j'élargis. C'est pas tout, va falloir retirer les racines, autrement c'est comme si tu pissais dans la passoire.

Dieu bon, j'ai perdu l'habitude. En rien de temps je me retrouve les reins moulus, comme si j'avais encaissé la bastonnade. Les bras me tirent, je transpire, la vraie gargoulette. Pourtant je suis guère épais.

Je m'acharne, j'en mets un coup. Je souffle un moment, je retire la casquette, je m'essuie le front. Une heure à me démener, on dirait pas, ce que j'ai fait se connaît à peine. À ce train, j'en ai pour le mois, facile. Peut-être davantage, et tant mieux. Du temps que je m'applique, j'ai la tête à rien d'autre.

Enfin, j'essaie. La combine que Zé vient de m'expliquer me travaille. Qui donc m'aurait flingué ? La mère ? Pauvre, ça m'étonnerait. Plus dégun l'a vue, elle sort jamais, elle aussi elle a morflé. La sœur, la pitchoune ? Elle doit être grande à présent. Elle était belle comme un cœur. Elle ? Tu rêves, c'était un ange. Elle a dû oublier.

Alors le père ? Ce type, je le sens mal. On dirait le bon gars, je prétends pas le contraire, mais entre l'air et la chanson, tu peux poser le wagon, à l'aise. Sa femme et lui s'étaient séparés, bien avant l'affaire et la pauvre serait devenue un rien calu depuis. C'est triste pour eux aussi. Ben oui. Une seule pierre ça fait beaucoup de ricochets dans la mare.

Je m'y remets. Ce genre de travail, à la longue tu constates le résultat, j'apprécie. Ça fait toute la différence.

Ce blouson, ce blouson... Zé prétend que j'aurais mieux fait de m'empéguer une bétonneuse, comme indice. Au moins on te la soulève pas comme un rien, il dit. Un marrant, Zé.

À force de remuer, la fringale me vient. Et Romy ? Je la siffle, elle arrive. Elle trimbale un morceau de carcasse de je ne sais trop quelle bestiasse, la pure infection. Je dis rien, qu'elle se débrouille. Pour une fois, je vais me retrouver à l'aise. Dès que j'ai quatre ronds, j'achète le cadeau pour le collègue, seulement je vois pas trop quoi. Le briquet ? Avec les fumeurs, tu trouves toujours le bidule à offrir. Oui, et je boirais bien un coup, j'ai la gargamelle en carton. J'ai oublié la gourde, cruche que je suis.

Écoute... Les cigales ! Je les entendais sans les entendre, là encore j'avais perdu l'habitude. C'est bien elles, leur raffut de scie mécanique. Mes yeux se mouillent, je pose la bêche. Romy me lèche les mains. Bon sang, j'y croyais plus, me voilà revenu.

Ça sonne. Quelle plaie, ce téléphone ! D'habitude, ces appels intéressaient surtout vieille Rosy, étant donné ses amours à rallonge. Depuis son départ, les choses se tassent, Caro est timide et moi sauvage. Ma compagne prétend qu'un répondeur serait pratique. Qu'elle s'en occupe.

Donc, ça sonne. Elle va répondre. Elle dit :

— C'est pour toi.

— Qui donc ?

— Un garçon, il va passer.

— C'est une blague ?

— Non, il a demandé Anne.

— Ah, je vois.

Beau Gosse, je présume. Il ne manque pas d'audace. Du coup, Caro se refait une beauté. Quant à moi, pas question, je suis comme je suis. Curieuse, Caro, elle voudrait bien savoir. Savoir quoi ? Je ne raconte pas ma vie, et il n'y a guère matière. Ce Pierre s'est jeté dans mes jambes comme un chien fou, j'ai l'impression qu'il y a une éternité. Trois ou quatre jours en fait, ma grande.

Je le vire ? Rien ne presse. Il a eu un beau geste, non ? Sans doute, mais je n'avais rien demandé. Ne sois pas chienne. Il veut quoi, me draguer ? Dans le genre Mission Impossible, tous les espoirs sont permis. Ce jeune homme me semble avoir des tendances masochistes. Je reconnais le droit à l'erreur, laissez venir à moi les petits n'enfants.

Il lui en faut du temps... Caro met *Clandestino* en sourdine, le bruit m'indispose, je ne supporte rien. Mon moral est en vrille et mes nuits blanches. Je continue à fonctionner au Nes.

Ah, ça resonne, d'en bas cette fois. Ma compagne va ouvrir. La petite garce s'est fait un catogan, elle embaume *Dune* de Dior, dis donc...

Voilà l'homme. Je ris, malgré moi, il croule sous les paquets, on dirait un dessin comique à lui seul. Ma soubrette l'aide à se débarrasser. Monsieur a bien fait les choses, nous avons de quoi soutenir un siège.

Je ne bronche pas. Beau Gosse paraît mal à l'aise. Un timide ? Tant mieux, et qu'il le reste. Je demande :

— Tu ne t'es pas trompé d'étage, tu es sûr ?

Il rougit :

— Non, je ne crois pas.

Ce regard... Tiens, je l'avais censuré. Pourquoi ? Oh, parce que, ne m'ennuie pas. Je désigne le butin :

— En quel honneur ?

— Ce n'est pas un honneur, c'est un plaisir.

Pas mal... Il rougit encore. Le malheureux doit se sentir ridicule. Je le trouve touchant. Caro sauve la situation :

— Vous tombez à pic, nous n'avions plus rien. Je me sens comme un petit creux, pas vous ?

En avant pour la dînette. Elle met le couvert, des assiettes chinoises, épaisses, blanches, décorées de silures bleus. Miracle, j'ai faim d'un coup, je bois, je me détends. Caro pépie, elle adore jouer les gamines et semble trouver Pierre à son goût. Lui marche sur des œufs, on ne l'entend guère. Il observe prudemment, comme un chat en territoire ennemi. Je l'effraie, il craint de me heurter. J'adore ce côté vierge effarouchée. Allons-y :

— Tu veux un sucre, Pierre ?

Il me fixe, effaré :

— Je ne comprends pas.

— Détends-toi, personne ne va te manger. Tu as l'air d'un chien battu. En vrai, tu cherches quoi ?

Du coup ma petite esclave se rebiffe :

— Anne, arrête de l'agresser !

— C'est à lui à répondre. Alors ?

Il se décide :

— Je peux te parler ?

— Je t'en prie.

— Je veux t'aider, Anne. J'ai peur d'avoir été maladroit l'autre fois, tu sais bien...

Blanche, sa voix.

— Aucune importance. Réponds : que veux-tu au juste ?

— T'aider, je te l'ai dit.

— Pourquoi, pour m'avoir ? Pas question de coucher, je te préviens.

— Et après ? Je ne drague jamais, tu me connais mal.

Il ne doit guère en avoir besoin. J'insiste :

— Aider, hein ? Comme c'est gentil ! tu as le choix, pourquoi pas Amnesty International ou Médecins sans

Kouchner ? Pourquoi moi ? J'ai une tête de juste cause ?

Il finit par rire, il y a mis le temps.

— Parce que c'est toi, c'est tout. Tu connais une meilleure raison ? À part ça, je pars quand tu veux. Merci pour l'accueil.

Il se lève. Je lui fais signe de se rasseoir.

— Reste, ne sois pas bête. Excusez-moi un moment.

La nausée, ça presse. Le vin, la nourriture, l'excitation, trop c'est trop. Je me soulage, je pleure, je renifle. J'ai été odieuse. C'est bien, il est sincère, il tient à moi, je ne suis plus seule.

Tu me chantes quel air ? Lui, le prince charmant, et toi la fiancée du pirate ? Tu oublies ta cuirasse, c'est elle qui t'a permis de tenir, tout ce temps. Sans elle, tu es finie, ta vie ne rime à rien. Ne te laisse pas aller. Chut, ma cuirasse nous la partagerons, tu n'as rien compris et...

Ça me prend brutalement, une crampe. Ce n'est pas possible... Elles reviennent, je n'y croyais plus. Comprenne qui pourra, en attendant, colle-toi un tampon de chez Tampax. Je colmate la source vagabonde. C'était moins juste. Je ravale ma façade. Jésus, cette tête de vampire ! On m'embauche dans *Dracula*, sans problèmes, et sans maquillage. Je suis parfaite. Ces yeux !

Je rentre en scène. L'autre niaise ne suit plus. Elle ne comprend même pas qu'elle est de trop. Je l'expédie ? Non, Dieu ne veut pas la mort de la pécheresse.

— Pierre, tu viens ?

Nous laissons l'ahurie en plan. Qu'elle fasse la vaisselle, ça l'occupera. Je prends la main de Beau Gosse, nous dévalons l'escalier, je propose :

— On marche, d'accord ?

Il me serre, très fort. Mauvais plan, les rues sont engorgées, trop de monde. Nous sommes samedi, nos vertes banlieues viennent voir une toile et manger une pizza, comme partout ma toute belle. Nous nous installons place des Augustins, au Tabac. Foule ou pas foule, nous sommes seuls.

Je prends une tisane, lui un demi. Je m'excuse :

— Pardon pour tout à l'heure, et merci j'accepte. Ne reprends pas ma main, tu m'as broyé les doigts, sauvage !

Bien sûr, il s'en empare quand même. Je laisse faire. Un peu de détente, enfin... J'ai trop nagé contre le courant, trop longtemps. Finalement, je dois avoir mes limites. La planche et deux doigts de répit, c'est bon.

Les gens défilent, par grappes. Pas mal d'ancêtres, encore. Des couples aussi. Tarzan tient son caméscope bien en main, prêt à scooper. Jane suit dans le sillage. Ils sont ailleurs, en pleine jungle, c'est l'aventure. Hier, ils ont fait Pékin, demain ce sera Pétra, ou ce que tu voudras, ma douce.

Je rêve... Je vais me réveiller. Non, tu ne rêves pas, Pierre tient toujours ma main. Je me dégage, prends la sienne, je l'embrasse doucement :

— Surtout, ne va pas te faire des idées. Si, quand même, tu en as une j'espère. Tu vois de quoi je parle ?

— Oui, bien sûr, Zou et compagnie. Nous n'avons pas le choix, il faut partir du seul élément concret, ce foutu blouson fantôme, Anne.

— Qui, où, quand, comment ?

Il rit :

— Les questions, une après l'autre, je t'en prie. Je me demanderais plutôt pourquoi ? Parce qu'enfin, il s'est trouvé au bon endroit juste au bon moment, ce bout d'étoffe, et Zou n'y est pour rien.

— Il n'aurait pas pu le perdre, puis oublier, tout bonnement ?

— Non, Anne, il ne possède rien, il y tenait. Réfléchis, un coupable en fuite évite de jouer les Petits Poucets en semant sa garde-robe en chemin, ça ne tient pas la route.

Je ne sais pas. Fade, cette pisse-tiède. Je goûte le verre de Pierre, je fais signe au garçon :

— Deux autres demis, s'il vous plaît.

Toujours cette foule, comme un film où les figurants prendraient la vedette, ou comme le début d'une pièce de Musset, quand le metteur en scène veut jouer dans la cour des modernes. Les héros, c'est nous :

— Pierre, dommage qu'il soit hors de cause, ton berger.

— Tu comptais le flinguer ?

— À ton avis ? Mon père a une 22, et je sais m'en servir. Ce que j'ai pu l'ajuster en rêve, ce Zou, tu n'as pas idée.

— Bravo, tu le descendais en vrai, tu prenais sa place en cabane. Elle est encore tiède.

— Parce que tu me crois libre ?

La foule. Ils dérivent, sonnés de chaleur, en pleine hébétude. Ils sont partis, il fallait, on doit s'offrir des vacances. Que penseraient les voisins ? Ils se laissent trimbaler, passifs, en filmant à leur tour leurs images inutiles. Ils flottent à la surface du décor. Voici venu le temps des dromomanes :

— Attends, Pierre, ça me revient. Personne n'en a parlé, mais il y a aussi Vévéo-Nanar.

— Je ne suis pas au courant. Il s'agit de quoi ?

— Son ours. Il ne le lâchait jamais, il dormait avec. On lui avait fait cadeau d'un tas d'autres peluches, tu penses, plein sa chambre. Mais non, il lui fallait son vieux Vévéo. Il était borgne, en plus.

— Borgne ? Et il a disparu ?

— Complètement. Yvon l'avait quand il est descendu à la rivière. Il est peut-être en train de pourrir dans un trou d'eau. Tu as raison, nous n'avons pas le choix, nous devons tabler sur ce blouson. Où peut-on le trouver, d'abord ?

— Au greffe du tribunal de Digne, probablement. Je ne pense pas qu'on puisse le voir.

— Ça nous avancerait à quoi ?

— À rien, je le crains.

— Écoute, Pierre, quand j'ai un devoir, je lis le sujet, je laisse la nuit passer dessus. Le lendemain, tout s'est mis en place, j'ai les idées claires.

— Sur ce coup, tu as eu le temps, non ?

— Non, je connaissais la réponse, enfin je croyais. J'attendais l'occasion d'agir, pas plus.

Le garçon se décide à nous servir. Cette fois, la bière est tiédasse, rien n'est jamais acquis. Réclamer ? la vie est trop courte. Je constate :

— Ma dernière nuit a duré dix ans et je me suis trompée.

Pierre ne dit rien. J'ai le bras engourdi, je reprends ma main. Je demande :

— Tu auras le temps ?

— Pour t'aider ? Je le prendrai, ne t'inquiète pas pour mes études, c'est complètement irréel leur fac. Ils nous coupent du monde, j'ai l'impression de devenir un zombie.

— Je connais.

— Au contraire, à l'idée d'avoir un but, l'énergie me revient, tu comprends ?

— Tant mieux. Et à deux nous verrons mieux. Sinon seule je tourne en rond.

Comme ces gens, dans la rue, tout autour de nous, qui passent et repassent. Aix est un manège, valsez petits chevaux ! Aix ? Le monde, tu veux dire. Tes canassons périmés n'ont pas l'air frais. Pierre pose sa main sur mon bras.

— Anne, je peux te demander...

— Tout ce que tu veux.

— J'aimerais voir ta mère.

Maman ! Je ne m'attendais pas à celle-là.

— Comment ça ? En tant que témoin du passé ?

— Oui, et pas seulement.

Il me sidère.

— Avoue, tu désires avoir une idée de moi dans trente ans ? C'est ça ? Je peux mettre une perruque grise si ça te chante.

— Ne dis pas n'importe quoi. Il se peut qu'elle nous apprenne quelque chose, sait-on jamais.

— Je la vois demain, tu viens avec moi. Je te préviens, elle est spéciale. Enfin tu verras.

Rien n'est perdu, la vie continue. La nuit bruisse. Nous levons le camp, Pierre me raccompagne. Devant la porte du 5 des Bernardines, je l'empoigne par les épaules. Dressée sur la pointe des pieds, je pose mes lèvres sur les siennes, puis je m'envole. Je le laisse cloué. Pierre, tu es pierre, et sur cette pierre... Lacan, plus tard.

À peine rentrée, Caro me saute dessus :

— Tu es seule ?

— On dirait.

— Et lui alors ?

— Pourquoi, il te manque déjà ?

— Idiote, je te demande juste pour savoir.

— Eh bien, il vient de violer une nonagénaire. Remarque, elle l'avait provoqué, c'est classique. La lubricité a encore frappé.

— Tu délires !

— Circonstance aggravante, ils ont procédé en public, pense un peu.

— Tu te fous de moi !

Vexée, elle part s'enfermer dans la Rosy-room. Tant mieux, j'ai besoin d'être seule. Me débarrasser enfin de Caro ? Son côté lierre m'épuise. Non, garde-la, je me contenterai de la torturer. Je vais la changer en épave de chez Stress. Pauvre chérie, je n'aime pas qu'on m'aime, pas de cette façon servile en tout cas. Et Pierre ? Ce n'est pas pareil, je l'attendais, il est dif... Je t'en prie ! Toutes les filles disent ça de chaque chien perdu qu'elles croisent. Trouve mieux. Il est lui, vive lui, vive nous ! Ça ira ?

Le lendemain, aux aurores, ce jeune homme passe me prendre. Il sonne, je descends, je n'ai rien dit à ma compagne. La ville est calme. C'est dimanche. Les Tarzans dorment encore, les étudiants aussi. Seuls les pigeons s'activent en roucoulant. Mes hirondelles continuent à écumer leur ciel.

Nous prenons Golfie et la route, je me sens guillerette, c'est le premier jour de la création. La preuve, Adam est là, contre moi. Il est là, qu'il y reste. Je conduis. Nous quittons le boulevard extérieur. Nous filons vers l'A 51. À un moment, Pierre dit :

— Ralentis, regarde.

À droite, derrière un aqueduc brisé, on aperçoit dans les lointains la Sainte-Victoire. Vide, l'autoroute. Il demande :

— Où allons-nous ?

— À L'Amalanche.

— C'est joli. Un nom de fleur ?

— Un nom d'arbuste. Il s'agit de la ferme de ma mère, ou plutôt de ses parents. Elle a quitté papa, elle vit seule.

— Pourquoi pas à Aix ?

— Vivre en ville, elle ? C'est impensable, elle ne supporterait pas. Maman ne parle à personne et ne voit personne, sauf son voisin le Gros Gégé.

— Alors elle va me jeter.

— Pas si tu es avec moi. Tu veux la radio ?

— Merci, je m'en passe.

Nous quittons l'autoroute aux Mées. Les Pénitents continuent leur procession immobile. Naguère, à la sortie du village, sur un pont enjambant la route, des silhouettes en contreplaqué illustraient leur légende. Un jeune moine, le dernier d'une file, se retournait sur une jolie fille. S'est ensuivie la pétrification du lot. Le tendron a disparu en premier, puis les moines, puis le pont. Les légendes meurent aussi. À Mallemoisson, je dis :

— Si tu es sage, je te présenterai à ma tante Fé, un jour.

— Elle habite ici ?

— Oui, et si elle te voit, elle t'avale tout cru. C'est une mangeuse d'hommes.

Nous prenons à droite, direction Mezel. Étroite la route, mal relevée. Je ne dis rien. Il ne me demande rien. Décidément, plus ça va, plus je l'apprécie. Quelqu'un qui sait se taire n'a pas de prix. Et voici le chemin de la ferme, à nous les secousses. Voilà le grand chêne avec ses branches torturées, le virage, le hangar. Nous y sommes, je stoppe. Madame Mère se tient devant sa porte. Hache en mains, elle s'escrime contre une bûche, elle nous entend, elle suspend son geste. Visage immobile, elle nous regarde.

Pierre descend, se dirige vers maman, s'empare de la hache, fend la bûche, en saisit une autre et recommence. Histoire sans paroles, je l'adore.

Elle l'observe, bouche bée. Le feu, c'est sa passion. Elle cuisine dans sa cheminée, prépare des confitures, mitonne des sauces, selon la saison et l'inspiration. Elle en fait cadeau à tante Fé ou à son Gégé. Elle s'occupe. Je m'approche :

— Pierre, arrête deux secondes. Maman je te présente Pierre, un ami. Pierre, maman.

Il laisse tomber l'outil et lui sourit. Il est désarmant, si grand, avec cet air de gosse à la dérive. Miracle, maman sourit presque en retour et lui tend la main ! C'est gagné. Pierre de touche, oui, et il vient d'en faire une belle. Du coup elle s'inquiète, se demande ce qu'elle va pouvoir nous donner à manger. La mère est une espèce nourricière.

— Va me cueillir quatre radis, Anne, et prends une salade.

J'y vais. Pierre fend. Maman s'active, le miracle continue. Nous passons au repas, omelette de chez Fines herbes, salade, chèvre du Gros Gégé, clafoutis aux cerises. Pierre s'occupe de mère, la fait boire et parler. Enfin, il essaie. Il la branche sur ses recettes. Quand elle aborde ce sujet, maman peut broder une saison. Il demande :

— Pourquoi n'écrivez-vous pas un livre de cuisine ?

— Moi ?

— Oui, vous. C'est un sujet qui marche très fort, vous savez. Je vous trouve même le titre. Comment s'appellent ces marmites en terre dans la cheminée ?

— Des tians, ou des toupins.

— *Les Toupins du foyer*, ça vous dirait ?

Je la vois toute rêveuse. Chapeau l'artiste, un drôle de manipulateur. Il n'est peut-être pas si petit garçon, ton grand gaillard. Mais non, ne sois pas parano, il possède un bon contact, et ça fonctionne. Sophie se livre presque.

C'est vrai, il a quelque chose d'Yvon, elle doit le sentir. Mon frère n'avait rien à voir avec notre père, il ne ressemblait à personne, sauf à moi.

Mère rajeunit du coup, le bonheur lui va bien. Je n'ai jamais su ce qui s'est passé entre elle et papa. Les sombres avenues du sexe, sans doute. Pas moyen d'en parler. Elle appartient à une génération où les gens se confiaient peu, surtout les paysans. Ils se contentaient d'endurer.

Doucement, elle a tout de même aidé à tenir le Tabac quelques années. Oui, et alors ? Aux tréfonds, elle est restée terrienne. Attends, ça me revient, tante Fé m'a parlé un jour d'une histoire de K7... Sophie aurait surpris papa en train de visionner des images olé olé. Pauvre papa. La plupart des hommes n'atteignent jamais l'âge adulte, ils essaient de tenir un rôle, ils s'imaginent être quelqu'un. De la frime... Maman s'est sans doute monté la tête pour une broutille. Surtout, mes géniteurs ne devaient plus rien avoir à faire ensemble, comme la plupart des couples. L'usure les a eus. Je les regarde, elle et mon camarade. Ils sont ce qui aurait pu être... Ne commence pas, Pierre n'est pas Yvon, il est là pour tenter de t'aider, pas pour remplacer ton frère. Personne ne le remplacera. J'entends.

Après le café, il s'attaque à la vaisselle. Maman proteste. Je les laisse se chamailler, je pars m'offrir un tour dans la colline. L'herbe a poussé dru, un vrai jaillissement. Dans deux mois ce sera la saison sèche, ici, la savane jaune et grillée. Ne manqueront que les antilopes.

J'ai dégagé pour leur laisser une chance de parler, sait-on jamais. Au point où nous en sommes, au point zéro, tout est à reprendre. Que crois-tu que ta sainte mère puisse lui confier ? Qu'elle n'adorait pas regarder la feuille à l'envers avec papa ? On s'en doute, cela ne nous avancera guère.

La lavande commence à fleurir, j'en froisse un brin. Maman en ramasse de pleins paniers, elle confectionne des sachets. Elle récolte aussi des brassées de tilleul, de thym, elle en remplit des cartons. Elle ne sait plus à qui en donner. On trouve encore quelques mûriers, plus bas, près de la source. Leurs mûres attirent des nuages de mouches, la vraie plaie d'Égypte. Qui sait, mon frère serait peut-être devenu un maniaque des consoles vidéo ? Les gens ne regardent plus que des images, rivés à leurs écrans. C'est qui, les gens ? Personne.

En redescendant, je croise Pierre venu à ma rencontre. Mère fait la sieste, ce n'est pas d'elle. Décharge émotive, disons, elle récupère. Je demande :

— Elle t'a parlé ?

— Oui, et elle en avait besoin, je n'en reviens pas, tout venait en même temps, au départ j'ai cru bon de lui demander des nouvelles de son mari, par politesse, tu vois ?

— La gaffe...

— Presque. Sur le coup, ça l'a bloquée. Ensuite, elle s'est détendue, elle a reconnu qu'ils ne s'entendaient pas, ça n'avait jamais vraiment marché...

— Quoi donc ?

— J'ai demandé : « Il s'agissait d'une question de caractère ?... » Elle a répondu que pas seulement. Elle a dit : « Certaines choses ne se font pas... » Je n'ai pas insisté.

Intéressant. Remarque, il ne devait pas en falloir lourd pour l'effaroucher :

— Mon pauvre Pierre, entre la fille en panne et la mère à décoincer, rien ne te sera épargné.

— Elle m'a aussi beaucoup parlé de toi.

— Je m'en doute. Tu veux rester ou tu préfères rentrer ?

— Rentrons, Anne, il vaut mieux ne pas insister. Nous reviendrons.

Il dit « nous » et je ne me hérisse pas. Pourvu qu'il reste comme il est, qu'il n'essaie pas d'aller plus loin... Il doit avoir des antennes. Il me prend dans ses bras, et dit :

— Ne t'inquiète surtout pas, je ne te demande rien.

Il m'embrasse sur le front. Décidément, nous aurons de chastes fiançailles. Le rétro, c'est l'avenir. À L'Amalanche, je laisse un mot de remerciement sur la table de la cuisine et nous repartons. Rien n'a changé, tout est différent pourtant. J'ai confiance, Pierre me porte chance, ça marchera. Il le faut. Je le laisse conduire, chacun son tour. Je demande :

— Au fait, tu as une voiture ?

— Oui, au garage, je m'en sers peu. Va falloir que je la fasse tourner.

Tu sais quoi ? Je me sens forte, grande comme le monde. Enfin, presque. Dieu que c'est agréable... Il était temps. Croise les doigts, fille. Pourvu que ça dure. Pierre constate :

— C'est vrai, c'est beau L'Amalanche. Je comprends ta mère.

Je n'en dirais pas autant. J'ai mieux à penser, je n'en reviens pas. C'est fou, ce garçon je le connais à peine et déjà il tient une place pas possible. Est-ce bien raisonnable ? Doucement, ce n'est qu'un début, gare à la suite... Quand même il me faudra voir tante Fé, un détail me tarabuste. J'aimerais tirer au clair cette histoire de choses qui ne se font pas, si jamais elle en savait davantage.

Je suis un grand garçon, je n'ai pas remis les pieds aux cours. Il ne s'agit nullement d'une décision réfléchie, ça s'est fait comme ça. Ton côté Spontex ? Même pas, le hasard. À quoi bon se contraindre ? J'en vois mal la nécessité, de plus papa n'est pas au courant, et si jamais il l'était il survivrait. Enfin, je l'espère. Je compte me présenter aux contrôles et passer, pourquoi pas ? Tout le monde sera content.

Vivre sans temps morts, j'apprécie. Je profite d'Aix tant que je peux. Sympa, mon studio. J'ai installé une large planche sur deux tréteaux, elle me tient lieu de table. J'ai placé un tissu mexicain, rouge avec des motifs géométriques blancs et verts. Mussolini se prénommait Benito parce que son père adorait l'Indien Juarez. J'ai aussi punaisé une affiche :

« Engagez-vous, rengagez-vous, dans les troupes coloniales. »

Au premier plan, un Blanc de profil, en tenue blanche, chaussé d'un casque en liège immaculé. Une main en poche, l'autre sur la boucle du ceinturon, il toise l'horizon, décontracté. Le fond est ocre, rayé par le bleu d'une rivière. Sur l'autre rive, une pagode et le vert de la jungle. Sur l'eau, des jonques. Et sur la berge, quelques indigènes vaguement simiesques. Bleu le ciel, blanc l'uniforme, rouge l'ombrelle de la Nha-qué. Pas mal. Ils avaient le moral, à l'époque.

À côté du téléphone, j'ai mis un poisson en bois, mexicain lui aussi, rouge, orné d'un grand lézard noir et doré. Ni photos ni fleurs ni couronnes ni même un portrait du Che, cette icône asthmatique. Le grand homme rapetisse les autres.

Je fonctionne sans obligations ni horaires, comme si c'était normal. Fini de faire semblant. Je sors. Ce temps merveilleux s'y prête. J'observe mon monde, de terrasse en terrasse.

Place de l'Hôtel-de-Ville, le gibier pullule. Admire ce touriste, fils. Short-jupette, bob incliné sur le frontal, caméra en main, notre fauve d'occasion cherche sa proie. À deux tables de la mienne, des amoureux se bécotent. Genre nourrissage amoureux chez le ramier. Mon chasseur d'images fléchit du genou gauche, recule la jambe droite, mitraille. Le syndrome de Doisneau a encore frappé.

Devant le bar concurrent, un jongleur jongle avec balles et massues. Passe une chevelure bleue, une rouge, et dominant le tout, les teintes vives des parasols éclaboussent l'espace. Pour un peu, j'inventerais l'impressionnisme. Les couleurs chantent dans le soleil.

Les bruits aussi, hélas, ceux du trafic. On n'entend plus les fontaines, sauf la nuit quand la marée reflue. Un poète a écrit naguère :

« Aix, un aveugle croit qu'il pleut... »

Il pleut des décibels. Ce trafic, on finit par ne plus y prêter attention à force, il fait penser au bruit de fond de l'océan. Restent ces musiques en boîte échappées des troquets, avec leur rythme de fond, cette basse obsédante, ce battement sourd de tam-tam cardiaque, et à tout moment la vrille d'un portable. On en voit partout. Les gens ne les lâchent pas, ils les tripotent dévotement, comme les vieux Orientaux leurs chapelets d'ambre.

Suffit. J'ai besoin de marcher. Je me lève, je descends vers le cours par la rue Méjanes et la rue Aude. Je pense mieux en mouvement. Je revois l'équipée d'hier chez la maman d'Anne. Sa fille nous laisse après le repas, nous nous mettons à la vaisselle. Elle lave, j'essuie. D'un coup ça lui prend, elle parle, se débonde, on aurait dit qu'elle m'attendait. Tout y est passé. Elle m'a remué.

Elle a peur pour sa fille, très. Elle pense qu'elle devient folle avec son obsession et qu'elle gâche sa vie. Elle ne trouvera jamais le Maudit parce que... C'est fini, personne ne saura, il s'agissait d'un rôdeur, voilà. Elle croit que ça suffit, Anne doit arrêter.

La vaisselle terminée, elle me propose un café. Elle me sert, se met à pleurer en silence. Je me tais. Elle dit :

— Ne faites pas attention, soyez gentil, occupez-vous d'elle, je vous en prie. Elle risque de faire n'importe quoi, elle me rend malade. Si vous pouviez lui retirer cette idée fixe...

Je suis d'accord, je vais essayer, je dis. Je demande :

— Et votre mari...

C'est là qu'elle se fige. Un silence. Quand elle reprend, sa voix est rauque :

— Anne, je ne lui ai pas tout raconté, ce n'est pas possible. Elle en a supporté assez comme ça.

Je revois son expression de dégoût intense :

— Pierre, je ne devrais pas, c'est quand même le père de mes enfants, vous comprenez ?

Ses lèvres remuent, elle marmonne en silence. Les mots ne peuvent sortir. Enfin elle se décide, elle parle. Pas à moi, je n'existe plus. Elle avoue l'inexprimable. Voilà, il avait changé, elle n'arrivait pas à y croire...

Elle s'arrête, son menton tremble, elle reprend :

— Certaines choses ne se font pas, c'est contre nature, le bon Dieu ne le permet pas.

Elle hésite. Je me garde de rien demander. Elle est en transes, surtout ne pas rompre le charme. À ce moment son horloge, une vieille caisse à balancier, sonne la demie. Coup de gong, fin de la reprise. Rideau, terminé.

Dommage, la dame semblait au bord de la crise, elle allait tout lâcher. C'était tangent. Elle s'est refermée.

Tu en penses quoi ? Bizarre, quand même, ce « contre nature »... Que vas-tu chercher ? Il s'agit d'une histoire de couple, ne te mets pas martel en tête. Son homme l'aura choquée par certaines exigences, je ne te fais pas de dessin. Elle a dû en rester au B.A. BA conjugal. Hors du missionnaire, point de salut.

Ensuite, elle secoue la tête comme quelqu'un qui se réveille en sursaut. Elle me regarde :

— Ah, vous êtes là ? Qu'est-ce que je raconte ?

— Vous parliez de votre mari.

— Il vit sa vie, ne vous en mêlez pas. Encore un peu de café ?

J'accepte. Tout ce qu'elle voudra, pourvu qu'elle reste en confiance. Pour cette fois, c'est râpé. Je sirote.

Faible et acide, son jus, un régal. J'essaie de la brancher sur Fé :

— Anne m'a parlé de sa tante.

— Oh, elle ? C'est la grosse égoïste, pourvu qu'elle s'amuse, le monde peut crouler, elle s'en moque. Dites, vous voulez bien aller voir ce que devient la petite ? Je m'inquiète, c'est plus fort que moi. Excusez-moi, je m'allonge un moment.

Je retrouve ma camarade, nous rentrons. Depuis, je pense à cette séance. J'en ai parlé avec Anne, j'ai tu l'essentiel, il vaut mieux. Elle n'est pas sortie d'affaire, il suffit de la regarder. La quête de son improbable Graal la ronge.

Et moi ? Elle me tolère en espérant m'utiliser. J'y consens, quant à sa mère, elle doit en vouloir à son homme de n'avoir pas protégé son gosse. Attends, ils se sont séparés avant ou après l'histoire ? Avant, il me semble, quelle importance ?

Et voilà le cours ou ce qu'il en reste. La municipalité a mis en chantier des travaux démentiels. Pelleteuses, tranchées, panneaux, barrières, le grand jeu. Ce désastre prend de l'ampleur de jour en jour. Les engins mécaniques s'activent dans le bruit et la fureur. Quand je serai dictateur, le Mirabeau deviendra une zone céréalière. Tu entends ces klaxons de véhicules pris au piège ? C'est de la folie ! Mais non, la norme actuelle.

Écoute ! Klop-o-klop, klop-o-klop... Un clapotis de sabots. Une calèche passe, le gadget pour touristes. Imperturbable, elle déambule en plein cauchemar. À quoi rime d'emprunter ce chantier, l'artiste ? Tant pis, tu as signé, tu dois payer, c'est ça la Légion. Je continue.

Ah, l'automate est encore là, juché sur un banc, à jouer les statues de sel. Un bonhomme maigre, enveloppé dans des voiles blancs. Enturbanné de blanc, il s'est fait la tête de Voltaire, visage crayeux, bras levé, corps tordu, il reste immobile. Si on dépose une pièce à ses pieds, il s'incline mécaniquement. Il fait partie du décor, et qui donc me frappe dans le dos ? Je me retourne ! Dédou :

— Pierre, où te cachais-tu, vieux maquereau, on ne te voit plus ?

— La preuve !

— Et les cours ?

— Ils me courent.

— Ah, bravo, très drôle ! Tu traques la gueuse ?

— Non, c'est le contraire.

— Veinard ! On en boit un ?

Traduire : tu m'en offres un... Le Dédou n'est pas solvable. Nous prenons place au Mondial. J'écoute mon camarade en contemplant la femme de pierre debout sur son socle, à l'entrée du cours. Une femme symbole, elle tient un compas, je crois, je distingue mal d'où je suis. Peu importe, dans la statuaire mâle, toutes les femmes sont des symboles. Seul l'homme existe en tant que personnage. L'homme mort de préférence. Les pigeons ne font pas la différence.

Que dit Dédou ? Il proteste :

— Tu ne m'écoutes pas, une fois de plus.

— C'est que ton doux clapotis me berce.

— Décidément, tu ne t'arranges pas ! Tu vois toujours ton anorexique ?

— En quoi cela te concerne-t-il ?

— En rien, sauf que... Non ce n'est pas la peine.

— Tu as raison, fais-moi grâce de tes inepties.

— Si tu permets, Pierre, je ne te comprends pas.

— J'espère.

— Je voudrais quand même te dire...

Il m'épuise :

— Dédou, tu représentes à mes yeux le stade final du cycle de l'azote, vois-tu.

— C'est quoi cette salade ?

Je lui explique. Tout l'effort prodigieux de l'évolution vient d'aboutir à quoi ? À lui, ce misérable composé azoté. Le cosmos a fini par accoucher d'un minusoïde. Autant dire un avortement.

— Mais je te rassure Dédou, un jour tu te décomposeras à ton tour, tu reprendras dans ce cycle une place plus convenable, tu seras pissenlit, peut-être, ou morpion... Aurais-tu une préférence ?

Il n'apprécie guère :

— Tu es vraiment malade, Pierre. Tu t'en crois, hein ? Tu joues les modestes, mais en vrai tu te sens supérieur, faux-jeton ! Qu'est-ce que tu fabriques de plus que les autres ?

— Je te supporte.

Touché. Vexé, il file en me laissant l'addition. Pour une fois, je n'ai pas eu droit au détail de ses obsessions, je m'en console. J'ai autre chose en tête.

Anne... Je l'appelle ? Vaut mieux pas, laisse-la souffler, elle a ton numéro. Il ne faut surtout pas lui peser, comprends-le. J'espère qu'elle pense à moi, qu'elle souhaite me voir. Je le crois et je m'en contente. Enfin, j'essaie.

Je voudrais progresser dans son histoire, trouver une issue. J'en fais une affaire perso. Vu le temps écoulé, tu vas avoir du mal, l'ami. Peu importe, je vais m'y mettre. Il faut commencer par retrouver les autres protagonistes, et en premier ce Zou, voir ce que l'on peut en tirer.

Je l'ai à peine connu étant gosse. Quel âge, dix ans, moins ? Je n'ai fait que l'apercevoir, un type maigre avec une casquette. Il jouait aux boules. Nous étions passés à Vonges en famille. Je ne sais plus pour quelle raison, et BTS m'a dit : « Tu vois ce monsieur, celui qui pointe ? C'est ton cousin. »

Le joindre ? Possible, mais voudra-t-il parler ? Essaie, tu verras. Et pense aussi à voir papa-maman, ces choses-là se font. Naïvement, je m'imaginais que mère s'intéressait à ma nouvelle existence, loin du nid familial. C'était trop exiger. Elle s'occupe de la sienne, cela lui suffit.

Sa spécialité : le recyclage. Papa gagne, elle dilapide, je me contente d'exister. Lui s'emploie à enrichir les sociétés qui l'utilisent. Il anticipe les caprices de la Bourse, c'est un jeu, il y faut du feeling, père n'en manque pas et y prend plaisir. L'eau va à la rivière, l'argent aux riches.

Finalement, notre famille fonctionne. Ni frictions ni conflits, une pure association d'étrangers. Nous nous tolérons. C'est la force des choses, fils. Nous restons les jouets d'un hasard indifférent. Démocrite avait raison. On lui dira.

Donc, objectif Zou. Inutile de lanterner, j'y vais, le temps de récupérer mes papiers. Je préviens Anne ? Oui, si elle n'est pas là, laisse un message.

Je rentre. J'entame une bonne série de décrassage sur mon rameur. Téléphone. Je décroche, en nage :

— Oui ?

C'est elle. Je reconnais mal sa voix, l'appareil déforme.

— Qu'est-ce qui me vaut le plaisir, Anne ?

— Je voulais savoir, ton copain, l'obsédé...

— Dédou ?

— Oui. J'aimerais caser la fille qui vit avec moi, pourrais-tu m'arranger une rencontre entre eux ? Tu le vois toujours ?

— Je le quitte à l'instant, je vais le joindre. Trouve-toi au Grillon... Non, le cours est infréquentable en ce moment. Disons le Happy Days, derrière l'hôtel de ville, tu vois où c'est ? Mettons à seize heures, avec ta camarade. Je te l'amène mort ou vif.

— Vif de préférence. Merci.

— Je rappelle si ce n'est pas possible. Salut, je t'embrasse.

Les projets, c'est ce qui ne se réalise pas. Ton safari, plus tard, il faut mettre le grappin sur Dédou et veiller à ce qu'il se fasse beau. Du diable si je m'y attendais ! D'abord une douche et ensuite à nous la chasse à l'homme.

Incroyable, j'ai dormi comme un ange dans les bras de Pierre. En songe, bien sûr, son image me suffit. C'est vrai, j'ai rêvé de lui, un rêve doux. Nous étions à L'Amalanche, et...

Caro entre sans frapper, se glisse dans mon lit, se blottit. Elle demande :

— Je peux ?

— Non.

Elle bondit et s'enfuit, outragée. Bon vent. Tu es dure. J'admets, à la niche les caniches. Je ne suis pas une chienne en chasse. Le frottis-frottas, terminé minette. Une chance, elle n'a ni demandé d'explications, ni accusé Pierre, je n'aurais pas supporté.

Si tu mettais les choses au point une bonne fois ? À quoi bon, elle ne veut rien entendre. Cette situation est malsaine à la longue, je reconnais... Ma vie étant vide, j'ai accepté n'importe quoi, la politique du bouche-trou au fil de l'eau. Enfin, pas tout à fait, pas question de m'installer avec un type, ni de suivre les traces de vieille Rosy. Mama mia, celle-là...

Avec Caro, je me suis laissée aller, j'ai consenti à cette tendresse d'occasion et Rosy m'amusait, dans les débuts. J'ai des excuses. Cette cohabitation avec des copines semblait une bonne idée, au départ. À l'arrivée, autre chanson. Je reconnais, dans l'intervalle je ne me suis pas ennuyée !

Rosy, quel phénomène ! Elle aurait dû faire biologie, vu son appétit pour la méthode expérimentale. Ahurissantes les histoires qu'elle a pu nous sortir, à se demander si parfois elle n'enjolivait pas pour choquer son monde.

Par exemple, sa recette des mélanges. Prenez un type, puis deux, puis trois dans le même après-midi. Agitez, enfournez, sans protection bien sûr :

— Mes cocottes, ça c'est du cocktail ! Vous n'imaginez pas l'impression de puissance que ça peut donner !

Quand elle nous a balancé cette énormité, les yeux de Caro se sont arrondis. Elle a protesté :

— C'est pas possible, tu es inconsciente ! Et le sida ?

Rosy a ricané :

— Tu t'imagines quoi ? Je les choisis, mes donneurs, je les prends au sortir de l'œuf. Le sida, c'est moi qui le leur collerai, un de ces quatre, pas eux, vous inquiétez pas.

La logique de ce genre de raisonnement m'échappe. Je n'ai ni apprécié ni réagi, la paix avant tout. En vrai, je m'en moquais, comme du reste. Cependant, à force, les choses ont atteint un seuil critique. Trop c'est trop, j'ai mis les pouces, adieu Rosy.

Reste la fidèle Caro. Je n'en ai aucun besoin. Elle ne me gêne pas. Si elle se contentait d'être présente sans plus, j'accepterais. Mais là, elle m'agresse, j'encaisse mal cette manie de me coller.

L'arrivée de Pierre y est pour quelque chose. Elle m'oblige par contagion à penser à lui, à ses mains, à son corps, je n'y tiens pas. Je n'ai pas d'énergie à perdre. Le sexe, plus tard.

Et Pierre ? C'est un homme, il doit avoir des besoins. Si je ne me prête pas... Non, pas lui. Nous en sommes au même point dans ce domaine, j'ai l'impression. Ces histoires de coucherie ne paraissent pas le travailler, tant mieux. Il recherche ma présence, pas mes charmes maigrelets, il fait bien.

Je m'étire... Écoute, côté Caro, tu entends ? Ben oui un léger bruit, la chère enfant pleurote. C'est un message. Du chantage, ma grande, je ne marche pas. La culpabilité, j'ai donné. Elle ne m'aura pas.

Il faut en finir. Si je lui demande d'arrêter sa comédie, elle le fera. Ensuite elle va prendre son air vierge et martyre et tirer une tête pas possible. Le grand cri muet dans la nuit du couple, j'aime autant pas.

Mademoiselle joue les goudous par défaut. Elle garde une mentalité de pucelle attardée. Il lui manque un type gentil qui la révèle et la sécurise. Comme elle est timide, dès qu'un garçon s'approche, elle fuit. On devra lui livrer son Don Juan sur un plateau, clefs en main.

Attends, Pierre m'a parlé d'un copain à lui en manque permanent. Tu comptes jouer les entremetteuses ? Je veux. D'abord, je la case, je fournis le mâle. Après elle s'en ira d'elle-même et à nous la sérénité.

J'appelle Pierre. Pas là. J'enfile mes jeans, mon T-shirt. Je dépose une bise sur le crâne de vieux Memento. Je le néglige, ces temps. Ta nymphette au cœur fondant ? Qu'elle pleure, les larmes purifient. Je prends un bouquin et la porte.

Oserais-je te rappeler tes cours ? Ils se passeront de moi, d'autant qu'ils sont terminés. Nous voici en juillet, je te signale. Les résultats ? Ils les enverront s'ils veulent. Sinon, je redouble ou je change de crémerie.

Il est tôt. Rue de la Couronne, les garçons des restaurants s'affairent. D'aucuns flânent sur leur pas-de-porte. Ils fument, plaisantent. J'en reconnais quelques-uns, ce Noir grisonnant, par exemple, devant le restaurant sénégalais. Place des Augustins une poignée de touristes épluche les menus, des cartons grand standard, avec sérieux. Thé ou café ? Cela demande réflexion, Honey.

Rue Espariat, rue Papassaudi. À chaque angle, sur les plaques, une inscription en provençal double celle en français. Il a suffi que cette langue meure pour l'afficher. Disparaissez, nous nous occuperons du reste. Rue Clemenceau, je débouche à l'angle du Grillon. Zut, j'ai encore oublié les travaux, c'est intenable. Je traverse le cours. Par la rue du 4-Septembre, j'arrive place des Quatre-Dauphins. Je m'assieds sur un rebord de fenêtre, fraîche la pierre.

Des touristes, encore et encore, par troupeaux, résignés. Manque juste le SS avec son flingue sous le bras. Curieux, toutes ces populations déplacées, que fait l'ONU ? Je m'en moque, je pense à Pierre, à sa force, à sa douceur. Une bouffée de tendresse m'envahit.

Pas de ça, Pomponnette, je t'interdis de t'attendrir. Où est le mal ? Ce jeune homme est entré dans mon histoire en dehors de l'histoire, du coup elle se remet en mouvement. Je n'espérais plus. Je veillais mon jumeau mort-vivant, et ce grand frère tout neuf me tombe du ciel. Je ne suis plus seule, tout peut recommencer.

Je ferme les yeux, je suis avec lui, c'est bon et... Non, il s'agit d'Yvon, tu n'as pas le droit, je le repousse. Je reprends conscience. J'ai rêvé... Ça t'arrive souvent ? Oui, parfois, des absences, je voyage. Par chance, je n'ai pas crié. J'ai l'air sage avec mon livre, personne n'a rien remarqué.

Je repars. Rue Cardinale, et voici Saint-Jean-de-Malte. Ce nom a de l'allure, l'église-forteresse aussi. Sur les marches du musée Granet, des clochards picolent. Ils feraient mieux de peindre, dans un siècle ou deux ils vaudraient de l'or. Il suffit de patienter.

Je m'attarde. Clocharde, y penses-tu ? Le bout de la route, un Nirvana imbibé... Plus tard, Chouquette.

Entends-tu les hirondelles ? J'entends. Elles volent au ras des tuiles. La chaleur m'engourdit. Tiens, j'ai faim. Encore ! Cela tourne à la manie. Peu importe, les nourritures terrestres ne passent toujours pas.

Consulter ? J'apprendrais que je suis en sous-poids. On me prescrirait des saletés que je n'avalerais pas. Tout se passe dans ma tête, elle va mieux. Mon état ne me pèse pas.

Cruel, le soleil. J'ai oublié mes lunettes. Retour par la rue des Italiens. En haut du cours, le roi René contemple le désastre. Pour un peu il en laisserait choir sa grappe de muscat. Si j'étais lui, je quitterais mon socle, je déserterais. Qu'il se dépatouille sans moi.

Je slalome entre les vieilles rues, et me voici de retour. Caro écoute Manu Chao. Elle entend la porte s'ouvrir et met en sourdine. J'appelle Pierre. Il est là, d'accord pour fiancer ma camarade. Il va voir son copain et nous fixe rendez-vous. Parfait.

À mon tour. Pas question que l'autre chèvre se dérobe. D'abord, amicale de chez Sympa, je lui présente un bouquet d'excuses. Il est bon de caresser la bête dans le sens du poil. Le matin, tout m'insupporte, je dis, elle devrait pourtant le savoir, mais je lui pardonne ma mauvaise humeur. Elle rit. La pauvrette n'attendait qu'un geste. Nous papotons.

Nous en sommes au même point. Les études, elle aussi n'accroche plus. Décidément, c'est une épidémie ! Non, un constat.

— Tu sais, Anne, au fond ce que je voudrais...

— Dis-moi.

— Ça va te paraître débilou. J'aimerais avoir une grande famille avec plein de gosses. Je les vois comme si je les avais déjà.

— Et le père ?

— Lui, pas vraiment, j'ai peur de me tromper.

— Quel genre ? Robert Redford ? Delon ?

— Surtout pas Delon, je déteste son genre garçon-coiffeur, puis cette sale manie qu'il a de gifler les filles dans tous ses navets. Non, je préfère l'acteur qui joue l'instit dans *La Fille de Ryan*, tu vois qui je veux dire ? Son nom m'échappe. On le voit aussi dans *La Nuit du chasseur*.

— Robert Mitchum. Il te faut du solide, dis donc.

— Tant qu'à faire... J'ai faim, pas toi ? Ne bouge pas, je m'en occupe.

Elle prépare une salade composée, pois chiches, poivrons, tomates, gruyère. Tu vas pouvoir avaler ? Avaler, dévaler, nous verrons. Dieu reconnaîtra les restes. Elle dit :

— Je sais, je suis envahissante parfois. Il ne faut pas m'en vouloir, je peux m'en aller si tu le souhaites.

— Tu plaisantes !

— Je serais sage, tu verras.

C'est ce que promettent les ivrognes à bobonne, entre deux cuites et deux trempes. Je demande :

— Tu as quelque chose en vue c't aprèm' ?

— J'irais volontiers à la piscine, mais à l'idée de me mettre en maillot... Je me trouve énorme.

— Allons ! Tu es mignonne tout plein, tu as les rondeurs qu'il faut là où il faut.

— Les rondeurs d'un petit cochon, oui ! Je devrais m'inscrire à l'aérobic, j'ai la flemme.

Donc elle ne bougera pas. Je dois l'occuper en attendant. Facile, elle meurt d'envie de s'épancher. Au fait, a-t-elle revu vieille Rosy ?

— Non, je n'y tiens pas. Je ne t'ai pas dit ? Elle m'a envoyé un mot.

— Un mot d'amour ?

— Pas spécialement. Elle parle de toi, elle te déteste. C'est moche, je n'ose pas te répéter.

— Tu peux.

— Elle écrit que tu devrais te faire...

Silence. Un blocage de chez Coincette. Je suggère :

— Sodomiser ?

— Elle employait l'autre mot, par un pit-bull, elle précisait. Pourquoi spécialement cette espèce, tu as une idée ?

— À cause de l'actualité, ma chérie. Notre Rosy est

une fille dans le vent. Au fait, j'y pense, je vois Pierre dans un moment, tu m'accompagnes ?

— Oh oui ! Je ne vais pas vous déranger ?

— Puisque je te le demande... Tu es prête ?

— Je me douche, j'en ai pour deux minutes. Au fond, elle était drôlement jalouse de toi, Rosy.

— Tu m'en vois flattée. Fais-toi belle.

Je change de T-shirt, j'en passe un blanc, non, tu as les bras comme des fusains, le contraste détone. Alors un gris. J'ai envie de couleurs vives, de beaux rouges sanglants, de bleus profonds comme les sept mers. Il serait temps de m'intéresser aux boutiques. Promis, dès que j'ai deux minutes, je t'offre un grand carénage. En solde.

Et Pierre ? Tu risques de casser ton image de Vierge noire. Je ne le pense pas, ce jeune homme en reste au stade inconditionnel. En attendant que Fifreline soit prête, j'extirpe une boîte en carton du fond du placard, celle des souvenirs d'Yvon. Je l'ouvre : un vieux Playmobil mâchouillé, un polo... Il a longtemps conservé son odeur. Des coquillages... Dans une enveloppe, un mot maladroit, écrit pour notre anniversaire, le dernier passé ensemble : *An, tu ai ma seure préféré.*

Une boule me monte à la gorge. Ça ne passe pas, le temps n'y fait rien. Tout au fond, la chaîne et la médaille de son baptême. J'ai jeté la mienne.

Je n'aime pas les bijoux. Cette médaille représente Marie, en buste, légèrement inclinée de profil. Au dos, le prénom de mon frère, sa date de naissance. La nôtre... 8 mai 1980.

8 et 5, treize. Quelle chance ! Un et neuf font dix, plus huit, dix-huit. Mon âge, les dieux sont avec moi.

Ils tardent à se manifester. J'embrasse la médaille, je la porterai quand tout sera fini. Je remets la boîte en place.

On n'entend plus le son des grandes eaux, et revoici Caro, en robe blanche avec des broderies bleues autour d'un décolleté appétissant. On en mangerait. Je la félicite :

— Tu es splendide, tu renverserais un mur aveugle !

— Je te plais ?

— À qui ne plairais-tu pas ? On y va.

Nous formons un couple d'enfer à nous deux, gâteau à la crème et toast grillé. Aucun risque que ce Dédou s'entiche de moi, il les préfère potelées, d'après Pierre, il n'est pas le seul. Je reste hors course, malgré une mode absurde. Il me manque quelques livres de rembourrage. Par contre, Caro est à croquer, c'est vrai, blanche et rose, tout à fait comestible.

Je ne l'ai pas prévenue, surtout pas. Rue Espariat, nous zigzaguons entre les éternels touristes. Ils ne gênent pas, au contraire. S'ils venaient à disparaître, quelque chose manquerait. Une dame tient son york en laisse. Un bâtard vient flairer ce diminutif, intéressé. Mémé récupère Toutou contre son sein. Le york pullule, encore cette manie du portable.

L'ambiance vacances persiste, avec son mélange incongru, vieillards et ados, l'eau et l'huile. Où sont les hommes ? Aix, ville de tous les extrêmes, et nous voici rendues devant le Happy Days.

— Anne !

C'est Pierre, installé à une des tables placées sur le trottoir contre la façade. J'approuve. Il faut toujours faire face à l'ennemi, dos au mur. À sa droite, un petit type quelconque, l'air vif. Présentations. Voici donc notre fameux Dédou, le fiancé en puissance. De son côté c'est gagné, il flashe sur Caro d'entrée, la complimente sur son allure. Son regard a du mal à quitter le décolleté de ma compagne. Encore un mal sevré. La douce paraît flattée, elle a tant besoin de reconnaissance.

Voir Pierre me fait du bien, sa présence physique. Il dégage une énergie tonique. Lui ne suit pas la mode, ni pantalons *battle-dress* avec poches latérales, ni chemise assortie. Non, comme moi, jeans et T-shirt. Ah, il porte un gilet, en jeans également. Et cet insigne épinglé sur le pectoral gauche ? Une tache sombre dans un losange blanc, je distingue mal. Je demande :

— Fais voir.

Il détache l'objet, me le tend. Au centre du losange, un aigle noir tient un serpent dans son bec. En toile de fond, deux barres forment un X, une rouge, l'autre verte.

— Drôle d'oiseau. Tu l'as trouvé dans un paquet de Miel Pops ?

— Ne blasphème pas, fille de peu de foi. Il vient de la collection de mon oncle.

— Tu m'en vois ravie. L'oncle d'Amérique ou tonton Picsou ?

— Ni l'un ni l'autre, je ne t'en ai pas encore parlé, l'oncle Hubert, Bertie pour les initiés. Une vedette, je te jure, la honte de la famille.

— À ce point ?

— Au-delà. Il a tout fait, maçon, légionnaire, forain, et j'en passe, une légende ambulante. Il habite vers

Forcalquier. Si tu veux nous irons le voir, il vaut le voyage.

— Tu comptes m'introduire dans ta famille par l'entrée des artistes ? Merci !

— Anne, je t'en prie !

— Je plaisante.

Et j'enregistre. Oncle Bertie vaut le détour, trois torchons aux *Gourbis de France*. Du côté de nos tourtereaux, l'idylle s'ébauche. Ils échangent goûts cinématographiques et numéros de téléphone. De son côté Pierre paraît soucieux :

— Quelque chose te contrarie, mon bel ami ?

— Oui et non. Papa tient à m'envoyer en stage d'anglais, sa dernière marotte. Il me laisse le choix, remarque, Londres ou New York. Que je ne fasse pas d'étincelles en fac lui importe peu, mais il tient à ce que je me débrouille correctement dans cette fichue langue.

— Il n'a pas tort.

— Si on veut. Je lui ai fait remarquer que comme tout le monde parle anglais, un de plus ou de moins...

— Et... ?

— Il n'a pas apprécié. L'humour et lui, ça fait deux.

— Et donc ?

— Je n'ai pas le choix, je dépends de ses largesses. J'ai opté pour Londres, c'est plus près.

— C'est bien, Londres.

— Tu trouves ? Je ne te verrai plus, sauf si tu m'accompagnes.

Voyager ? Je ne m'en sens pas la force.

— Tu dois me voir pour penser à moi, Pierre ?

— J'en ai besoin. Quand tu n'es pas là tu me

manques, tu ne peux pas savoir. C'est original, pas vrai ?

— Tout à fait. Ce sera long, ce stage ?

— Trois semaines, un mois. Tu vas m'oublier.

— Idiot ! Tu as quel âge ?

— Quatre ans, des fois cinq, les jours de grande forme. Tu m'attendras ?

— Mieux que ça, je vais réserver ma place au couvent si ça peut te rassurer.

Il parle comme un petit garçon. Que peut-il me trouver, je me le demande encore... L'amour est un miroir déformant. L'amour... Pour moi, rien à voir avec leurs mélanges, pas question, nous nous salirions. Il insiste :

— Tu m'écriras ? Je t'appellerai.

— Tu n'es pas encore parti. C'est pour quand ?

— J'ai choisi le 10 juillet, j'évite le trafic du 14.

Caro et Dédou se lèvent. Dédou veut trouver un livre, il désire que Caro le lise. Je vois, toujours la série « Urgences ». Par courtoisie, je demande :

— Quel livre ?

— *Ma Mère, mon Miroir*, de Nancy Friday. J'espère qu'il n'est pas épuisé.

Je le lui souhaite, sinon ils peuvent essayer *Love Story*. Pierre ne commente pas. Une fois le couple envolé, il constate :

— À première vue, ils paraissent s'entendre.

— Ça en a tout l'air.

— Je voudrais bien, tu n'imagines pas, il est littéralement obsédé. J'espère qu'il ne va pas sauter sur ta copine.

— J'espère le contraire. Tu pars dans trois jours, donc ?

— Hélas oui, papa a déjà réservé le stage et le billet, c'est un rapide. Quand je reviendrai...

J'écoute. Il fait des projets, nous retrouver ensemble au bord de mer, un endroit calme si possible. Sinon c'est la foire.

Quand il reviendra, nous en serons très près, en effet. La Foire aux agnelles... Il n'y pense pas, ce n'est pas son histoire. Il t'offre toute la bonne volonté du monde. J'apprécie. À quoi t'a servi ton volontarisme ? Jusqu'à présent, à pas grand-chose. Des phrases, des mots, à part ça tu n'avances pas. Comment veux-tu, avec mon image ? Bon gré mal gré, je reste la sœur de la victime. À Vonges, ils me prennent pour une cinglée les rares fois où j'y vais. Je leur fais peur. Ils n'ont rien à me dire, d'entrée. Dès qu'ils m'aperçoivent, ils se referment. Avec Pierre, ce serait différent, ils ne se méfieraient pas. J'aimerais qu'il s'y mette et il s'en va. Chut... Je me secoue :

— Parle-moi de Londres.

Voilà, il est parti. Passent les jours... Ce n'est pas grave, je garde sa présence, en creux. Tu viens de définir l'absence, ma tourterelle. Il me téléphone souvent. Il sort, voit des expos, rencontre des gens intéressants. Cette ville lui convient, ses parcs surtout. À part ça, Londres croule sous les Allemands et les Japonais.

Il s'inquiète de Caro-Dédou. Je le rassure :

— C'est le couple du siècle, ils ne se lâchent plus. Et rapides avec ça, ils comptent emménager rue Mignet figure-toi. Ils viennent de trouver un duplex.

Pierre en déduit que je vais donc avoir de la place chez moi. Pour lui.

Tiens donc... Je l'estime, je ne veux pas le perdre,

mais pas question d'aller au-delà, surtout pas. La cohabitation reste le plus sûr moyen connu de tuer une entente. J'ai physiquement besoin de vivre seule. Se retrouver, tant qu'il voudra. La promiscuité, non.

Il acceptera s'il tient à moi. Il n'a pas le choix. Il m'envoie des lettres touchantes, maladroites. Des lettres à son image, adorables. J'y réponds par une carte postale. Elle représente des rangées de moutons, identiques, alignés dans le même sens. Sauf un, tourné en sens inverse, avec une bulle. Et dans la bulle, un cœur.

Je me sens lasse, lasse de chez Fatiguée. Joli de butiner tes fleurettes, ma douce et tendre, mais rien ne bouge. Plus je bute contre mon histoire, plus je me sens stupide et aveugle. Je m'emmure.

Il faudrait un miracle. Ça arrive, fille, c'est fait pour. De nos jours, ça s'appelle Loto. Patience, mon numéro sortira.

Pierre revient, il n'a pas changé. Pourquoi voudrais-tu ? Il ne s'agit pas d'un retour des croisades. La tienne n'a pas commencé. Il me rapporte un collier d'ambre, de lourdes boules couleur de miel, irrégulières, séparées par des calices d'argent noirci. C'est très beau. Il me l'accroche, il dit :

— L'ambre porte chance.

Le ciel l'entende... Nous sommes au Happy Days. C'est le soir, une lumière fabuleuse baigne le haut des immeubles de la rue Vauvenargues. Le moraliste habitait un peu plus haut, une plaque l'atteste. Drôle de coïncidence. Des étourneaux s'abattent en piaillant sur les platanes. Le garçon circule, plateau en main, avec la dignité d'un grand d'Espagne en déshérence. Pierre débarque à peine :

— Mon père a eu la bonté de passer me prendre à Marignane.

— Il voulait tester ton anglais ?

— Il l'a fait. Il l'a trouvé : *Rather good, my dear.*

À côté, feutre en main et carnet sur les genoux, un Kerouac en débardeur note tout ce qui se présente. Son front se plisse sous son crâne rasé, il balaie la scène du regard comme un pigeon à l'affût de miettes. Qui sait, il va peut-être nous immortaliser ?

Je touche l'ambre. C'est doux. Je touche la main de Pierre. Elle est vivante, tiède. Il s'inquiète :

— Anne, pour la mer, tu as réfléchi ? BTS peut nous avoir une villa aux Lecques.

— Bété quoi ?

Il m'explique. Il s'agit de sa mère, un sigle, une plaisanterie. Drôle ? Je réserve mon jugement. Cette dame achète pour compenser, cette blague ! Curieux qu'ils se sentent étrangers à ce point, elle et lui. Ils sont trop proches sans doute, manque de recul. Ah oui, Les Lecques...

— Laisse-moi souffler, nous verrons. D'abord j'ai à faire.

— Quoi donc ? Le tour de la Sainte-Victoire en rollers ?

— Non, plus simple, je t'en parle bientôt, promis.

— À ta guise.

— Et ne boude pas, vilain garçon. Si tu me racontais les petites Anglaises, plutôt ?

[illegible]

[illegible]

[illegible]

[illegible]

[illegible]

[illegible]

[illegible]

[illegible]

[illegible]

[illegible]

[illegible]

[illegible]

[illegible]

Je réfléchis beaucoup en ce moment, j'ai jamais tant réfléchi. Faut dire, j'ai plein de temps pour, travailler dans l'olivette n'empêche pas de calculer.

En prison aussi le temps me faisait pas défaut, mais je restais ensuqué de longue. Je pouvais penser à rien de bien sérieux, entre l'ennui et les cachets, pas même à m'escaper. Pour aller où ? Et maintenant c'est pareil, la taule tu te la fabriques tous les jours comme une araignée sa toile, elle est en toi, voilà. J'aurai au moins appris ça.

Heureusement cette tâche, c'est un vrai régal. J'avance proprement, j'essaie pas d'aller plus vite que la musique. Il m'a fallu trouver l'échelle plus grande, et aussi grimper dans les arbres, histoire de les étêter comme il faut, couper les gourmands du haut. Sinon au moment de récolter, à part l'hélicoptère, je vois mal comment tu te dépatouilles. Et aussi dégager au travers, que l'air circule. Un arbre respire, il lui faut la lumière, à l'ombre l'olive profite pas.

Zé me donne les sous chaque semaine. Il m'a même dégoté le vieux vélomoteur pour remplacer le mien. Il marche impeccable. Il pense à tout, le collègue. Il m'en a fait cadeau, il dit :

— T'affole pas, tu me paieras quand tu seras riche.

— Ce jour-là, il fera chaud.

— Tant mieux, on boira un coup. Allez, amuse-toi bien.

Avec la pétrolette je trafique à ma convenance. Je débarque avec le jour. Vers midi, j'arrête. Le trafic aussi fait la pause.

Les bagnoles je les entends. En ce moment elles foncent droit vers la mer. Elle, je l'ai jamais vue, à part à la télé. Ça s'est trouvé que ça s'est pas trouvé. Ça m'empêche pas de m'escrimer des méninges. Je reprends mon affaire. C'est clair, j'ai juste servi à tranquilliser le monde, tous tant qu'ils sont, leur justice, les gendarmes et le chien de Philippe.

J'ai avoué. N'importe qui l'aurait fait à ma place, tu te retrouves comme l'olive dans le pressoir, ils te font cracher ce qu'ils veulent. Même un dur ils te l'assouplissent. Entre la fatigue, le sommeil, l'angoisse, tu sais plus où tu en es ni qui tu es. Tu veux juste rentrer dans ton trou et qu'on t'oublie.

Pour m'oublier, pardon, ils m'ont oublié. Dix ans. Mes aveux valaient pas tripette, ils le savaient. Ils m'ont bien eu, pauvre couillon que je suis. Arrête un peu, rabâcher avance à rien.

Romy trafique de son côté, je la vois plus. Elle a dû rencontrer un compagnon, ou alors elle chasse, le coin grouille de lapins, on trouve leurs pétoules de partout. Ça l'occupe, brave bête.

Je me suis préparé la thermos de café fort, pourquoi le vin te coupe les jambes. À moi il m'en faut peu, j'encaisse guère, j'ai pas la carrure. Je reste là à me ronger. À l'armée, on avait un adjudant, je m'en souviens. On en avait même plusieurs, mais ce sauvage était taillé en pleine peau de vache. On se l'empéguait sur le dos à longueur de temps. Il nous disait : « Surtout commencez pas à penser, les bleu-bites. Laissez ça aux chevaux, ils ont la tête plus grosse ! »

Et de rire, ouaf-ouaf. Il se croyait drôle, et moi je rame à n'en plus finir avec ma question à la con.

C'est la vie. En vrai, elle y est pour rien, tout vient de leur combine de société. Quoi qu'il arrive, le pauvre casque. Ils en auraient débusqué un plus minable que moi, c'est lui qui prenait. Un de ces bonshommes qui tracent la route par exemple. Des fois il en passe au village, ils s'arrêtent un moment pour voir s'il y a moyen de rapiner, puis en voiture Simone, ils repartent. Eux, au premier accroc, ils sont bons comme la romaine.

Normal. Si tu cherches l'ombre, il te faut le soleil, et si tu veux des riches, tu as besoin des pauvres. J'ai rien contre. Riche c'est de famille, ça s'apprend pas. La preuve, il me tomberait plein de pognon, je saurais pas qu'en faire. Eux savent, ils connaissent d'avance. Tant mieux, je les envie pas. Je me préfère dans cette olivette.

C'est devenu un peu la mienne. À force, je la connais arbre par arbre. Je l'ai suée en long, en large et en hauteur. Les gants de Zé, j'en ai fait de la charpie, je m'en suis payé d'autres. Avec mon engin, je vais aux courses à Malijai, juste à côté, j'évite Vonges.

Voilà, dix ans de passés au bleu. Dix ans seulement, nous voilà quasiment dans une autre époque, pas mal de vieux sont morts et pas qu'eux. Censé la vie rallonge, sauf que des flopées de gens disparaissent à trente ou quarante ans. Ils se chopent le cancer, Zé m'en a parlé. Dans la vallée, en mon absence, une ribambelle s'est fait la malle. D'après lui ça vient d'une pollution atomique. On nous a balancé le nuage pourri, et depuis les cancers pleuvent. Zé prétend que je suis le gros verni de m'être trouvé à l'autre bout du paysage.

Verni... Une chance pareille, je la souhaite à dégun. Ici comme ailleurs, les jeunes ont grandi, se sont fréquentés. Ils ont fait des petits, pardi. Il y a eu plein de guerres, plein de désastres partout dans le monde. Ils appellent ça la paix. La vie a continué, celle des autres. La mienne reste en carafe.

Assez radoté, au boulot ! Je m'y recolle. J'entame le dernier carré, je m'applique, ce sera parfait. Je le lui dois, au collègue. On pourra repasser derrière moi, on trouvera pas lourd à reprendre.

Bientôt midi, au soleil. Romy revient, je sais pas où elle a baroulé, elle s'est pastissée de boue plein partout. En rentrant je la flanque à la baille. J'entends le Kat-Kat. C'est samedi, le chef va me donner le pognon, pas une fois il oublie. Il gare à l'ombre. Je vais à sa rencontre. Il lève le bras, comme l'empereur du temps des Romains :

— Salut, le plus beau ! Fan de loup, tu en as mis un coup ! À ce train, on va bientôt en voir la fin. Tu vas faire quoi, tu te prendras les congés payés ? Tu préfères la neige ou la plage ?

Il aime bien d'asticoter son monde. Je dis :

— Je préfère la montagne. Je pars chasser le dahu.

— Sacré toi. Tu t'es débrouillé comme un chef !

— Pourquoi, tu me prenais pour le bon à rien ?

— Jamais ! Il en faudrait beaucoup dans ton genre. Ah, j'ai une autre gâche à ta disposition.

— Un troupeau ?

J'en rêve. Depuis le temps, ce serait drôlement bien.

— Pour cet été, c'est râpé, je t'apprends rien. Mais il te reste la vie devant toi, mon beau, t'affole pas !

— Tu m'excuseras, je la vois plutôt derrière, ma vie.

— Sois pas négatif, ça sert à rien. Écoute, je te propose de clôturer. Je possède une cinquantaine d'hectares de colline au-dessus des Rababins, tu vois où ça se trouve ?

Je fais signe que oui.

— J'avais planté de la lavande, mais elle se vend mal en ce moment. Il s'y trouve une vieille ferme, je l'ai retapée, je la loue à des Marseillais avec le terrain. Ils se sont monté la société de chasse. Ils élèvent des faisans, ils se font des bouffes monstres. Des fois, ils amènent même des poulettes, tu vois le genre. Seulement leur chasse se passe l'hiver. Au printemps, ce terrain je compte y mettre des chevaux à l'engrais. Ils auront l'espace, l'eau, l'herbe, ils seront comme des pachas. Mais avant de lâcher l'escadrille...

— Tu veux poser la clôture. Quel genre ?

— Le plus simple, les poteaux et le fil électrique. Il y a bien ces tiges en plastique, mais c'est pas du solide, les sangliers me les bousilleraient en moins de deux. Donc je t'installe à la ferme, on délimite le périmètre et tu t'organises. Tu tailles les poteaux, tu les mets en place.

— Et après on arrange le fil.

— Zou, tu m'as compris. Ça te convient, vieux frère ?

— Impeccable.

— Deux.

Zé répond toujours ça, deux peccables. Les gens, à part la voiture, tu les reconnais à leur façon de causer. Nous faisons le tour de l'olivette. Il me demande d'éclaircir encore quelques arbres un chouïa. Sinon il est content. Il dit :

— Tu es le meilleur, je te passe à 80 de l'heure, ça les vaut.

— Pourquoi ? Pas de raison !

— Oh que si ! Ce travail, je vois mal qui s'y serait collé, toi mis à part. Les jeunes, je suis d'accord pour les aider, leur RMI, les allocs, tout l'éventail. Total, une fois bien assistés, ils découvrent que la terre est basse et que bosser fatigue. Ils prennent le pli de se les rouler, tu en tires plus rien. Soi-disant c'est pour faciliter le démarrage, ces combines. En vrai tu leur coupes les bijoux dès le départ.

— Tu crois ?

— Je veux ! Toi et moi nous mouillons la chemise d'abord parce qu'on aime ça, et tant mieux si ça rapporte. Rester les bras croisés, on supporterait pas. D'accord ?

— C'est pas faux.

— Calcule. Ces jeunes, si tu leur proposes quatre ronds pour un djob qui les emballe guère, et autant pour siester, ils choisissent quoi, à ton idée ? En plus, ils gardent tout leur temps pour trafiquer. Alors, hein ?

Zé, j'apprécie sa façon de t'expliquer. Il a pas tort. Dans la vie, selon comment tu commences, tu continues. Ces jeunes sont pas responsables. D'ailleurs plus personne l'est, sauf moi. Je reste le roi toutes catégories.

Mon camarade demande :

— À part ça, Fleur de Nave, tu me chantes quel air ?

— Je me plains pas, grâce à toi.

— Personne te cherche des crosses, au village ?

— J'évite autant que possible. Je fais mes achats à Malijai, en ce moment. À Vonges, moins on me voit, mieux ça vaut.

— Que veux-tu, c'est pas tant qu'ils sont méchants, mais ils s'ennuient. Ils parlent histoire de parler sans se rendre compte des dégâts. Si jamais quelqu'un t'embête, viens me le dire, il me trouvera.

— D'accord, je te remercie.

— Et montre-toi quand même, l'ami. Rester à l'écart vaut rien. Il semble que tu as des bricoles sur la conscience. Va-z'y franco, c'est préférable.

— Pas facile. En taule on t'apprend d'abord à t'écraser.

— Ah oui ? On va voir qui s'écrase ! Embarque mon beau !

Un rapide, Zé. On met la pétrolette sur le plateau de son engin, et en route mauvaise troupe.

— Sans te commander, mets la ceinture, Zou. Les képis tu vois qu'eux en ce moment.

On se colle dans le trafic, plein de caravanes avec la plaque NL. Ça veut dire Nollande. Il doit plus rester grand monde dans leur fromage. Au croisement des Thumins, on clignote, on attend de pouvoir passer. On finit par se retrouver à Vonges.

Mon Zé s'enfile pas dans le parking, à l'entrée. Non, il remonte le boulevard, plan-plan, au ralenti. On défile devant les trois bars et on redescend. Tu crois qu'il s'arrête ? Des clous, il recommence, des fois que certains auraient raté la première séance.

Du coup les gens regardent. Ceux d'assis en restent sur le cul, ceux qui promènent se posent. Je demande :

— Tu essaies de passer inaperçu ?

— Presque. Je veux qu'ils s'en mettent plein la vue.

— C'est fait, non ?

— T'emballe pas, laisse venir.

Et on remet ça. Au troisième tour, cette grande gueule de Pilou n'y tient plus. Depuis le Glacier, il nous lance :

— Alors, les novis, on s'offre le voyage de noces ?

Zé pile. Il dit :

— Amène-toi, fifre, tu tiendras la chandelle.

En même temps, il se penche, il empoigne la barre de fer posée à ses pieds. On peut pas la voir, il garde le bras baissé. Courageux, mais pas téméraire, Pilou. Il préfère de se dégonfler :

— Mollo, je rigole. C'est pas interdit ?

— Même ta connerie monstrueuse, elle l'est pas. Plaisante, t'en prive pas. Seulement le premier mot en trop à Zou, c'est pour ma pomme. Capitche, petite tête ?

Il coupe le moteur, il descend. Il a pas lâché la barre. Il ajoute :

— Zou a payé pour quelqu'un d'autre, vous êtes au courant. Vous avez pas cherché à savoir, ni qui ni qu'est-ce. C'est pas votre métier, nous sommes d'accord. Le voilà revenu, vous allez lui foutre la paix. Tonin amène-toi.

C'est le patron, pas le mauvais cheval, un peu langue de pute, mais bon... Le travail veut ça, faut qu'il reste bien avec son monde. Il navigue dans le sens du vent. Il arrive torchon à la main. Il dit :

— Oh !

— Sers-nous la tournée de jaune, et mets la bonne dose. On est tous frangins, on va tous boire le coup. Allez, Zou, montre-toi, les autres, amenez-vous.

On applaudit. Je débarque. Zé pose sa barre, Tonin verse le pastis. On trinque, on picole, on se tapote le dos. Du moment que tu rinces la dalle pour pas un rond, personne va te contrarier. On plane dans les nuages, il s'est rien passé, rien qu'un entracte un peu longuet. La séance reprend. Le patron offre sa tournée, il me demande :

— Raconte un peu, comment c'était ?

Il précise pas, inutile.

— Le mieux, ce serait encore que tu ailles te rendre compte, Tonin.

Tout le monde se gondole, lui aussi. Durant mon absence il a gagné du bide, perdu des cheveux et pas oublié de s'imbiber. Le nez lui est venu comme une lanterne. La nuit il doit luire. Il me sort :

— En tout cas, ça t'a pas changé.

Là, il se trompe, mais je vais pas le contrarier :

— Normal, ils m'ont mis en conserve.

Ils partent encore de rire. Je me savais pas tant comique. Je mc colle les fausses dents, et d'un peu je remplace Fernandel. Du coup, la glace est brisée, grâce à Zé. Je retrouve la bonne ambiance. Au diable l'avarice, je me lance :

— C'est la mienne !

Ils veulent pas, ils protestent. J'ai assez payé, ils disent, c'est leur tour. Ils se battent presque pour offrir les suivantes. L'arrosage maison, c'est parti et on plaisante. Ils s'y mettent, ils me sortent plein d'histoires de quand j'étais ailleurs, la chasse, par exemple.

Le Guillaume de Champtercier se tue le cochon – ça veut dire le sanglier – mais entention, le phénomène, plus de cent trente kilos, un mammouth. Il lui faut trois balles pour achever la bestiasse. Total, il en avait déjà quelques-unes dans la carcasse, avec un jambon à moitié pourri. C'est résistant, ces bêtes. Du coup personne a osé en manger. Il a fait empailler la tête, on peut l'admirer dans son salon.

Tonin constate :

— Je l'aurais volontiers mise dans le bar, il a pas voulu me la filer.

Ce rigolo de Frédo lui balance :

— Fallait lui offrir celle de ta belle-mère en échange, il perdait rien.

Ils en peuvent plus de s'estrasser. Sa belle-mère, la Rosalie, on dirait l'enterrement de première classe à elle seule. Ils parlent de tout, les suicides, les accidents, les divorces, les faillites, tout ce qui met un brin d'animation. Rien manque. On ne s'ennuie pas, au village, il s'en passe. Total, je me retrouve beurré comme une tartine et Zé préfère de me ramener dans son véhicule.

Lui peut boire, il tient. En roulant, il m'envoie le coup d'épaule :

— Zou, mon beau, c'est gagné. Faut savoir les

prendre, après tu en fais ce que tu en veux, ils te mangent dans la main.

— La barre d'un bord, la bouteille de l'autre.

— Tu as remarqué ? Ils ont le choix. Ce coup-ci, tu vas pouvoir dormir peinard, la paix elle est signée.

On roule. J'en peux plus, je m'écroule. Une fois arrivé, je réalise :

— Purée de sort, la chienne !

— Affole-toi pas, elle connaît le chemin.

On descend, on attend. Pas longtemps, une demi-heure, et Romy déboule. Elle tire la langue, elle va boire. Zé dit :

— Faut que j'y aille, ou la bourgeoise va encore me chanter Manon.

Il rembarque. Il demande :

— Au fait, j'y pense. C'est bientôt la Foire aux agnelles, on t'y verra j'espère ?

C'est fou, j'y pensais pas. Il souhaite que j'y aille, sinon il me l'aurait pas demandé. Je dis oui. Il met le contact :

— Zé, ma bécane !

— Un coup tu oublies ta chienne, l'autre ta fusée. Tu es amoureux, parole !

— Ça risque !

Je récupère la trottinette, je le remercie. C'est la bonne journée, espérons que ça dure. Total, les choses on s'en fait un monde d'avance. Tout dépend de la façon de les aborder. Zé a la manière, il fonce. Les gens, il sait les mettre à sa botte, puis.

Moi, me débrouiller, je connais pas bien la recette. La vie m'a rien appris. Sauf avec les moutons, là oui je touchais ma bille. La vie... Je continue, j'ai guère le choix. Je respire parce que c'est la mode, mais je me sens coincé aux entournures. J'aimerais revenir au temps d'avant, quand tout paraissait normal. À présent, c'est comme si le paysage restait tordu, ou alors c'est moi, et j'y peux quoi, Romy ? Ça te dirait, une gamelle de croquettes, ma fille ? Attends, je te sers.

Pour les vacances, je reste à Aix. Cette ville est vivante, j'ai mes habitudes, je ne m'en lasse pas. D'autant que me voilà seule, Caro s'est installée avec son Dédou joli. Tant mieux, elle devenait pesante, elle et son besoin de se faire prendre en charge. Tu peux fonder une secte, les amateurs ne manquent pas.

Ce que je me trouve bien dans mon perchoir ! Du coup, je colle une rose dans Memento, ça le rajeunit. Si elle sèche convenablement, je la laisserai. J'observe mes hirondelles. Installée à l'abri des canisses, je bronze, nue, allongée sur une natte. Une fois sonnée de soleil, je m'offre une douche. Je laisse aller la journée.

À midi, je prends un verre de blanc place de l'Hôtel-de-Ville, et un bain de foule. Le soir, un de rosé avec une soucoupe de cacahuètes, au Happy Days. Mes repas, vite vu, fruits et fromage blanc. J'aime les soirs. Peu à peu les hirondelles s'éclipsent. Le soleil rasant plaque de l'or sur les vieilles pierres des Augustins. Une écharpe d'étourneaux s'étire, une partie s'abat sur le campanile, une autre sur les platanes. Je les crois posés. Non, ils repartent, recommencent, comme s'ils avaient du mal à se décider. Quelques corneilles traversent la scène en ramant lourdement.

Inutile de courir les routes pour voir du monde, l'Europe entière nous dégringole dessus en avalanche. Bizarre, ces moutons motorisés. Comment donc ! Ce rite est aussi vieux que le monde, fille, il s'agit simplement d'une relève. Sur le cadavre de la vieille église, on vénère de nouveau le Dieu Soleil. Ses adorateurs partent en pèlerinage à sa rencontre. Aix n'est qu'une étape sur leur route, et les cancers de la peau remplacent les stigmates des grandes saintes hystériques. Que Dieu bénisse ses créatures.

Ce matin, tôt, je paresse à la fraîche. Calme, la cour. Un oiseau s'égosille, un chien lui répond, une télé leur fait écho. La vie reprend.

C'est agréable. Le ciel s'éclaircit. Une lune pâle achève sa dérive. Suspendue au bord de ma vie, je ne bouge pas. Les jeux sont faits, à quoi bon ?

Inutile de continuer à te leurrer, tu t'incrustais en plein mensonge. Tu comptes continuer ?

Doucement, et Pierre, tes espoirs ? Lui ? C'est un chat, il m'amuse. Et toi la souris ? Peu importe, j'aimerais que tu cesses de tricher. Ton Pierre se tient à distance, il attend. Il ne sait trop sur quel pied danser, tu ne l'aides guère. Ce jeune homme joue la montre et me laisse l'initiative.

Qu'il patiente, je ne toucherai à rien dans nos rapports. Cette situation absurde me convient, cette attente à distance. Surtout, surtout, que rien ne bouge. Sa présence en pointillé me rassure. Je ne veux m'installer avec personne, jamais. Pas de fil à la patte, de l'air. Avec les filles, j'ai donné, suffit. Je me suffis.

L'important n'est pas là. Tu as beau dire, je ne renoncerai pas. J'essaie de garder ma rage intacte. Un jour, la situation se décantera, j'y verrai clair. Je veux y croire. Un jour il fera jour.

Je dors mal. Chaleur, pollution, je ne sais. Pas question d'avaler des somnifères. Total, dans la journée, il m'arrive de flotter en pleine brume, impossible de fixer mon attention. Je me dope au Nes pour pouvoir lire. Dix ou douze tasses plus tard, je renonce, dans le flou. Pas désagréable, cet état semi-comateux. Donnez-nous aujourd'hui notre Nirvana quotidien.

Ah, l'interphone. J'ai dû m'assoupir. Qui frappe ainsi les flots près du sérail des femmes ? Pierre. Je lui ouvre, en robe de chambre.

Voici l'homme, tout frais pondu ma foi, en chemise à carreaux et short. Nous nous faisons la bise, il embaume l'eau de toilette et le jeune guerrier. Nous ne jouons pas dans le même film, on dirait. Je le regarde, son énergie paraît presque palpable, son besoin de bouger :

— Assieds-toi je t'en prie, tu me donnes le vertige. Thé ou café ?

Monsieur daigne se poser. Je le sens tendu :

— Rien, merci. Alors, Anne ?

— Alors quoi ? Tu aimes les devinettes de bon matin ?

— Ne joue pas les innocentes. Tu sais très bien, pour Les Lecques, tu te décides ou pas ?

— D'abord, ne m'appelle pas Oupa.

Ah oui, ses Lecques, il y tient. La plage, son déballage de viande brûlée, le rire aigu des nymphes chatouillées... J'avais censuré. Seigneur, éloignez de moi ce calice balnéaire, pitié ! Attention, fragile, ne pas vexer. Fripounet s'impatiente.

— Pierre, désolée, je... Ce n'est pas le moment.

Pas très malin de chez Finaude comme argument.

— Tu attends quoi, Anne ?

— Voyons... Le retour de la banquise, les troupeaux de rennes, quelques ours blancs, des gorfous sauteurs aussi. C'est drôlement mignon, les gorfous sauteurs, tu sais, avec leur petit plumet orange. Tu connais ?

— Tu te moques de qui ? Je ne comprends pas. Tu n'aimes pas la mer ?

— La mer, si. Les foules, non.

— Tu aurais pu le dire plus tôt. Tu préfères marcher dans les collines ?

Maman, youkaïdi, sac au dos, godassons, l'extase...

— C'est pareil, Pierre, tes collines sont envahies. Je suis bien, seule, ici. Comprends-le.

— Mais...

Il allait dire : « Et moi ? »... Il se retient, bravo. Il ne saisit donc pas ? Je n'ai pas à faire ce que les gens attendent de moi, je ne suis pas Mère Teresa. Il m'objecte :

— Aix est plein de monde également, ou je rêve ?

— Pas dans mon appartement, trésor.

Il m'agace, tout m'agace. On se calme, on respire à fond. Je lui souris. Cheese... Il reprend :

— Tu aurais pu prévenir.

Les disques rayés, j'en redemande.

— Plus tôt, je ne savais pas. Tu rentres à peine, laisse-moi souffler.

Objection, votre honneur, je savais parfaitement. Il n'y a que la mauvaise foi qui sauve. J'enchaîne :

— Va voir tes Lecques, Pierre. Laisse-moi l'adresse. Dès que j'en ai envie, je te rejoins. On fait comme ça ?

— Comme tu voudras. Je te donne mon numéro de portable. Zut, je ne l'ai pas en tête.

— Pas grave, tu l'enverras.

Je le sens mécontent, et j'approuve. À sa place, comment je l'enverrais bouler, la garce... Ce jouvenceau se croit amoureux, sa lâcheté peut s'excuser. Qu'il fasse à sa convenance, mais la trempette, pas question. Commencer à lui faire plaisir serait une erreur. Je ne veux pas me contraindre, est-ce clair ? Je dis :

— Amuse-toi, et la bise aux mérous. Qu'est-ce qui est long, rouge, et qui sent la moule ?

Il me regarde, ahuri. Venant de moi, cette vanne le choque.

— Pardon ?

— Je te pardonne. Le bonnet de Cousteau, voyons !

Il daigne sourire.

— Tu es vraiment trop, Anne. D'accord, je me sauve.

— Sois là pour le 16 août. Le 15 au soir, même, si tu peux.

— Le 15 ? Pourquoi donc ?

Puis il comprend :

— Promis, j'y serai.

La bise, il disparaît. Adieu l'ami, bon vent. Tu es dure. Pas du tout, je suis moi. Et s'il décroche ? Je n'imagine pas. Tant que je le maintiens à distance, il peut m'idéaliser, il s'accrochera. Je nous épargne les trivialités de la vie quotidienne, l'érosion du couple, ce lent naufrage de l'amour dans les Sargasses de la médiocrité.

Si je te suis, monsieur devrait te remercier ? Exact. Et toi ? J'attends mon miracle. Le Messie finira bien par débarquer. Cette année, le 15 août tombe un mardi. La Foire aux agnelles se tiendra donc le mercredi 16. J'y serai.

Le mardi soir en question, l'ami Pierre débarque, bronzé, le cheveu décoloré. Je m'attendais à le voir détendu. Erreur, il ne paraît pas si ravi. Nous nous retrouvons à notre terrasse préférée, au Happy Days. À moi de jouer :

— Alors, ces Lecques ? Vous régalâtes-vous ?

Non, trop de monde, il paraît, une eau douteuse, trop tiède, trop de bruit. Les paradis laissent à désirer :

— Tu déteins sur moi, Anne. Tu as raison, la foule gâche tout. Ce serait mieux en septembre ou en mai.

Modeste de chez Modeste, je ne commente pas. Peu m'importe. J'essaie tout de même de donner le change :

— Tu as nagé ?

— J'aurais bien voulu. Crois-moi si tu veux, les méduses se sont pointées le lendemain de mon arrivée. Un vrai pourrissoir, cette mer.

Pourrissoir, périssoire.

— Tu as fait quoi ? Marché sur l'eau ?

Il rit :

— Je n'en suis pas là. D'abord je t'en ai voulu, ensuite, j'ai joué au volley sur le sable, avec des jeunes. C'était sympa.

— Et côté filles ?

— J'ai défendu ma vertu au couteau. Tu ne devineras jamais, elles m'ont pris pour un homo, elles m'ont fichu la paix.

— Où est le mal ? Les gays sont largement mieux que la moyenne, c'est plutôt flatteur.

— Tu m'en voudrais si...

— Pas du tout, tu es libre.

— Tu n'es pas jalouse ?

— Pas pour si peu, navrée de te décevoir.

Faux. Jalouse, je le suis. S'il me trompe, je le tue d'abord, on s'explique ensuite.

— Anne, je ne te comprends toujours pas.

J'espère. La diva s'entoure de mystère comme le beignet aux pommes de pâte, et il me propose d'aller manger une pizza. Vamos. Ma bonté me perdra.

Les pizzerias, Aix n'en manque pas. Nous en trouvons une place des Cardeurs. Le soleil a donné, les pavés renvoient la chaleur. Je regarde. Encore cette impression d'étrangeté, de me retrouver en plein décor, dans un film inconnu. Pas terrible, la figuration. La pizza non plus.

Je mange. Je vais dégorger, en douce. Pierre ne remarque rien. Il se détend, grâces en soient rendues au rosé. L'audacieux se lâche, me prend la main. Tendresse à treize degrés, mon amour. Il espère qu'entre nous ça durera, il dit. Il lui en faut si peu... Garce de chez Salope, je le laisse à ses illusions. Je n'espère rien. Un jour après l'autre, pas plus.

Tu n'es pas chic avec ce garçon, il mérite mieux. Arrête, je donne selon mes moyens. Qu'il rêve, chacun son nuage rose. Personne ne l'oblige à jouer les sigisbées.

C'est son droit. Le rétro, rien de mieux. Je me demande quand même quelle image il se fait de ma suave personne. La Vierge lointaine, sans doute...

Je rentre, seule. Je dors, mal. Trop longues, les nuits. Au matin, il passe à huit heures, je suis prête. Cette fois, l'homme porte une chemise kaki. Tiens, il a remis son drôle d'insigne, ce serpentaire. Je garde mon sentiment d'être en marge, je voudrais disparaître, me fondre dans le soleil. Une autre fois.

Je le laisse conduire, il vaut mieux. Je me sens aussi fraîche que Memento, ce matin. J'ai jeté la rose, elle perdait ses pétales. J'ai mis trois brins de lavande, c'est plus folklo. La haine est le tombeau des pâles Dan...

Sans m'en rendre compte, j'ai parlé tout haut. Pierre demande :

— Tu aimes Baudelaire ?

Ce rimailleur vérolé ? Remarque, à l'époque, ils l'étaient tous.

— Pas spécialement.

— Ah bon, je croyais.

Même si je l'adorais, je ne le lui dirais pas, il me régalerait illico de ses œuvres dans la Pléiade, sans compter la bio du général Aupick, ambassadeur à ses heures, et le perroquet de Flaubert en prime. Je ne veux pas qu'il prenne la manie des cadeaux, je déteste. Je trouve ça gluant, je ne veux rien devoir. Et j'aurais dû conduire. J'aurais pu nous expédier sous un camion à cent soixante, zoum, la crêpe farcie grand modèle. Est-ce vraiment sensé ?

Il met la radio. Du rock. Ce vacarme parasite m'insupporte. Dresse donc la liste de ce que tu tolères. Je dis :

— Je peux ?

J'éteins. Aucune réaction. Pauvre garçon, faut-il qu'il soit pincé... Il s'inquiète, je le sens. Il demande :

— Ça va ?

On ne peut mieux. Verbe aller, premier groupe, avec

des formes aberrantes : j'irai, je vais, nous allâmes, je suis été... Aberrante comme cette question débile. Si ça va, le jour anniversaire où mon frère...

— À ton avis ?

Il n'est pas insensible, j'admets. Il dit :

— Si seulement je pouvais faire quelque chose...

J'y compte bien. Pourquoi donc pense-t-il que je me trouve avec lui ?

Nous fonçons dans le vide, ou presque. Toujours géniale, cette autoroute, une voie privée en quelque sorte, le grand luxe. Pourvu qu'elle reste inachevée. Je prierai Pierre de voter Vert. Je dis :

— Votez rouge, pissez bleu.

— Je ne pige pas.

— C'est pourtant simple, ma prochaine chatte s'appellera Méthylène.

— Et son fiancé Mykonos ?

Pas mal... No comment. Avant Manosque, quelques plans d'eau persistent, sans doute suite aux terrassements. Des mouettes en rupture de mer les occupent. Tout à côté se trouve l'immonde dépôt d'ordures de... Ça me reviendra. Nous voici loin de Tchekhov, ma biche. Notre époque ne fait décidément pas dans la dentelle et dans cent millions d'années tes blanches mouettes n'auront plus les pieds palmés, je prends le pari.

De loin en loin, quelques rapaces survolent le bitume, à la recherche de petits animaux écrasés. Vonges, enfin. Des gendarmes en chemises bleu tendre bloquent l'accès du village. Ils nous envoient parquer dans un pré, tout en bas.

C'est le moment. Je prends la main de mon camarade. Cette foire, je n'y suis pas revenue depuis... Tout paraît normal, les gens ont l'air vrai, ils marchent, ils parlent. Je les entends. Mal, une sono démente interfère, musique et annonces.

Le public est au rendez-vous. Ce genre de manifestation draine toujours ses amateurs. Des caillots de foule. Les indigènes vont, viennent, s'agglutinent. Nous progressons au ralenti et nous y sommes. Nous regardons les moutons parqués en ligne. Nous faisons un tour sur la place, au milieu des déballages. Je vois tout sans rien voir, j'en ai vite assez. Nous nous installons au Glacier. Pierre va chercher le journal.

Je regarde encore. Ce sont bien ceux d'ici, leur façon de marcher plus lourde, leurs visages rougis aux traits marqués. Ils n'ont pas changé. Moi si, j'ai grandi. Ce serait mieux si personne ne me remettait. Tu rêves... Ils ont l'œil, on me salue, je réponds.

Et ton père, fille ? Rien ne presse. Et ta mère ? Tu sais bien qu'elle ne se déplacera pas. À côté, une tribu s'installe avec un chien gros module, le toutou de chez Mastodonte. L'animal halète de soif. On lui porte à boire. Il lape goulûment et vomit aussitôt. Amusant... Déjà les premières guêpes se pointent. J'ai du mal à garder la chaise de Pierre, les places sont chères.

Enfin le revoilà, mains vides. Les journaux, épuisés. Il serait temps de commander. Un peu plus haut, un remous, ça se bouscule, on crie. Allons bon... Pierre se dresse. Une bagarre ? Il fonce, je le suis. Il écarte les gens.

Nous y sommes. Mon père insulte un bonhomme, il hurle :

— Saloperie ! Je vais te crever !

J'aperçois l'autre, de dos. Il ne bronche pas. Je sais. Personne ne bouge, ils sont tous au spectacle, ils forment cercle. Mon père se jette sur le type, l'étrangle, le secoue. Sa victime se laisse faire. Pierre intervient, les sépare. Papa s'écarte, tend le poing :

— Ordure ! Je t'aurai, c'est pas fini ! Je vais chercher le flingue !

Les crétins applaudissent. Et nos carabiniers ? Pas là. Pierre décide :

— Anne, ce n'est pas possible, on l'emmène.

Nous empoignons l'agressé par les ailerons, nous l'entraînons. Il se laisse faire. Les gens s'écartent, déçus. Pensez, une corrida, c'est toujours bon à prendre. Nous redescendons vers le pré-parking. Du monde arrive encore. Notre rescapé s'arrête, porte la main à sa gorge :

— Pas si vite, dites. Il m'a serré le kiki, d'un peu il m'étrangle, ce fondu.

Il ôte sa casquette, s'essuie le front :

— Je vous remercie bien. J'étais venu histoire de faire plaisir au collègue pourquoi je les croyais calmés. Je m'attendais pas. On souffle un peu si ça vous fait rien.

Il nous sourit. Alors c'est Lui... Ce moment, j'en ai rêvé des années et des années. Ce n'est que lui, un pauvre bougre, désarmé, désespérément gentil. Un mouton. Il dit :

— Le collègue m'a mené, je l'ai perdu dans tout ce monde, puis. Du coup, j'ai plus ma pétrolette, comment je rentre ? Je me sens pas trop de marcher, il m'a coupé les guiboles.

Pierre demande :

— Vous habitez loin ?

— Aux Patouilles, mais vous dérangez pas, j'y arriverai quand même, le temps de récupérer.

— Il vaudrait mieux dégager du milieu. C'est quoi, l'autre sauvage ?

— Le patron du Tabac, pourquoi, vous êtes pas au courant ? Vous êtes bien le seul.

Pierre me regarde, je lui fais signe de se taire. Il dit :

— Je ne suis pas d'ici.

— Moi si, malheureusement. Que je vous explique, ce jobastre, ça fera dix ans aujourd'hui, quelqu'un a fait beaucoup de mal à son niston, et à moi ils m'ont fait marron. Ils m'ont arrêté, j'y étais pour rien. À peine je sors de taule, on m'étrangle. Vous trouvez ça normal ?

Il secoue la tête :

— Vous êtes beaucoup braves de vous déranger, misère. Voilà où nous en sommes, les troupeaux sont à la montagne et je reste en galère.

Pierre demande :

— Comment ça ?

— Le pourquoi du comment, c'est que je suis berger. Aux patrons, les gibiers de prison, comme on dit, ça leur plaît pas des masses. En plus, avec ce calu et son cirque, pensez, me voilà propre ! Manquait que ça ! Le Zé sera content quand il va l'apprendre. Lui, c'est mon ami, il s'imaginait avoir tout arrangé, espère... Oh, je meurs pas de faim, il me file du travail, mais quand même... Après, hein ? Où je vais ? Je rajeunis pas, et Romy est morte, pauvre de nous.

Il raconte. Il travaillait dans un champ, sa chienne vadrouillait, elle s'est fait écraser. Il dit :

— Trop c'est trop. Je vous ennuie avec mes jérémiades, m'en veuillez pas, c'est pas dans mes habitudes. Vous occupez plus de moi, ça va aller maintenant.

Pierre s'inquiète quand même :

— Vous êtes sûr ?

— Oui, je me remets. Sur le coup c'était l'estoumagade. Et les chiennes ça manque pas, puis. J'en trouverai une autre.

Mon camarade tâte sa chemise :

— Bon sang, j'ai perdu mon insigne dans la bagarre.

— Comment il était, des fois qu'on le retrouve ?

— Un aigle, avec un serpent.

Notre berger se fige :

— Par exemple ! J'avais le pareil sur mon blouson ! C'est drôle quand même comme les choses se retrouvent dans la vie.

Il raconte encore. Il possédait donc ce fameux blouson avec l'aigle et il l'a égaré. On l'a retrouvé le lendemain du drame, on s'en est servi de preuve contre lui... Nous le laissons parler.

— Dites, vous pensez que ce fondu me cherche, avec le fusil ? Après tout, qu'il me descende, il a plus à perdre que moi. Bon, je vous laisse, et bien le merci.

Il nous serre la main. Il sourit encore, ce sourire gentil de gosse innocent. Dire que je voulais sa mort... Il s'éloigne. Pierre demande :

— Que faisons-nous ? On y retourne ?

— Non, j'en ai assez. À présent tu connais ma charmante famille.

— Tu oublies ta tante.

— Très juste. C'est une idée, dépose-moi chez elle, tu garderas la voiture. J'ai besoin de souffler. Ça t'ennuie ?

Bien sûr que si, mais un chevalier servant se doit à sa dame.

— Comme tu voudras.

Il me laisse à Mallemoisson sur la place. Tu exagères. J'en ai conscience, figure-toi. Quand il en aura assez, il laissera tomber, ça le regarde. Attends, que dit-il ? Il va passer voir ma mère. Parfait.

J'en ai pour dix minutes de marche. Au fait, pourquoi n'être pas rentrée à Aix ? Comme ça... Pierre me perturbe, sans le vouloir. J'ai besoin de garder la tête claire avec cette histoire d'aigle qui me tombe dessus. Ce serait le miracle tant attendu, ce volatile ? N'oublie pas le serpent, fille d'Ève. Plaisanterie à part, quel rapport entre le blouson de Zou et l'insigne de ton soupirant ? Aucun, probablement. Comme je n'ai rien d'autre, je m'en contente, comment savoir ?

Récapitulons. Cet insigne provient du tonton Bertie. Et le blouson ? Seul Zou peut te renseigner. Je l'avais sous la main, je l'ai laissé filer. Où donc s'habillent les bergers ? Où ils peuvent, dans les foires, les fripes et les marchés, j'imagine, au hasard Balthazar. Tonton faisait forain à ses heures, non ? Bien joué, vous venez de gagner la friteuse en Tefal, et vous dites ? Je dis pouce. Même si par hasard Bertie a fourni le blouson en question, ça m'avance à quoi ? Faut voir.

Nous y voici. Toujours pimpante, tatie, et toujours ravie de voir sa nièce. Je la trouve dans son jardin en train de pulvériser ses rosiers.

— Entre, ma chérie, c'est une bonne surprise. Justement je pensais à toi. Tu es à pied ?

— Oui, j'ai laissé la voiture à un copain.

— Il fallait me l'amener, cachottière que tu es ! As-tu vu ta mère ?

— Non, j'arrive de la foire.

— Ah, c'est vrai. Ça ne me dit trop rien, c'est toujours pareil. Avec mon arthrose en plus, me voilà clouée.

— Tu plaisantes ! Tu trottes comme une cabrette ! Tu as dû tomber dans la potion magique étant petite, tantine.

— Arrête ! Je voudrais bien. Tu as vu, les pucerons m'envahissent. Cette année ils me ravagent tout. J'essaie de m'en défaire avec de la nicotine. Je récolte plein de vieux mégots, j'en fais l'infusion, j'espère que ça va marcher. Bon, je nous prépare un thé ?

— Volontiers.

— Pose-toi, j'arrive.

Adorable, ce jardin. Ma tante a la main verte. Je cueille une fleur de giroflée, je la froisse. J'aime cette odeur. Bien sûr, elle me renvoie au reposoir. Le jeu du labyrinthe, fille, et toujours pas de Minotaure. Tante revient avec un plateau garni. Nous sirotons. Nous bavardons de chez Bazarette.

— Alors ton père a encore fait son cinéma, il paraît ?

— Comment le sais-tu ?

— Le téléphone, tu connais ?

— Les nouvelles vont vite.

— Surtout ce genre, ma jolie.

Et surtout avec Fé, son engin toujours collé à

l'oreille. Tatie raffole des ragots, elle n'est pas seule. J'ai droit aux dernières histoires locales, cœur et sous-produits dérivés. J'écoute, quand la marée se retire, je change de sujet.

— Dis-moi, la meilleure des tantes, ce célèbre blouson, tu vois de quoi je parle ?

— Celui de Zou ? Il avait bien besoin de s'exhiber à la foire, celui-là, tu avoueras ! Ou plutôt c'est lui, il avoue, on le boucle, un siècle après il se désavoue, on le déboucle et allez donc ! Excuse, tu disais ?

— Le dessin, enfin, l'aigle, tu t'en souviens ?

— Un peu ! J'ai la mémoire photographique.

— Tu peux me...

— Facile. Un aigle oui, pas terrible, avec quelque chose dans le bec qui pendouille. Une saucisse ou une grosse nouille, pour rester décente.

— Et quoi d'autre ?

— Il se détachait en noir sur fond blanc. Avec le rouge du blouson, on aurait dit la marque de Darty, ou le drapeau nazi, ce style. Tiens, c'est vrai, je n'avais jamais fait le rapprochement.

— Il était en quoi ?

— Pas en cuir, un genre de nylon j'imagine, je ne saurais te dire. Si ça t'intéresse, demande donc à Bialot.

— Qui est-ce ?

— Un des gendarmes chargés de l'enquête. Il doit se trouver à la retraite. Un moment, laisse-moi faire.

Fé consulte son agenda, pianote sur son portable, puis entame un dialogue :

— Oui, bonjour, vous allez bien ?... C'est au sujet de M. Bialot... Par hasard, vous ne savez pas où on peut le joindre ?... Mais non, qu'est-ce que vous allez chercher, je ne drague personne, n'écoutez pas les langues de vipère. À mon âge, vous voulez rire !... À Manosque, dans l'annuaire ? Merci... D'accord, à un de ces jours, je vous fais signe. Prenez soin de vous.

Elle me sourit, mains écartées :

— Et voilà le travail, pas compliqué. Si Napoléon avait eu cet engin à Waterloo...

— Il prenait la pile à Romorantin, ma tante.

— Possible. Va me chercher l'annuaire, tu es gentille, dans l'entrée, sur le meuble.

Je vais, je trouve, je ramène. Tante feuillette. Elle appartient à la sous-espèce qui mouille son doigt pour tourner les pages.

— Voilà, nous y sommes. Je le fais, je te le passe.

Re-portable. Elle opère. Courte attente, elle me tend l'engin. Ça sonne. On décroche :

— Bialot, j'écoute.

— Bonjour monsieur, je vous dérange ?

— Je ne sais pas encore, mais au moins vous êtes polie, vous savez dire bonjour. C'est à quel sujet ?

Je me présente, j'explique ce qui me préoccupe.

— Ah, vous êtes la sœur de ce gamin, le pauvre gosse ! Je m'en souviens comme si c'était hier, on aurait dit que la foudre venait de lui tomber dessus. Excusez un moment, j'éteins la télé.

Le choc du combiné. Quelques secondes, et le revoilà :

— Ma chambre donne sur le terrain de boules, je mets le poste pour moins les entendre. Ces emmerdeurs, excusez-moi, ils ont pris la sale manie de les choquer, ils me rendent maboul, sans jeu de mots, et tout l'été à les supporter ! Si je ne me retenais pas, je tirerais dans le tas ! Vous disiez ? Ah oui, ce petit... J'en suis encore retourné.

— Vous n'auriez pas appris du nouveau, depuis le temps, par hasard ?

— Comme tout le monde. Ils viennent de relâcher le berger, je n'en reviens pas.

— Vous en pensez quoi ?

— Ceux de son genre, je les connais, pensez, depuis le temps que je les pratique ! Les collines en sont pleines, ils paraissent normaux, vous ne trouvez pas plus braves au premier abord. Sauf qu'un jour la folie leur prend, ils tuent ou ils se tuent, ou les deux. La plupart du temps ils ne savent pas pourquoi, et nous non plus. Si, quand même, la solitude leur monte au cerveau, ils finissent par entendre des voix. Vous vouliez quoi, précisément ?

— Au sujet de son blouson...

— Il doit moisir au tribunal, s'ils ne l'ont pas fichu en l'air.

— Pourriez-vous me le décrire ?

— Parfaitement, un produit artisanal, je parle de la décoration. C'est fabriqué par pression à chaud, ce n'est pas sorcier, du travail d'amateur pour ne pas dire d'handicapé mental. Vous savez, les bricolages qu'ils leur font faire dans leurs centres. On ne trouve plus que ça en France, au jour d'aujourd'hui, des mouroirs et des réserves de débiles. Des fois je me demande où nous allons... Mais je cause, je cause...

— Il s'agissait bien d'un aigle et d'un serpent ?

— Tout à fait, vus par un naïf. Le gros bec, les grosses serres... En parlant de naïf, j'ai été à Haïti une fois, en voyage organisé. Ils peignent beaucoup dans ce style, là-bas. Ma pauvre femme s'imaginait qu'il s'agissait de Tahiti, elle et la géographie ça fait deux. Vous imaginez pas le train qu'elle m'a mené, elle aurait voulu que je m'y fasse muter. Je parle de Tahiti. Je n'avais rien contre, mais il ne suffit pas de poser sa candidature, n'allez pas croire. Excusez, je m'égare. Vous désirez autre chose ?

— Savez-vous d'où il venait ?

— Oui... Attendez, ça me revient. D'après ce Zou, un forain lui en aurait fait cadeau.

Tilt. Je le remercie.

— Dites, mademoiselle, si vous avez un moment passez donc, nous bavarderons. C'est agréable Manosque, à part les boules. Vous connaissez ?

Je connais. Question solitude, pas besoin d'être berger, on dirait. Fin de l'épisode. Ton premier fil, fille. Reste à tirer la bobinette... Ouf... Je pose l'appareil. Fé jubile :

— Côté causette, il me bat dans les grandes largeurs, le père Bialot. Heureusement que j'ai un bon forfait.

— Je te dois combien ?

— Idiote, ne m'insulte pas, nièce indigne. À part le respect, tu ne me dois rien. Mon portable, c'est mon luxe. On se refait un thé ?

— Merci, non.

— Tu me parais songeuse. Cette histoire te travaille encore, pas vrai ? Ma pauvre... Tu cherches quoi ?

— À comprendre.

— Tu perds ton temps, on ne saura jamais, c'est fini. Ou alors un jour un rôdeur se dénoncera. Tu as vu le film *Le Juge et l'Assassin* ? Il avouera en vrac deux douzaines de crimes, le nôtre dans le lot pour faire bon poids. Ce sera vrai ou pas. Bon, tu restes ou tu préfères que je te prête ma voiture ?

— Je reste.

— Tu m'en vois ravie. Tu sais quoi ? Nous allons sortir. Pas au village, ils me gonflent. On s'offre le resto à Digne, tu veux ?

— Tes désirs sont des ordres, tante Belle.

— J'espère. Tu n'as pas envie de passer voir ta mère ?

Je l'avais oubliée. Pierre s'y trouve peut-être, laissons-les tranquilles.

— Plus tard, l'orgie d'abord.

— Anne, tu comprends la vie. Je me refais la façade et on y va.

Nous y allâmes. Digne, dingue, donc. Ville d'eaux. Drôle d'idée de coller une cité à l'ombre en plein courant d'air. Mais non, si tu veux soigner les rhumatismes et un tas de bonnes choses, le plus sûr reste encore de les provoquer. Même une attardée de chez Simplette le comprendrait.

Nous trouvons un italien sympa dans le prolongement du Gassendi, en face du musée. Tante Fé possède un solide coup de fourchette. Elle semble heureuse, toujours de bonne humeur. Et je me demande... Elle n'est plus si jeune. Aurait-elle tiré une croix sur ses activités amoureuses, malgré ses dires ?

Elle parle, dévide la saga de Vonges. Je ne la suis pas vraiment. Je repense à vieille Rosy, à son espèce de chiennerie. Si tu compares à *Paul et Virginie*, évidemment... Rosy parlerait de coincette. Par rapport à elle, aucun doute.

— À quoi penses-tu, ma mignonne ? tu m'as l'air absente.

Supposons que je réponde : « Fist fucking. » Comprendrait-elle ? Mieux vaut pas, ma grande.

— À Virginie, celle de Paul.

— Tiens... Pourquoi ?

— Je ne sais plus, mais je t'écoute.

— Je vois bien que non, tu as la tête ailleurs. Je te pardonne. On se reprend une demi-bouteille ? Leur tiramisu était délicieux, tu ne trouves pas ?

Je reconnais. Tante soupire :

— Ma nièce, ma nièce... La tarentule t'a piquée. Tu repenses encore à ton frère, pas vrai ?

— Je reconnais.

— Tu ne vas jamais le voir.

— Je ne peux pas.

— Je comprends. J'y suis passée quelques fois, à quoi bon, il ne reconnaît personne. Il n'est même pas malheureux, il est nulle part. Mais c'est son regard, vide, tu vois, comme si on l'avait foudroyé... Enfin, parlons d'autre chose. J'en ai encore froid dans le dos.

Foudroyé... Le terme même de mon gendarme solitaire. Tantine s'essuie les yeux :

— Vois-tu, Anne, le plus terrible c'est cette impuissance, ne rien pouvoir entreprendre, rien ! Bien sûr, de savoir l'autre blaireau en cabane, ce Zou, ça consolait peu que peu. Et voilà qu'ils le mettent hors de cause ! Par chance pour lui, il est limite, quoique... À sa place je disjonctais. Tu imagines, tout ce temps à se cogner aux murs pour des nèfles ! C'est insensé. Buvons.

Nous trinquons. Fé semble remontée.

— Si je m'écoutais, je finirais alcoolique, et comment ! Réfléchis deux secondes, rien n'a de sens. Tu as vu jouer au flipper ? La vie, c'est pareil, ta boule ricoche n'importe où. Des fois tu crois gagner. Pour finir, elle tombe dans le trou et toi avec. Tu as le bonjour des asticots.

— Je t'en prie !

— Laisse, je me purge, ça fait du bien. Quand j'ai un coup de cafard, j'avale des romans roses en série, cinq ou six d'affilée, je choisis les plus tartes possible. Ou alors, des feuilletons à la télé, ça manque pas. Tant les uns que les autres, leurs sornettes tiennent à peu près debout, tu remarqueras. Dans la vie, non, c'est n'importe quoi.

Je la sens mûre pour découvrir l'absurde. Chaque chose en son temps. Je remplis à nouveau son verre. Qui sait ce que Sophie a bien pu raconter à Pierre cette fois, en supposant qu'il y soit allé. Je dis tout haut :

— Je me demande...

— Quoi donc, ma chérie ?

— Je pense à ce camarade qui m'a déposée...

— Oui ?

— Il est passé voir maman. Ils se connaissent à peine, mais ils ont l'air de sympathiser.

— Tu voudrais savoir s'ils parlent de votre vieille rengaine ? Mon Dieu, Anne, à quoi sert de remuer tout ce passé ?

Je me lève, lui masse le cou. Nous sommes dans un angle, la salle est quasiment vide, et quand bien même... Je me moque du monde. Fé se reprend :

— C'est ce vin, j'ai trop bu, ne fais pas attention.

Je ne réponds rien. Les gens parlent quand ils en ressentent le besoin. Tante ne semble pas dans son assiette, le visage défait. Pour finir, je la connais mal. Je la croyais plus forte. Elle se décide :

— Anne, ce que ta mère peut lui raconter, moi je connais. Tu es sûre d'être en état de l'entendre ? Tu vois, la vie... On ne sait plus pourquoi on continue, des fois. C'est moche. C'est peut-être l'époque qui veut ça, la nôtre est gratinée. Remarque, avant...

En pleine digression, tatie. Moi aussi je rêve d'autre chose, d'un temps où les raisons de vivre seraient aussi des raisons de mourir. Où on pourrait se donner à fond. Où les seules valeurs ne seraient pas le profit et leur sexe toujours béant, et ce foot imbécile, cette guerre par procuration. Mon côté fossile de choc.

Je remplis nos verres. Au point où nous en sommes... Tante boit. Elle se jette à l'eau :

— Anne, ta mère... Tu la vois, maintenant, mais jeune je peux t'assurer, elle était tellement différente ! Elle avait son genre, un vrai garçon manqué. En même temps elle restait romantique comme pas permis, un drôle de mélange. Alors, avec ton père...

Elle hésite.

— Bon, j'imagine que tu sais comment on fait l'amour, enfin, normalement. Mais plus tard, il a voulu essayer autre chose, l'autre côté de la médaille, tu imagines ? Elle, ça l'a clouée. Pour une vraie jeune fille qui entame sa vie sentimentale, la chose peut paraître déplacée. En tout cas ça l'était pour ta mère. Elle m'en a parlé plus tard, elle n'admettait pas. Elle trouvait ça monstrueux. Anormal, voilà.

Fé lève les yeux au plafond :

— Normal, ça signifie quoi ? Si tu en as envie, tout passe, pas vrai ? J'ai essayé de le lui faire entendre, pas moyen, elle se butait. Tu réalises ?

— Tout à fait.

— Entre eux, ça ne pouvait pas coller. Il était trop vieux, surtout dans sa tête. À peine mariée, elle s'est retrouvée enceinte de vous deux, donc coincée. Déjà elle supportait mal qu'il la touche. On dirait un de ces romans à deux sous, *Vierge et mère*. Lui s'est donc mis à regarder ses cassettes. Il ne devait pas s'en priver avant.

— Je vois le genre.

— Justement pas, tu es à côté de la plaque, ma belle. Oh, ta mère n'était pas totalement innocente, elle s'imaginait qu'il s'agissait du bon vieux porno des familles, piperade et levrette, la routine. Ça pouvait passer. Il les visionnait la nuit. Si mettons, elle descendait prendre un verre d'eau, vite il éteignait comme un gamin.

— Alors ?

— Une fois, il s'est absenté, peu importe la raison. Elle en a mis une. L'action se déroulait entre hommes. Du hard homo, tu vois un peu...

— Et ?

— Elle a eu le vomi. Ce spectacle l'a révulsée, mais elle hésitait encore, elle ne savait comment réagir. Et c'est là qu'il a voulu passer aux travaux pratiques. Ces images ne lui suffisaient plus. Déjà qu'elle n'appréciait guère le crac-crac à la papa, tu vois le tableau. Elle n'a fait ni une ni deux, elle vous a pris. Vous étiez tout petits, et elle a filé à L'Amalanche. Elle y est toujours.

Sa maman s'est trouvée veuve, elles sont restées entre femmes à vous élever. Il lui est venu un dégoût des hommes qui ne l'a plus quittée, le rejet complet. Que veux-tu, chacun réagit comme il peut.

Tatie soupire, hoche la tête. Elle reprend :

— Peu après, lui est arrivé la queue entre les jambes. Il respectait son besoin de vivre à part, mais il voulait avoir ses gosses. Il lui a même raconté qu'il allait se faire soigner, tout ça. Ils ont négocié. Elle lui a laissé ton frère... Elle ne voulait surtout pas se lancer dans un divorce, étaler la honte familiale. Son mari, un pervers ? La seule idée de devoir en parler devant des étrangers la rendait malade.

— Tu m'étonnes... Et puis ?

— Tu connais la suite, tu l'as vécue et moi aussi. Je me trouvais entre les deux. Il s'occupait correctement de ton frère, je reconnais. Toi, tu es restée avec ta mère. La situation paraissait acceptable. La moitié des gens sont divorcés de nos jours, les autres en rêvent ou se font cocus. Une seconde, j'ai la gorge sèche.

Je lui sers un verre d'eau. Elle boit. Elle repart :

— Donc ta maman a fait pour le mieux, selon elle, pour éviter le gros scandale. Nous ne sommes pas à Paris, que veux-tu. Nous restons des arriérés. Dans les villages, ce genre d'histoire ne pardonne pas. Et après, il y a eu ce drame, ton frère. Le bouquet.

— Ça ne pouvait pas se passer autrement ?

— Bien sûr que si. Ta sainte mère se serait laissé faire, la terre tournerait encore je suppose. Que veux-tu que je te dise ? Je ne prétends pas non plus qu'elle soit responsable, elle a réagi comme elle pouvait. Elle a un pied dans une autre époque, on ne se refait pas. Tu en penses quoi ?

— Rien. Je ne sais pas.

— Moi pareil, les gens, pour les comprendre, il faudrait commencer par être dans leur peau. Je ne juge personne, je ne m'en sens pas le droit. Et toi, ma chérie ?

— Quoi, moi ?

— Avec ton copain ? Ça se passe bien, si je ne suis pas indiscrète ?

— On ne peut mieux, rassure-toi.

— Je vois, pour les détails, je repasserai. Tu es garce, tu aurais pu me le présenter, que je me fasse une idée. Tu as peur que je le mange ? Je n'en suis plus là.

— Et tu le regrettes, tatie ? Ne prétends pas le contraire.

— Même pas, j'ai eu ma bonne part et je n'ai pas décroché. Par chance, le contact avec ces messieurs ne m'a jamais posé problème... L'amour, je te parle du côté physique bien sûr, le reste c'est de la chansonnette... L'amour donc, plus tu le fais, plus tu en as envie, et mieux c'est. Tu n'es pas possessive, tu aimes tout le monde, tu dédramatises les bonshommes. Je les connais. Ils bouffonnent, tous, mais la plupart ont du mal au démarrage. On dirait des petits garçons qui passent l'oral, il faut les tenir par la main, si tu savais...

— Pardonne-moi, je n'ai pas ton expérience.

En verve, tante. Elle ne m'écoute pas, ses yeux brillent. Elle dit :

— Tiens, une fois... Je me souviens d'un zèbre qui me courait spécialement sur le haricot, le genre macho avec la petite moustache ridicule, le *latin lover* gominé, toujours à me serrer dans les coins, à essayer de me peloter. Tu situes ?

— Oui, continue.

— J'en ai eu assez. Un jour, je lui ai dit : « René Jules, amène-toi... » Je le conduis dans une chambre d'hôtel, à Manosque. Je lui dis : « Bouge pas... » Je me déloque, je m'allonge en position gynéco et je lui balance : « Allez, Charlot, sors-nous ta grosse bébête. Fais voir à Mamacita comment tu t'y prends... »

— Tu es gonflée.

— Pas lui, il n'a rien pu faire. Je lui avais coupé la chique, net.

— Ma tante, avec tout le respect que je te dois, je te trouve un rien salope.

— Admettons. Disons que je voulais lui donner une leçon. Je connais mon monde. Tu as vu l'heure ? On se rentre.

— Quand tu veux.

— Tu es la plus gentille des nièces de perdre ta jeunesse avec une vieille chouette dans mon genre.

— Et Dieu me le rendra.

— Oh, lui, laisse-le où il est. En attendant...

Elle plonge la main dans son sac, en sort un paquet de billets pliés en deux.

— J'ai toujours voulu te faire un cadeau, il vaut mieux que ce soit toi qui t'en charges. Accepte, ne fais pas d'histoires, tu en as davantage besoin que moi, à ton âge.

Je prends. Je la remercie. Elle dit :

— Non, c'est moi, cette soirée m'a fait du bien. Essaie de ne pas prendre la vie au tragique, Anne, elle n'en vaut pas la peine. Allez, on y va.

Dehors, ce ciel pur et l'éclat des étoiles... Seigneur, accordez-moi encore un peu de temps. Donnez-moi la patience. Laissez-moi finir ce chemin tant que j'en ai le courage.

Me voilà coincé, du diable si je m'y attendais. Je ne sais plus où j'en suis, mis à part que je roule dans la Golf d'Anne. Mallemoisson dépassé, je file vers l'autoroute. À deux kilomètres du village, un gendarme me fait signe de me garer sur une piste de station-service désaffectée. Un autre me prend en charge. J'ai traversé l'agglomération à une vitesse de soixante-dix kilomètres/heure, il paraît. Or, elle est limitée à cinquante. Possible, je n'ai pas vu le panneau.

— Les papiers du véhicule, SVP.

Je les sors. Il les examine.

— Les vôtres.

Je tends mon permis. Il examine aussi en prenant son temps et le mien.

— Et vous faites quoi ?

Bonne question. Pour le moment je me fais importuner. Socialement parlant, je dois être étudiant. J'ai arrêté, mais c'est tout de même la réponse correcte. Je la donne.

— Étudiant, hein ? Vous feriez bien d'étudier le code. Dans les agglomérations, la vitesse c'est cinquante kilomètres, mon petit monsieur.

Petit ? Quand je serai dictateur, je supprimerai la

gendarmerie. Le soudard vit de rapines, le sous-fifre de rancune. Un procès-verbal plus tard, je repars. L'intermède ne m'a pas changé les idées. Quand j'ai débarqué à L'Alamanche tout à l'heure, la maman d'Anne m'a dit :

— Je vous attendais.

Et de me balancer à nouveau ce qu'elle a sur le cœur, ses dégoûts, ses soupçons envers son mari. J'écoute dans l'angoisse, je m'y attendais plus ou moins. J'aurais quand même préféré ne pas l'entendre. Ce n'est pas possible, pas ça. Comment le dire à Anne ? Impensable. Elle ne pourrait l'encaisser.

Voilà pourquoi elle n'a rien pu trouver toutes ces années. Inconsciemment elle se protégeait. Le soleil et la mort ne se regardent pas en face, il paraît. Quelle blague ! Pour le soleil, tu mets des lunettes noires, la mort se frôle à chaque tour de roue. La seule Méduse reste la vie. La vie de famille. Sophie me parle. Ensuite elle s'effondre et reste là, clouée sur sa chaise, inerte :

— Qu'est-ce qui m'a pris ? Pourquoi je vous raconte ces histoires ? Je n'aurais pas dû.

Elle pleure, visage figé.

— Vous ne direz rien à ma fille ? Jurez-le-moi !

Je jure. Elle me fait signe de la laisser. Je m'en vais, j'ai mon compte. Et Anne ? Je lui dirai que je suis passé, sans plus. Si seulement elle acceptait de se détendre. Pourvu qu'elle ne s'aperçoive pas de ma gêne, je sais mal dissimuler. Ne crains rien, elle vit dans sa bulle. À peine si elle reconnaît que j'existe. Je suis une image dans sa lanterne magique. Peu importe, je m'accroche, je n'attends rien. Je me sens pourtant responsable, comme s'il s'agissait de la sœur que je n'ai jamais eue.

Je mets la radio : *Lucy in the Sky*... Mon cheval pour un joint... Tiens, l'autoroute. Déjà ? Ce soir, je passerai voir Dédou, il me distraira.

Je repense à ce pauvre gosse, Yvon, dans son parking pour arriérés. Sa mère venait de lui rendre visite, ce qui explique sans doute ses épanchements. Elle seule le voit. Elle m'en a parlé, c'est une sorte de lémure, un mort-vivant. De loin en loin, il pique une crise d'épilepsie. Elle comprend qu'Anne refuse de l'accompagner, elle ne lui en tient pas rigueur. Elle a même dit :

— J'aurais préféré qu'il meure.

Anne n'en parle jamais et ne pense à rien d'autre. Et moi, j'occupe quelle place dans son manège ? Peu importe, je tiens à cette fille. Si je pouvais la soulager de ce poids... C'est miraculeux qu'elle ne soit pas encore passée à l'acte, qu'elle n'ait pas commis un geste insensé. Elle attendait l'occasion, c'est raté. Elle l'attend encore, ce pauvre bougre de Zou l'a échappé belle. Sale histoire. Elle va s'obstiner et je ne vois aucune issue. Que puis-je ? Même le temps n'a rien pu. Il faut essayer malgré tout, tenter de bloquer cette mécanique d'une façon ou d'une autre, sinon je crains le pire.

Tu m'amuses. Dix ans et une erreur judiciaire, joli bilan. Restons sur terre, je suis seul, vieux frère. Je ne dispose pas de cent mille gendarmes et d'une armée d'ordinateurs, la piste est froide. Oui, mais Anne... Aix, terminus. Et cette visite à Dédou ? Quelle idée, laisse-le digérer son bonheur. Retour aux Cardeurs. Je vais boire dans mon coin comme un grand, je dois me changer les idées. Allez, on s'y met, sors le Jack's. À la tienne Étienne, j'en ai ma claque d'être raisonnable, les bons samaritains sont fatigués. Les pigeons tu veux dire. Pourquoi non ? Je me fais avoir, j'y consens, donc personne me possède. Et secoue-toi, si tu tires cette bobine, elle se posera des questions. Bien chef.

Il faudrait te dépenser physiquement. Pédaler en chambre, je sature. Monsieur compte retourner à la mer ? Une fois suffit. Le plan d'eau, à Digne ? Tu rêves, on marche sur les pingouins. Crapahuter ? Trop chaud. Je ne me reconnais plus. Essaie Lourdes, tu pousseras les petites voitures dans la piscine. Tu pourras même piquer une tête, qui sait, si par miracle tu devenais un homme... Tu peux définir ? Plus tard. J'ai mieux à faire, la partie n'est pas terminée. Elle n'est même pas commencée. Vois-tu, il n'est pas nécessaire d'espérer pour se planter. J'ai confiance.

Je bricole ma mobylette devant chez moi, puis. Pour marcher elle marche, seulement le moteur s'étouffe comme un mouton qui se couve la bronchite. Je démarre, elle fait pouf pouf, elle tire plus. J'essaie de rouler quand même. À peine je prends de l'élan, elle cale. J'ai des envies de l'étriper, cette bécane.

Pourtant j'ai mis le bon mélange, je la tiens propre, je la ménage. Alors je pige pas. Je nettoie la bougie, je démonte le moteur comme je peux, je passe les pièces à l'essence. Les engins, j'y entends que dale, c'est guère mon rayon. J'ai l'impression qu'ils ont la mauvaise volonté. C'est pas seulement de la ferraille, ils existent en vrai. Quand ça leur prend, ils t'en veulent. On me le sortira pas de l'idée. Dieu garde, j'ai pas intérêt à le dire, déjà qu'on me croit djobi.

Un animal, à la bonne heure, tu lui parles, il te répond. Je me souviens, le mulet du père Ghigo, tout il te faisait comprendre. Les bêtes sont moins bêtes que nous, pour commencer elles sortent pas de grosses couillonnades comme certains. Des fois ça m'aurait plu d'être un mouton, avec le troupeau, faï tira, le ciel sur la tête et le museau dans l'herbe, et plus à me casser la nénette.

Le foutre me prend, je m'énerve. D'un peu je la jette cette mécanique. Elle me fait marronner, je lui balance le coup de pied, elle l'a pas volé. J'essaie de me calmer.

Voilà mon Zé qui débarque. Il tombe toujours à pic, à croire qu'il le fait exprès. Il arrête son monstre, il dit rien. Il me regarde, il voit la bécane, pas la peine de lui chanter les vêpres.

Un génie cet homme, il me retape Titine en deux coups les gros. J'en reste bleu. Tout ce qui cloche, ce phénomène le remet d'aplomb, moi bon premier. Il me dit comme ça :

— Dis voir un peu, mon tout beau, hier, aux agnelles, où tu es passé ? Je te cherchais pour boire le coup, je t'ai plus vu.

— Moi pareil, alors j'ai dégagé de bonne heure.

— Tu me caches quelque chose collègue. On t'a reçu en fanfare, il paraît.

— Pourquoi tu demandes si tu sais ? Le Tabac a pété les plombs, il m'a sauté sur le poil, d'un peu il m'étrangle, je porte encore les marques. Et tu veux que j'y remette les pieds dans ton village de cannibales ?

— Qu'est-ce qu'il lui a pris ?

— Va savoir. Je promenais, je regardais les brebis. Je m'en mettais plein la vue pourquoi elles me manquent drôlement. En plus il s'en trouvait de rares, tu rencontres pas souvent les mêmes. Je demandais rien à personne et surtout pas à cet ensuqué, j'y pensais même pas.

— Je sais. Écoute, on retourne le trouver, on lui rentre dans le lard.

— Pas question, tu y vas si tu veux, moi j'ai fait le

plein. Il allait prendre le fusil, tu oublies. J'ai pas le boléro pare-balles comme les flics.

— À ton aise. Le moral se maintient quand même, j'espère ?

— Non, rien du tout. Comment veux-tu ? Ils m'ont mis plus bas que terre, ils continuent, et tu veux que ça aille ? Tu te fous de qui ? Pour un peu je vais regretter leur prison.

— Fâche-toi pas, ce pauvre abruti a dégusté aussi, faut reconnaître. C'est quand même le père du petit, n'oublie pas.

— Je comprends. Tout le monde comprend tout le monde. Et moi on me prend pour quoi ? Dis-le pour voir ! Je comprends surtout que j'en ai marre !

— Doucement les basses. Ce type, je vais mettre le paquet, je lui démontrerai par A plus B qu'il se trompe à ton sujet, vu ?

— Si ça te chante... Fais à ton idée. Mais tant qu'il ne me présente pas d'excuses, le village, terminé.

— Tu deviens gourmand, l'arsouille. Enfin, nous verrons. Assez causé, on me livre les canassons début septembre. Tu es toujours partant question clôture ?

— Sûr, me prends pas pour la girouette.

— Alors garde ton énergie pour les piquets, mon beau, il va t'en falloir. Bon, conserve-toi.

Il part. Je reconnais, j'ai été brusque, mais un peu ça va. J'en ai ras la frange de morfler sans réagir. Suffit. Si tu pensais aux courses ? Pas la peine, il reste le quignon de pain, le bout de fromage, je m'en contente. Zé a raison, faut que j'arrive à pas m'énerver. Sur le coup j'endure, après la pression monte, elle dégringole pas. À force d'encaisser, je vire au mouton enragé. Le prochain qui me manque, je l'estourbis, je jure. Tant pis pour lui, il trinquera pour les autres.

Et aussi le départ de Romy m'a fichu un choc. Il y a surtout qu'avant, ma vie je m'en contentais, je cherchais pas plus loin. Je me suis perdu en route. Mais pour la galerie, rien de changé. Dans mon dos, les autres soiffards se privent pas pour dire : « Zou, l'imbécile heureux ! »

Parfaitement. Imbécile, tant qu'ils veulent, vu les génies d'où ça vient. Et heureux, je l'étais. Rien je possédais, ni famille ni pognon. Juste mes mains, mon métier et les brebis des patrons, plus mon ombre les jours de soleil. Ça suffisait.

Puis bon, la peau de banane, et voilà le résultat des courses, plus de moutons ni de Romy. Je devrais dire merci, pas vrai, tant que j'y suis ? Merci pour la balade, l'hôtel et les souvenirs. Au moins il m'est arrivé quelque chose, de quoi je me plains ?

Ils m'ont cassé. La recette pour me rafistoler, je l'ignore. Zé, son olivette, ses piquets, patin couffin, j'apprécie. Ça me redonnera jamais le temps perdu. Si j'avais le calibre, je m'exploserais le crâne, je supporte plus. Ou alors si je trouvais l'enfant de pute qui a goupillé ce coup tordu...

Bon, il se passe quoi ? Le Kat-Kat du collègue déboule. Il vire au large sans s'arrêter, il me passe au ras. Zé a le sourire, il dit :

— Attrape, l'artiste !

Au passage, il me balance le paquet. Je le chope au vol. C'est mou, c'est doux, ça couine. Ça me lèche la figure. Une petite chienne, belle comme un astre !

Alors j'ai la grosse émotion, je la serre, je me retiens, je veux pas l'étouffer. Je pleure... Je lui pleure dessus. Je lui dis :

— Tu vois, Zaza, je te baptise !

Quelque chose se met en place, fille, comme si un mur se mettait à bouger, tu vois ? Pas vraiment, les murs ne bougent pas. Je me comprends... Une pièce du puzzle va tomber du ciel, crois-tu ? Je ne saurais dire, les miracles je n'ai rien contre.

Je n'ai pas vu maman, son ambiance, basta. Je joue relâche. Au moins, c'est vivable chez Fé. Elle reste nature. Nous nous occupons, je continue à vaporiser ses rosiers. L'opération ne dérange pas vraiment les pucerons, ils semblent accros à la nicotine. Du temps, tatie cuit des confitures. Elle vient d'acheter des cageots d'abricots et de prunes au marché de Forcalquier. La maison embaume les fruits et le caramel. Elle sent la vie. À L'Amalanche, il traîne une odeur de mort, maman et son éternel reposoir ! Et chez papa, l'air empeste un remugle de mâles entre eux, de bière éventée, de mégots et de pastis. Un délice.

Avant, dans ma candeur, je trouvais tout normal. J'ai viré ma cuti. Ah, le téléphone. Tante est occupée, je prends. C'est Pierre. Peut-il passer me chercher ? S'il veut... Quand ? Quand il veut...

— J'arrive.

À sa guise. Il est malade, enfin, il vient à peine de descendre.

Fé s'inquiète :

— C'était qui ?

— Pierre. Il arrive.

— Ton amoureux ? Pas trop tôt, nous allons enfin découvrir la merveille. Vous prendrez la chambre jaune, elle donne sur le jardin.

— Il n'en est pas question, nous ne dormons pas ensemble.

— Ah bon ? J'aurais cru. Note, je t'approuve, coucher on a toujours le temps. Il faut leur tenir la dragée haute. Fais-toi désirer, ma nièce. Tu souhaites qu'il t'épouse ?

— Ça va pas ! Tante, tu m'énerves ! Pierre a l'intention de m'aider, si tu veux tout savoir, et rien d'autre. Il essaie de comprendre.

— Qui ? Toi ? Quel imbécile, tu m'excuseras ! Une femme, ça se prend d'abord, ça se comprend après. Tu as quel âge dans ta tête ?

— Tu m'épuises !

— Et toi, tu te trompes d'époque, je l'ai toujours pensé. Ça te passera j'espère. Voyons voir, il reste du gratin d'aubergines et de belles côtelettes, je les mets à décongeler. J'espère qu'il apprécie mieux la plaisanterie que ma nièce, ton soupirant.

— Ce sera tout ?

— Presque. Tu devrais vivre pendant que tu es vivante. Après, terminé ma fille. Inutile de mettre une pièce dans la fente, la partie ne se rejoue pas.

Vivre, facile à dire. Vivre, livre, ivre... Je mets la table. Tante dispose des roses dans un vase. Elle soigne les détails et ne lâche pas le morceau, la garce :

— Anne, j'avais un copain à une époque, je me souviens de son expression favorite : « Quitte à faire un sale boulot, autant le faire salement. »

— Dois-je me sentir visée ?

— À toi de voir. Tu te moques de ton monde, de ta fac, de tout. Ce Pierre, tu lui collerais un sandwich dans les gencives, à condition qu'il l'apporte, pas vrai ? Je préfère le contraire, si quelqu'un daigne me rendre visite, je lui prépare un repas soigné, le meilleur possible, avec du bon vin, des fleurs, et je me fais belle.

— N'oublie pas le persil dans les narines.

— Pourquoi pas ? Surtout, j'espère avoir une nièce qui ne tire pas une mine de six pans de long. Viens me faire la bise, sauvage !

Tatie est forte pour te désarmer. Je m'exécute. Tiède comme un fruit mûr, Fé embaume. Je dis :

— Tu as oublié la danse du ventre dans ta panoplie.

— Je comptais vous faire la surprise au dessert.

— Toi qui es si dégourdie, pourquoi donc n'as-tu pas déniché un homme, un vrai, tante jolie ?

— Un vrai homme ? Ça n'existe pas ! Un homme se trouve toujours en représentation. Pas nous, les femmes on ne nous en demande pas tant, et d'une. Et surtout, une merveille telle que moi, il fallait qu'un maximum en profite, c'est évident.

— Tu es incorrigible.

— J'espère. Débouche le vin qu'il s'aère. Voyons, je n'oublie rien ? Je me change.

Un tourbillon, elle m'use. Elle est douée pour vivre. Je l'envie ? Ah écoute, une voiture s'arrête. Bruit de freins. Je sors. C'est Pierre, il paraît vanné. Il dit :

— Tu es prête ? Bonjour.

— Attends, doucement. Ma tante nous garde pour le repas. Au fait, tu as vu maman, hier ?

— Oui.

— Ça s'est passé comment ?

— Gentiment. Je lui ai arrangé un volet qui tenait mal.

— Et elle ne t'a rien dit ?

— Rien de spécial.

Fé nous rejoint, en beauté, dans une robe style gitane avec décolleté pigeonnant, le grand jeu. La belle ne cache pas ses atouts, copieux je reconnais. Mon doux ami semble apprécier. Il est vrai que, en comparaison, mes chétifs appâts ne font pas le poids. Les présentations faites, nous passons à table.

Courtois, Pierre la félicite pour sa moussaka. Elle l'interroge sur ses études. Il reconnaît s'être mal orienté. Il constate :

— Je n'ai rien à faire en fac.

— Vous n'appréciez pas leurs méthodes d'enseignement ?

— Entre autres.

— Vous désiriez quoi au juste ?

— Je supposais dans ma candeur que des études supérieures m'amèneraient à un niveau plus élevé de connaissances, je comprendrais la vie... J'obtiendrais une vision globale du monde, si vous préférez.

— Et une vision des étudiantes, en détails, vous y pensez ?

Interloqué, Pierre ne réagit pas. Tatie lui décoche son plus beau sourire :

— Resservez-vous, je vous en prie.

Elle m'achève, elle parle, elle nous sort toute la

sagesse du monde entre deux bouchées. La prenais-tu pour une écervelée ? Quand même pas, mais je la voyais mal sous cet angle. Cette blague, elle n'a jamais cherché à te séduire, Sweetie. Pierre, c'est une autre histoire. Elle demande :

— Ce côtes-du-rhône vous convient ? Il vaut le gigondas, qu'en pensez-vous ?

Pierre approuve. Elle enchaîne :

— Pierre, si Boris Vian avait passé sa jeunesse à préparer une thèse sur Anna Karénine...

— Il n'aurait pas écrit *L'Écume des jours*.

— Voilà. On n'apprend pas le tango par correspondance. Si quelque chose vous intéresse, vivez-le à fond. N'attendez rien des autres. La vie ne s'enseigne pas, elle se vit.

— C'est en gros ce que Napoléon disait de la guerre.

— Et de l'amour ?

Elle pousse ! N'importe quoi. Je me dresse, j'applaudis mes duettistes. Je vais embrasser tatie sur le front.

— Félicitations. Tu es la meilleure, tu aurais dû te mettre à l'enseignement. Remarque, au cinéma aussi tu aurais fait un tabac dans le genre nouvelle vague.

Elle le prend bien, elle rit :

— Tu penses ! Ta nouvelle vague, c'est de l'histoire ancienne et ta fac me virerait en vitesse.

— Pourquoi donc ?

— Parce que j'inciterais mes élèves à la débauche, évidemment, à commencer par ton Pierre. Ne me regarde pas comme ça, tu me connais.

— Tante, tu es un phénomène.

— Nous en sommes tous. Va chercher la salade, tu veux bien ?

— Tu seras sage ?

— Je ne te promets rien.

Pierre ne sait où se mettre. Pudique, le malheureux. Bref, le repas se passe on ne peut mieux. Personne ne viole personne, mon doux ami se détend. Pendant qu'il sirote une mirabelle, j'aide Fé à débarrasser. À la cuisine, elle me félicite :

— Bravo ma nièce, tu fais fort ! Je le trouve parfait, joli garçon avec ça. Tu as tiré le gros lot. Si j'avais vingt ans de moins, je ne répondrais de rien. Bagatelle à part, votre attitude devant les études me semble aberrante. De mon temps, on en rêvait. Seule une minorité pouvait se les offrir. Elles représentaient une chance pour nous, et vous, vous en parlez comme d'une impasse.

— L'époque n'est plus la même, tante jolie. Impasse te déplaît ? Disons garderie ou asile de jour si tu préfères. Personne n'a plus besoin de nous, alors on nous zone le plus longtemps possible, nous en sommes là.

Elle hausse l'épaule droite :

— Parlons d'autre chose. Vous restez, j'espère ?

— Non, hélas. Celui que tu prends pour mon seigneur et maître désire rentrer. Une autre fois, d'accord ?

— Comme vous voulez. Tant pis pour vous.

Nous la remercions. Je prends le volant et l'autoroute. Mon grand garçon s'assoupit. Qu'il dorme. Du temps, je gamberge, je suis mon idée. Il me faut à présent trouver Bertie, le tonton à transformations. Oui ? Nous verrons, un pas après l'autre.

À Aix, je laisse Pierre au bas du cours. Je rentre, ravie de me retrouver seule. Je sens la force revenir, comme une source après la pluie. Je n'y croyais plus. Ton miracle va reverdir. Doucement, il germe à peine. Oiseaux du soir, bonsoir. Je lis. Je récupère. La nuit vient. À demain, fille, du travail nous attend. Nous autres, civilisations, nous savons maintenant que nous sommes mortelles. Vraiment ? Au matin je tiens la forme. J'appelle mon bien-aimé. Ce fameux tonton, quand peut-on le visiter ?

— Je lui passe un coup de fil. Tu es libre ? On se voit quand ?

— À notre terrasse habituelle, dix heures, d'accord ?

Rien ne presse. Je prépare un thé, je vais le boire avec les hirondelles. Elles virent déjà sur la canopée des toits. La cour en contrebas leur tient lieu d'oiseaudrome. Elles s'élancent sans fin dans le sens senestrogire. Et dans l'autre hémisphère ? C'est l'inverse. J'ai pris *Daisy Miller*. Pour une fois, l'ami James n'a pas fait long. James, du roman de gare pour train à vapeur.

Ne nous égarons pas. Donc, nous verrons Bertie, ensuite... Laisse aller ma douce. Je n'anticipe rien. Zut, tu as vu tatie et tu as oublié sa Marie Brizard ! Ce sera pour la prochaine fois. Je me prépare vite fait. Jeans noirs, débardeur noir, le collier d'ambre. Je ne sais s'il porte chance, mais il attire l'œil, on ne voit que lui, pas moi. C'est ce qu'il faut.

Je prends au plus long, rues de l'Annonciade, de la Verrerie. Place Ramus, le platane abrite deux restaurants provençaux, un sino-viêt, un potier, un magasin pour bronzette. Ne manque que le sex-shop. Aix ne donne guère dans la porcherie, ce me semble. Cette ancienne ville de parlement sait se tenir.

Place de la Halle-aux-Grains, je trouve Pierre installé devant un café. Je le regarde avant qu'il m'aperçoive. Toujours cet air préoccupé. D'où vient-il ? Je dois l'empoisonner à plein temps avec mon feuilleton. Il reçoit si peu pour sa peine, alors qu'il devrait nager dans la félicité comme un petit cochon dans le tapioca. Avec une grosse cochonne ? Ou plus si affinités. Pauvre Pierre... Pourquoi pauvre ? Il est libre, personne ne l'oblige.

Il m'aperçoit, son visage s'éclaire, un bon point. Il se lève, se penche, m'embrasse sur la joue. J'effleure ses lèvres. Il demande :

— Tu prends quelque chose ?

— Merci, j'ai déjeuné.

— Alors allons-y, tonton nous attend.

— C'est loin ?

— Pas trop, après Forcalquier. Je te préviens, tu vas tomber sur un numéro.

— Précise.

— Le genre épique. Tu pourras en juger, il va te faire sa démonstration, tu ne seras pas déçue.

Il ramasse un portable sur la table. Je constate :

— Alors, tu t'y es mis aussi ?

— Oui, maman a des problèmes cardiaques.

— Depuis longtemps ?

— Non, elle débute. Papa m'a offert cet appareil, il veut pouvoir me joindre à tout moment.

— Attends, c'est sérieux. Tu pourrais en parler.

— Pour te dire quoi ? Il lui est arrivé d'avoir des malaises, des palpitations, ce genre, mais...

— Mais quoi ?

— Avec elle, on ne sait jamais au juste quelle est la part de jeu.

— Peut-être, mais ton père a l'air d'y croire.

— C'est vrai. J'oubliais, il lui a demandé de voir un cardiologue.

— Et... ?

— Je n'en sais pas davantage. Quand même tu as raison, il doit s'inquiéter.

— Et toi ?

— J'espère qu'il s'affole pour rien. Remarque, ce n'est pas dans ses habitudes. Touchons du bois.

Je n'insiste pas. Manque de sensibilité, mon Pierre ? Non, plutôt la politique de l'autruche. Un problème n'existe pas tant qu'on n'en parle pas. Tournons la page.

Le printemps s'achève, Golfie a quand même écopé d'un papillon de chez Flicaillon, un vert. Le stationnement reste écologique. Nous quittons la ville, trafic raisonnable pour un jour de semaine. Pierre conduit. Je demande :

— Ton tonton fait quoi en ce moment ?

— Je ne sais trop. Il se prétend à la retraite. Remarque, il y a toujours été plus ou moins. Il trafique.

Ce sera une première, Pierre ne m'a pas encore présentée à ses parents. Je m'en passe, je préfère. Nous ne sommes pas fiancés, nous campons dans le flou. S'il souhaite davantage, il attendra. Et s'il renonce ? Tu y penses ? Oui, je collerai une annonce dans les vitrines : *Perdu gros matou affectueux. Récompense.*

On en rencontre souvent. Le chat est un animal volatile, le chien aussi et les labos de tout poil en redemandent.

— Ta voiture, Pierre, tu ne l'utilises jamais ?

— J'évite, elle a un souffle au cœur elle aussi. J'ai peur qu'elle me lâche un de ces quatre. Mon père attend que j'aboutisse quelque part pour se fendre d'une neuve. Ça risque de durer.

— Tu te débrouilles comment ?

— Tu vois, je sers de chauffeur.

Avant Manosque, nous quittons l'autoroute, nous traversons Forcalquier, nous prenons la route des Moures. De gros champignons rocheux parsèment le paysage. À l'horizon, les Préalpes s'étirent. Avant Fontienne, Pierre s'engage dans un chemin. C'est là, une ancienne bergerie, un vieux bâtiment bas, au milieu de... Quoi, au juste ? Une casse, une décharge ? Un espace envahi par des carcasses de voitures. D'autres ferrailles inclassables complètent le tableau. Un massacre de chez Catastrophe. Pour la *Maison de Marie-Claire*, nous repasserons.

Nous nous garons sous un peuplier. Tiens, des chats, une flopée. Quelques-uns viennent à notre rencontre queue dressée. Un d'eux est borgne, la plupart ont la pelade. Ils ne déparent pas l'ensemble. Un bonhomme s'avance, vif, sec, l'air décidé, cheveux ras, en pantalon de treillis et T-shirt kaki. Il fait ancien para. Nous avons droit au salut romain. Il nous lance :

— Salut à vous, noble jeunesse ! Mon neveu, tu te fais rare, je vois pourquoi et je t'approuve. Mademoiselle, mes respects.

Il me toise :

— Vraiment ravi de vous rencontrer, moi, c'est Bertie, et vous ?

— Anne.

— La mère de la Vierge. Ne faites pas attention, ce foutoir est voulu. C'est un signe extérieur de non-richesse. Entrez, donnez-vous la peine.

Nous entrons. Changement total, nous pénétrons dans une salle fraîche, aux murs blanchis. Au fond, une cheminée. Aux murs, des casques, des trophées d'armes, des rayonnages de livres. Une main de Bouddha se détache, noire, effilée. Des objets que je ne reconnais pas, en forme d'oiseaux stylisés. Je les désigne :

— Il s'agit de quoi ?

— Ça ? Des faucilles khmères.

Il en retire une. Je la prends. Une volute de bois, sculptée à une extrémité. À l'autre une lame dentelée, rouillée. Bertie m'explique :

— Anne, vous rassemblez votre poignée de riz dans ce coude, comme ceci. Ensuite vous retournez et vous coupez. À côté regardez cette faucille à lavande, et comparez. Vous appréciez la différence ?

Je vois. D'un bord une œuvre d'art, de l'autre un outil banal. Tonton tape dans ses mains :

— Bien, les enfants, passons aux choses sérieuses. L'heure du choix a sonné. Pastis ou rosé ?

Va pour le rosé. Bertie approuve :

— Vous avez raison, j'ai un Pierrevert qui se laisse boire. Installez-vous sur le canapé.

Nous prenons place près de la cheminée. Agréable cette fraîcheur. Le crissement des cigales rappelle que dehors la campagne rissole. Tonton s'amuse :

— Alors, mon petit Pierre, on fait visiter le mouton noir à ses conquêtes, hein ?

— Enfin Bertie !

— Ne proteste pas, hypocrite, je vous fais honte, je sais. Je ne parle pas pour toi, je parle de ta couille molle de père, mon auguste frère. Comme si c'était un exploit de devenir une potiche ! Un suicide oui ! Sauf que ton père est un mort-vivant de naissance. S'il était là, je le lui balancerais en face, et comment !

Pierre m'a prévenue, Bertie compte nous sortir le grand jeu. Les hommes sont des enfants. Il démarre sec. Chaque âge a ses plaisirs, je laisse mon compagnon donner la réplique. Tu as vu ces tubes avec une coupelle ? Bertie suit mon regard :

— Pas mal, mes pipes, pas vrai ? Des pipes à op, venez voir.

Il raconte, la lampe à huile, la boulette, le grésillement, la bouffée... Puis le plaisir, l'énorme détente. Il en devient mélancolique :

— Quand je me trouvais à Luang Prabang, on pouvait fumer dans chaque maison, pratiquement. Cinq pipes le matin, pas plus, et vous planez le reste de la journée, je ne vous dis pas. Et en plus, c'était parfaitement légal. Voilà ce que j'appelle la civilisation, ma grande.

La belle époque... À côté, sur une bande de tissu noir, des insignes épinglés se détachent, en tissu ou émaillés. Des nazis avec la zwastika. D'autres se contentent d'éclairs, de glaives. Tout un folklore martial. Dans le lot, j'en reconnais un. Je le désigne :

— Pierre vient de perdre le même.

— Pas grave, je l'avais en double.

— Il est français ?

— Je veux !

Bertie se redresse, se met au garde-à-vous. Il dit :

— « Il sera créé une légion étrangère... » Repos.

Il me tape dans le dos, amicalement :

— La Légion, nom de Dieu, ma petite ! Louis-Philippe l'invente, Napoléon III l'expédie au Mexique un peu plus tard, d'où cet aigle. Vous trouvez le même sur le drapeau mexicain, le serpentaire. Ces deux bandes rouges et vertes, ce sont les couleurs légionnaires. Si je vous disais, nous autres, au 2e étranger de cavalerie...

Il soupire, retourne s'asseoir. Avec véhémence, il nous sort l'épopée, le boudin de chez Camerone, tout y passe, toute la sacrée légende. Et il s'en prend à Pierre :

— Vous les civils, vous me faites marrer. Je parie que ma sainte-nitouche de belle-sœur s'est collé votre pins antisida.

— Où est le mal ?

— Tu connais beaucoup de gens qui sont pour, franchement ?

— Bien sûr que non.

— Tu imagines le courage qu'il faut pour afficher ça ? Pendant la guerre, c'était l'insigne de la Milice, et à la Libération, ça te valait tes douze balles dans le buffet, recta.

— Tu cherches à prouver quoi, tonton ?

— Que j'aurais dû mourir en Indo. J'ai tout raté, votre époque me dégoûte. Vous êtes des larves. Nous nous sommes bagarrés pour nada.

— Essaie le Kosovo, ils jouent les prolongations.

— Ne me provoque pas, je n'ai pas dit mon dernier

mot. Quitte à casser sa pipe, au moins que ça vous ait de la gueule.

Décidément, il y tient. Il sifflote un air de marche. Changement de décor :

— Si on cassait la croûte ? Il serait temps. Taboulé, grillade, salade, vous êtes preneurs ? Alors à table.

Nous obtempérons. Je propose d'aider, Bertie m'envoie aux pelotes. Pendant qu'il se démène en cuisine, Pierre m'interroge :

— Pas trop dur, le contact avec la vieille garde ?

— Il m'amuse, on dirait un ouragan dans un verre à dents.

— Accroche-toi, le pire reste à venir.

La séance reprend. Les chats ont tenté une percée, attirés par l'odeur. Tonton les met en fuite :

— Satanées bestioles, je n'ai pas le courage de m'en défaire, elles me viennent de ma pauvre femme, une sainte. Elle m'a supporté un moment ! Encore un peu de taboulé, les amis ?

Pierre s'enquiert :

— Tu lui as fait quoi au juste ?

— Rien du tout. Elle n'a pas raté un seul cancer, elle les a tous ramassés, ça tournait au gag. Et pas une plainte. Je lui disais : « Fine, proteste, fais quelque chose, tu souffriras moins... » Elle, pas question, motus. Alors je m'empègue les matous en mémoire.

Je remarque :

— Vous en avez une belle collection.

— Ce n'est qu'un début, ils ne sont pas coupés. Total, ils m'envahissent. Un jour, ils vont finir par se bouffer entre eux, ou alors je les flingue. Je n'aurais jamais cru me retrouver en mère chatte. On continue au rosé ?

Nous n'avons rien contre, tonton se souvient :

— En Indo, le vin nous arrivait à moitié déshydraté, à cause du transport, le vino-gel...

Pierre objecte :

— Ils vous prenaient jeunes, dis donc. Tu n'avais pas dix ans si je sais compter.

— Mon neveu, n'essaie pas de me casser la baraque, l'Indo se passe dans la tête, comme le reste. J'en rêve, j'y retourne tout le temps, si tu veux savoir... J'ai fait mon dernier saut cette nuit, en plein dans les traçantes qui montaient à ma rencontre au-dessus du piège à cons.

Il ferme les yeux un moment, tête basse. Comédien ou maniaque ? Il nous sourit :

— La guerre, gross malheur ! Fiston, j'apprécie de te retrouver avec une pin-up ! J'avais peur que tu tournes au curé civil comme certains que je ne nommerai pas. Continue, ne change pas de main. Anne, on se tutoie. Appelle-moi Bertie, tu me feras plaisir.

— D'accord, Bertie. Mais pour « pin-up » je proteste. Je n'ai rien à voir avec les Lolitas des magazines pour hommes.

— Et après ? Tu possèdes une ossature magnifique, je m'y connais. La charpente, tout est là. Le reste, tu trouves quoi ? Parlons-en, de la flotte, jusqu'à quatre-vingts pour cent chez le nourrisson. Et les adultes c'est pas triste, bientôt nous aurons cent pour cent d'obèses. Il nous faudrait une bonne guerre pour dégraisser toute cette racaille, nom de Dieu ! Pierre, tu ne bois pas ?

— Je conduis.

— Raison de plus. Bison bourré, tu connais ?

Lui picole sec, par contre. Il est en verve :

— Mon neveu, crois-moi, les femmes on dira ce qu'on voudra, mais si elles n'existaient pas... En Kabylie, j'ai dû me taper une chèvre, une fois. Tu vois un peu le travail ?

Pierre proteste :

— Mon oncle, tu pousses !

— Tu trouves ? Pas tant que ça, elle était consentante, j'insiste.

— Tonton ! Arrête !

— Si tu veux, mon mignon. Je respecte tes chastes oreilles. La grillade vous la préférez à point ou rosée ?

— À point.

— J'y vais. Soyez sages.

Il repasse côté cuisine, je l'entends invectiver les matous. Pierre n'est pas rassuré :

— Il commence à déjanter. Tu tiens toujours ?

— Mais oui. Il doit être très seul.

— Comment veux-tu ? Il ne supporte personne. Dès que quelqu'un débarque, il se lâche. Tu es choquée ?

— De ses gamineries ? Pourquoi veux-tu ? Il a dû trouver son fonds de commerce dans de vieux bouquins de guerre je suppose.

— Probable. Il rêve sa vie, j'ai l'impression.

— Sa mort surtout, la sienne et celle des autres.

— Tu es dure. Ce ne sont que des mots.

Les mots d'abord, les actes suivent. Je me tais. Je ne veux pas alarmer le féal neveu. Qui donc m'a dit que je m'étais trompée d'époque ? Tante Fé... Je ne suis pas la seule, Bertie aussi, apparemment. Nous sommes tous des enfants perdus. Revoilà l'homme avec un plat, côtes d'agneaux et chipolatas. Il nous sert. Un chat l'a suivi, je lui passe en douce ma portion. Bertie continue sur sa lancée, ivre de son propre verbe. Il vitupère ses contemporains :

— Des hypocrites, tous. Vous parlez de tourisme sexuel en ce moment, vous vous gargarisez avec ces salauds d'Européens qui vont dans les Asies se taper de la viande fraîche. Cette blague ! Qu'est-ce que vous imaginez, les gens vendent ce qu'ils ont. Quand ils n'ont rien d'autre, ils vous offrent leur cul et leurs gosses, bien contents, et la grand-mère en prime. Il faut manger, figurez-vous, ils ont cette sale habitude. L'offre et la demande, mes bons enfants, la voilà la règle d'or. Votre morale, c'est un gadget pour nantis, rien d'autre.

Notre moraliste tient la forme. Nous n'en sommes qu'au versant théorique. J'attends l'illustration pratique. Elle vient :

— Avant, je vous parle du vieux temps, celui des paquebots... Donc tu débarques à Saigon, tu entres dans une honorable maison de passe. On t'offre le choix : sexe, couleur, race, la gamme complète, tous les âges, tous les formats. Tu remarques une file de garçonnets assis sagement. Ça c'est pour les gourmets.

Pierre s'insurge :

— Bertie, tu vas trop loin !

— Commence par me laisser finir. Anne, j'exagère, tu trouves ?

— J'écoute.

— Prends-en de la graine, neveu, ou tu ne seras jamais ethnologue. Les chochottes, on s'en passe. Je reprends donc, si tu permets. Tu avises ces gamins sur le banc, raides, bien droits. Tu en désignes un. Il se lève. Ça fait : « Flotsch... » On l'avait installé sur un gode pour le maintenir en forme, vu ?

Il ricane. Pierre pâlit. Tonton se frotte les mains, ravi. Le sale gosse vient de lâcher une incongruité devant maman. Je le félicite.

Ça sonne. Pierre prend son portable. Il écoute, change de visage :

— J'arrive.

Il nous informe :

— Ma mère est à l'hôpital, à Digne.

— C'est grave ?

— Le cœur, comme prévu, je n'ai pas de détails. Papa vient de m'avertir, j'y vais.

— Je t'accompagne ?

— Pas la peine, j'aime autant pas. Tonton, je te la confie. Tu me passes les clefs, Anne ?

Il file. Bertie hausse les épaules :

— J'ignorais que ma belle-sœur avait un cœur. On en apprend tous les jours. Pauvre Pierre...

— Pourquoi pauvre ?

— Il perd son temps, entre sa famille à la flan et ses études à la noix. Dommage, il aurait fait un soldat correct.

— Pour quelles guerres ?

— C'est vrai, depuis la fin de l'Algérie, nous ne sommes pas gâtés. Les Russes se débrouillent mieux. Au moins il leur reste la Tchétchénie, du boulot à domicile. On passe à la suite ? Fromage, fruit, café ?

— Un café, pas plus, merci.

— Retourne sur le canapé, tu veux ? Je débarrasserai plus tard.

J'obtempère. L'endroit me convient, ce côté musée embué de nostalgie. Et ce bonhomme délirant, perdu entre sa vie ratée et cette mort qui se fait attendre. Il se calme, on dirait. La bouffée retombe. Ce doit être tuant, vivre en plein songe éveillé. Tu en sais quelque chose, non ?

Excellent son café, j'en avais besoin. L'affreux jojo rumine à présent. Je le vois mordre sa lèvre inférieure. Il s'est shooté à l'adrénaline durant tout le repas, le voici à plat. Il regrette peut-être d'avoir forcé la note. Le bouclier se baisse, c'est le moment :

— Bertie, tu as été forain, à un moment, d'après Pierre ?

— Entre autres.

— Le métier te manque ?

— Oui et non. Le côté routard a du bon, les foires, les bringues avec les collègues, chiner dans les vide-greniers. J'aimais assez la brocante. Inutile de se leurrer, en gros on tourne en rond sur des coups foireux. Le Van Gogh dans le débarras, tintin, tu peux te l'accrocher ! Ça reste du travail de gagne-petit en fin de compte, des heures et des jours pour ramasser quatre ronds et te payer le gasoil. Faut la santé !

— Tu vendais quoi au juste ?

— De tout, des bricoles que tu ramasses. Si tu peux, tu te spécialises, les cartes postales ou les moulins à café. Si tu vises plus haut, meubles ou bijoux, du coup tu changes de catégorie, tu te retrouves antiquaire. Faut avoir les moyens...

— C'est tout ?

— Non, je bricolais. Je collais une chaîne à une boule, je faisais croire que c'était un boulet de bagnard, et ça marchait. J'ai même décoré un lot de T-shirts avec des Harley, des Marilyn ou même des têtes de mort pour le public jeune. Ou bien des inscriptions, genre « bébé à bord », « 69 »... Il en faut pour tous les goûts, les gosses adorent. L'important, c'est de trouver l'idée. Par exemple, sur ton polo, tu colles : « On regarde, on touche pas. » Le gosse l'offre à sa petite amie, elle sort les nénés en avant, et c'est parti pour la castagne. Ils en redemandent.

— Non !

— Je te promets. Une fois, je suis tombé sur un lot de blousons d'occase, un genre de skaï. J'ai ajouté des motifs militaires choisis dans mes insignes.

— De ceux-là ?

Je désigne la bande noire.

— Précisément. Tiens, cet aigle, par exemple, celui de mon neveu, il m'a servi. Je fabriquais de petites séries, une douzaine, pas davantage. Jamais de croix gammées, la loi l'interdit. Grâce à elle, si par chance tu trouves des bricoles nazies, tu te fais les golden glaouis.

— Les... ? Ah oui, je vois, un pognon fou. Attends, à un moment on a parlé d'une fringue dans ces eaux, il me semble ?

— Tout à fait. Un peu que je m'en souviens ! Il s'agissait de l'agression d'un gamin voici dix douze ans. Ça venait de bibi, j'ai suivi le feuilleton, tu penses ! Heureusement que je n'avais rien à voir, parce que ce genre de coïncidences, c'est dur à avaler. Pourtant, ça arrive, et plus souvent qu'à son tour.

— Tu me racontes ?

— Comment donc ! Un jour, chargé comme une

bourrique, je parle du camion, je vais me perdre du côté de Vonges. J'aime bien essayer ces coins perdus, on ne sait jamais. Sur ce coup, je me plante en beauté, pas un pékin ou presque, deux pelés et trois tondus. Je n'insiste pas, je plie bagages et en descendant, la tuile, un pneu explose. Pas grave, sauf que la mauvaise roue se plante dans l'herbe du bas-côté. Je dois vider le bahut si je veux réparer, je te dis pas le travail. Les bras m'en tombent d'avance. Un coup à coller le feu pour faire marcher l'assurance. Sauf que j'en avais pas.

— Et alors ?

— Je m'assois un moment à l'ombre, je calcule. Ou je vais chercher la dépanneuse, ou je pars me pendre. Et juste il passe un type, un berger. Il voit le topo, il ne demande rien, il m'aide. On vide. Je répare. On remplit. Nous en avons eu pour un brave moment. À la fin, comment remercier l'autre Aztèque ? Remonter au village lui payer à boire ne m'emballait pas, j'avais perdu pas mal de temps. J'ai préféré lui laisser ce blouson, plus deux billets de cent. Il était heureux comme un roi, il voulait même refuser l'argent.

— Ça s'est passé quand, déjà ?

— Peu de temps avant cette Foire aux agnelles, celle où ils ont arrêté ce type, justement. C'est drôle, le hasard des fois, ça semble pas vrai. Tu lirais cette combine dans un livre, tu n'y croirais pas. J'ai suivi son procès dans le journal. Il y avait sa photo, je l'ai bien reconnu. À mon idée, ils ont fait l'erreur de première en bouclant ce berger, ils n'en ratent pas une. Moi, je n'y étais pas, ma saleté de camion m'avait laissé en rade du côté de Fréjus. Tu veux un coup de gnôle ?

— Non, sans façon.

— Et j'y pouvais quoi ? Rien.

— Après Fréjus, terminé, tu arrêtes ?

— Non, pas de suite. J'ai retapé l'engin, seulement je n'avais plus la foi. J'encaisse mal la répétition à perpète, la patience me manque. La preuve, je me suis jamais marié. Qu'est-ce que je raconte ? Ça t'intéresse mes radotages ?

— Bien sûr. Ce camion, tu t'en sers encore ?

— Terminé, j'ai balancé ce qui restait de mon stock.

Il se passe la main sur le front :

— C'est loin, tout ça. Je te mets un disque ? La Troisième de Beethoven, ça t'irait ?

— Si tu veux. Alors, tu l'as mis à la ferraille ?

— Le camion ? Non, je l'ai laissé dans un garage, pas loin, au Chaffaut. On ne sait jamais, si l'envie me reprenait. Ou alors, ils pourraient me le vendre. Entre les deux mon cœur balance. Tiens, il doit même rester une peluche pourrie que j'avais ramassée je ne sais plus où. Pourquoi je te raconte ça ? Ma foi... Attends, où j'ai fourré ce disque ? Ah, je l'ai. Écoute.

Il bat la mesure avec la main, l'air ravi.

— Tu entends ?

J'entends autre chose. Je n'insiste pas. Je suis servie.

Digne n'est pas loin. Je slalome entre caravanes et camions. Doucement camarade, inutile d'aller grossir les statistiques. Ma mère, cette étrangère... Je m'en veux de ne ressentir qu'une vague pitié. Je la plains pourtant, pas tant ses ennuis cardiaques, mais d'être passée à côté de sa vie. Et de la mienne.

Lui reprocher de m'avoir étouffé de tendresse serait injuste. Elle ne me négligeait pas, elle payait pour que l'on veille sur son rejeton. Chacun son métier. Oh, elle n'avait rien contre moi, mère, à condition de ne pas la déranger, de ne pas empiéter sur son précieux temps. Elle paraissait en visite dans sa propre maison. Quand je me précipitais vers elle, sur mes petites jambes, elle constatait :

— Tiens, tu es là...

Elle me tapotait distraitement la tête comme à un animal familier. Jamais elle ne m'a pris dans ses bras. J'aurais pu souiller son élégante personne.

Je n'existais pas, ou si peu. Dieu sait pourtant si j'étais sage. Je ne pensais qu'à elle, je voulais mériter son amour. Je souhaitais lui plaire, conjurer ce refus que je comprenais mal. J'essaie d'en parler avec détachement, on est un grand garçon. Quand même, c'est dur. Ce n'est pas récupérable. Je sais. Plus grand, je marchais sur la bordure des trottoirs les yeux fermés. Je tâchais d'éviter les interstices entre les blocs de pierres. Je comptais jusqu'à vingt, trente, j'avais peur de m'écraser contre un réverbère. Ou alors je bloquais mon souffle, je battais des records d'apnée. J'inventais de nouvelles épreuves, des enjeux dérisoires. Tout m'était présage. Si je réussissais, c'était la preuve qu'elle tenait à moi. Je vivais en pleine magie. Je tentais d'obtenir son amour par ces pratiques, comme un sorcier la pluie. Parfaite, ma conduite. Docile, obéissant, j'essayais de devancer le désir des adultes. J'en faisais trop. Je n'en faisais jamais assez, rien ne marchait, je n'existais toujours pas pour elle. Je ne devais pas savoir m'y prendre.

Et me voici à rouler parmi des véhicules étrangers dans une voiture d'emprunt, vers cette mère inconnue, entre une enfance morte et un amour bloqué. Je t'en prie, arrête, c'est indécent. Je me souviens, c'est permis ? Je ne pleure pas, je constate. Papa et maman savaient se tenir. Les apparences restaient sauves, rapports courtois et chambre à part. Vie à part aussi, mes parents se tangentaient sans plus. Père avait son bureau, BTS son shopping. J'attendais. J'ai vieilli, rien n'a changé. Rien ne change jamais. Une vie de famille ? Si on veut. Une cohabitation plutôt. Comment savoir ? Je ne disposais d'aucun élément de comparaison.

Bon sang, l'abruti se rabat en cata pile devant moi. Je freine. Nous sommes avant Malijai. Ne le double pas, tu n'as rien à prouver. Et arrête ta complainte, c'est tellement banal ton gros malheur, mon lapinou.

Maman a dû manquer d'affection étant gosse, elle n'a pu t'en donner. Papa, pareil. Ou alors, c'est un timide. Cela s'appelle la reproduction. On en cause dans tous les manuels à l'usage des mal-comprenants. À quoi bon revenir là-dessus, quel intérêt ? Une question quand même : dois-je reproduire ce schéma ? Pas obligé. Essaie d'abord de voir ce que tu désires, le reste te sera donné par surcroît.

Simple, sortir de cette panade pour commencer. Je parle du trafic. Quand je serai dictateur, j'interdirai les vacances. À la niche les touristes. Nous y sommes presque. Au rond-point avant Continent, j'évite la pénétrante en bordure de Bléone. Le nouvel hôpital se situe à main gauche, il tient de l'usine, ce côté neutre actuel où tout ressemble à n'importe quoi. Je gare. À l'accueil, une employée téléphone à son cher et tendre, à en juger par les bribes de dialogue. Je la dérange, désolé. J'attends. Elle se décide à dire :

— Ne quitte pas, j'ai du monde.

Elle me fixe, l'engin bloqué contre son sein.

— Oui, j'écoute.

— Bonjour. Mme Saunois s'il vous plaît.

— Une seconde.

Elle tapote son clavier :

— On l'a mise en soins intensifs, vous ne pouvez pas la déranger. Le mieux serait de repasser demain.

— Quand ?

— Le matin, après dix heures.

— Personne n'est venu pour elle ?

— Je l'ignore. Voyez le service, premier étage.

J'y vais. Au premier, une infirmière m'informe. Mme Saunois vient de subir une intervention d'urgence et se trouve en réa. Son mari l'accompagnait, il est reparti. Elle me rassure :

— Tout s'est passé aussi bien que possible.

— Puis-je la voir ?

— En principe non, elle n'est pas réveillée. Vous êtes ?

— Son fils.

— Venez.

C'est plus fort que moi, cette odeur d'hôpital me met mal à l'aise. Je me sens faible comme avant une prise de sang. Nous prenons un couloir, murs vert d'eau. Tout est neuf, propre. Bizarre, on ne se croirait pas en France.

L'infirmière ouvre une porte. C'est là. Près d'un lit, un écran avec un bip lumineux qui zigzague. Et un corps allongé, perf dans le bras, tuyaux dans les narines. Je m'approche. Pâle, détendue, les yeux clos, on dirait une poupée. Je ne l'ai jamais vue si calme. J'ai l'impression de la voir pour la première fois.

Je la regarde. Son cœur vient de la déposer sur une plage hors de tout. Nous pourrions nous y rencontrer, nous retrouver enfin, nous parler peut-être, nous atteindre... Je pourrais prendre sa main, lui dire que je l'attends et qu'il n'est pas trop tard, que je l'aime, que j'ai besoin de son amour, qu'elle me manque. Je pourrais... Il paraît que dans le coma les gens vous entendent. Je pourrais... Ne rêve pas, une fois sur pieds, BTS reprendra ses marques. Elle rattrapera le temps perdu. Je reste là, un moment. C'est vrai, elle a été jeune. Elle n'est pas vieille. Je veux dire, elle aussi a dû traverser une adolescence, des révoltes, avant de se changer en centrale d'achats, qui sait ?

Trop tard. L'infirmière me touche le bras, terminé. Je sors. Une fois dehors, je m'effondre sur un banc. Du ciel, des arbres, un parking et le bruit de la circulation. J'ai un coup de blues. Garde-le. La cantate des orphelins professionnels, plus tard coco. Tu as tort. Il faudrait essayer. Et si c'était toi le fautif, si elle t'attendait ? Si tout était possible encore ?

Des portières claquent, des visiteurs visitent, le spectacle continue. Et moi là-dedans ? J'ai l'impression d'être une de ces méduses échouées il y a peu sur la plage des Lecques. Sais-tu où vous en êtes avec Anne ? Sais-tu seulement qui elle est ? Je crois. Une fille bien, massacrée dès le départ, les familles servent à ça. Comme je ne dispose pas de trois ou quatre panzers en ce moment pour libérer le Tibet, je m'occupe d'elle. Enfin j'essaie. Il ne s'agit pas d'une relation de troc, donnant donnant, la maison s'engage à fonds perdus. Nous n'investissons pas. C'est encore plus beau quand c'est gratuit ? Voilà. Je voudrais qu'elle s'en sorte. Après ? Elle vivra sa vie, si elle veut. Et tu disparaîtras dans un nuage ? Voilà, au soleil couchant de préférence, sur un cheval blanc comme dans un bon vieux western.

En attendant, j'espère que tonton ne la saoule pas trop. Il nous a servi bon poids, l'artiste. Dès qu'un homme aperçoit un jupon, le pitre entre en scène. Je le trouve touchant Bertie, un classique. Le cadet qui ne sera jamais à la hauteur du grand frère. L'idiot de la famille ? Il y a de ça, encore un. Il s'en autorise pour saboter sa vie. Je décompresse. À quoi sert de tout savoir et de ne rien pouvoir ? Le portable sonne.

— Oui ?

J'entends mal, réception limite. Anne ? Papa ? Non, une certaine Caro. Il me faut un moment pour la situer. J'y suis, la conquête de mon obsédé. Cette jeune personne semble agitée. Je remarque :

— Tu m'as l'air émue. Aurais-tu remporté un concours de nymphettes ? Félicitations.

— Arrête, il faut que tu viennes. Dédou...

Sa voix vire dans les aigus, attention les tympans. Je dis :

— Raconte.

— Tu dois venir, vite. Il ne veut pas m'écouter.

— Mais encore ?

— Il vient de rentrer, si tu le voyais ! Un type vient de l'éclater, il croyait qu'il draguait sa meuf. Sa bouche saigne, il se tient les côtes.

Allons bon, notre Dédou serait-il volage ? Déjà ? Cet âge est sans pitié. Ah, jeunesse... Je souris. Caro s'impatiente :

— Alors, tu décides quoi ?

— Ne nous affolons pas. Allonge-le, essaie d'évaluer les dégâts, nettoie-le. S'il n'a rien de cassé, donne-lui une aspirine. Sinon appelle SOS Médecins.

— Tu ne viens pas ?

— Non. Fais-lui la bise de ma part.

Je raccroche. Les chiens écrasés, une autre fois. Je ne suis pas disponible, que Dédou s'assume. On repart ? Encore trois secondes mon brave. Décidément, ma mère ne passe pas.

Et Anne, encore et encore, son image me hante comme jamais. Je voudrais la tirer de ce cauchemar. Continue, sois présent, ne te décourage pas. Veillez et priez, car vous ne savez ni le jour ni l'heure, tu connais ?

C'est lourd à porter. J'ai promis à Sophie de ne rien lui dire. J'ignore si c'est la bonne solution. Est-elle encore capable d'encaisser ? Elle est dure. Elle n'en volerait que mieux en éclats si elle savait. Là, elle vit. Mal, en plein mensonge comme tout le monde, mais bon... Elle survit. Suppose qu'elle sache, elle réagirait comment ? Je redoute le pire, cette violence accumulée. On ne joue pas avec l'horreur, un nouveau drame n'annulerait pas l'ancien.

Une seconde, imagine qu'elle se rabatte sur un coupable de son invention ? Je ne pense pas, elle ne dispose d'aucun élément nouveau. Elle peut retourner son mal contre elle-même. Elle ne s'en est pas privée, regarde-la. Une belle ossature comme dit tonton.

Que faire d'une obsessionnelle ? Tenter de rompre le charme. Comme dans les contes de fées ? Drôle de rôle, mon prince, et connais-tu la recette ? Non, évidemment non. Pourtant j'essaie. Comment la distraire ? Lui faire un gosse ? Riche idée, tu dis n'importe quoi, regarde-toi, lequel serait le plus enfant ?

Tiens bon. Souviens-toi de ces chiens qui s'affolaient à Pompéi avant l'éruption. Tu te vois en Fido ? Non, mais quelque chose bouge en profondeur, je te jure. Ou alors, je prends les désirs d'Anne pour mes réalités. Il serait temps de libérer ta camarade. Un moment, et toi ? Je m'accroche, ne t'en fais pas.

Tu comptes soliloquer jusqu'au prochain déluge ? Non, mais pour une fois qu'on se parle... D'ordinaire je fais aller, j'évite de me poser des questions. Sinon, en cas de grisou, j'ouvre un dictionnaire par exemple.

Je le lis dans l'ordre, je m'instruis. J'en suis à la lettre E, E comme émotion. N'oublie pas l'emblavure, pièce de terre semée de blé. Ni l'émolument, le salaire donné pour moudre ce même blé.

Certes, et à deux pas ta génitrice repose, une histoire de cœur, avec son visage de gamine paumée. En la regardant, j'ai eu l'impression de me voir, et qu'à travers elle je rejoignais ce petit garçon qui marchait dans le vide. Ce n'est pas possible...

Alors, je pleure. Sur ma mère, ma sœur Anne. Sur moi. Je me vide. Des gens me regardent. Une brave dame dit :

— Le pauvre...

Elle compatit. Honte à toi. Que disait Bertie tout à l'heure ? Quatre-vingts pour cent d'eau. Pleure tranquille, tu as de la marge. Du coup je ris, je dois avoir l'air d'un arc-en-ciel. Cette fois s'amène une famille Fenouillard, avec plein de petits Fenouilloux à la queue leu leu. J'entends Maman Fenouillette dire à Papa Fenouillax :

— Il a bu. Si c'est pas malheureux !

C'est un autre point de vue. Fenouilleux, je vous aime, la terre vous appartient, que la Force vous accompagne. Un coup de Kleenex et on repart.

Zé m'a porté la hache, une belle, suédoise, avec le manche en plastique jaune, puis. Je connaissais pas, ils savent plus quoi inventer. Je préfère ceux en bois, pourquoi j'ai davantage l'habitude, mais je reconnais, je l'ai bien en main. À présent, leur plastique sert pour tout, bientôt même les lames ils en feront avec. Je trouve cette combine pas naturelle, je sais pas expliquer. Le jour où il faudra vivre dans des maisons de cette matière, moi je pourrai pas. Si ça continue on va devenir des Martiens.

Prends les aliments, la viande, les poissons, ils les emballent avec cette saleté. Après les gens se chopent plein de cancers et on s'étonne. Enfin, quoi, on n'est pas des saucisses.

Il m'amène aussi la scie, une grande, neuve. Je demande :

— Tu pouvais pas laisser ton fourniment là-haut, à ta ferme ?

— C'est pour que tu t'entraînes, fan de loup, plains-toi, et c'est pas fini.

Il sort la bouteille de jaune :

— Amène les verres et l'eau fraîche, il fait soif, tu trouves pas ?

Je comprends, il veut causer. À moi on me la fait pas. On s'installe sous le tilleul. Il a pas plu, l'herbe semble du foin, jaunasse. Dessous on voit la terre fendillée, les paysans doivent râler. Remarque, eux ils râlent toujours. Je dis :

— Accouche, bel astre.

Ça le fait rire :

— C'est toi ! Sors-nous un peu ce que tu as dans le ventre. Tu te décides ?

— À quoi ?

— Joue pas les innocents. Je te parle du village. On t'a pas revu depuis l'autre fois.

— Et on risque pas de revoir ma binette tant que l'autre...

— L'autre, je viens de lui causer entre quatre z'yeux. Il a pigé ce coup-ci, je te promets. Il regrette. Tu es content ?

— Que non ! Des regrets, c'est pas des excuses.

— Tu veux qu'il se mette des cendres plein la tignasse et des pois chiches crus dans les baskets ? On passe quand on veut, il nous paie le coup. Ça se refuse pas, collègue.

Je réponds rien. Il me tape l'épaule :

— Tu fais la gueule ou quoi ?

— Non, je marche pas, c'est trop facile. Et s'il change d'idée, s'il sort le flingue ? Une fois que je serai mort, il regrettera encore ?

— S'il bouge un cil, je l'estourbis, pas de quartier. Il le sait, il se tiendra peinard. Finis ton verre, on y va.

Un terrible, cet homme. Quand il a une idée tu le fais pas changer :

— Zé, testard comme tu es, tu devrais te lancer dans la politique. À tous les coups tu passes député.

— Tu plaisantes ! Je suis rien qu'un enfant de chœur à côté de ces requins d'eau douce. Allez, embarque matelot.

Je prends Zaza. Une chienne aussi affectueuse ça existe pas. Elle débarbouille l'autre vedette en deux coups de langue. Il râle :

— Balance-moi cette engeance derrière, tu vois pas que je conduis ?

Un Kat-Kat, ça oui ça me plairait. Tu domines mon ami, tu vois ton monde de haut, tu as l'impression d'être le roi. Alors en avion, tu dois te sentir le bon Dieu !

Je demande :

— L'avion, tu l'as pris déjà ?

— Ça m'est arrivé pour aller au Salon à Paris.

— Qué salon ?

— Celui de l'agriculture, jobastre, pas celui de la haute couture et des petites femmes.

— C'est comment ?

— Comme au cinéma, à part que les fauteuils sont trop serrés. Tu as les genoux dans le menton et les coudes dans les côtes des voisins, le vrai transport de bétail. Si tu veux pisser un coup, tu patientes deux heures, ça te donne une belle queue.

— Hé, oh, c'est tout ? Et les paysages ? Tu dois en avoir plein la vue...

— Tout dépend. Mettons tu as un hublot, une chance sur dix, supposons. Si tu es sur l'aile, tu vois de l'alu, tu peux compter les rivets. Sinon, tu admires les nuages par-dessus, on dirait un champ de coton sale.

— Rien d'autre ?

— Si, les hôtesses, elles arrêtent pas de trimbaler des chariots. Dommage, elles font pas la course, il manque la place. Et en plus elles sont pas terribles, ils doivent pas les changer souvent.

— Alors j'ai rien raté.

Nous arrivons à Vonges. Ce village reste une splendeur avec sa grosse tour au mitan. On pourrait le mettre en image dans les livres. Souvent je l'ai revu en pensée, en taule. La beauté, à force les gens y prennent plus garde, ils ont l'habitude. Ils ouvrent les yeux pour rien voir, et je me demande dans quoi Zé m'embringue encore.

On atterrit devant le Tabac. L'autre tueur de mouches se trouve juste sur son pas-de-porte, avec sa moustache, son crâne en peau de fesse, et son air entre deux airs. Il m'inspire toujours pas. Zaza pareil, à peine elle l'aperçoit, elle met la queue entre les jambes, elle part d'aboyer comme une sirène d'alarme. Les bêtes sentent tout, pareil que les nistons. J'ouvre la portière, je la lâche. Une fois sorti, Zé me passe le bras sur les épaules, il dit à l'autre farceur :

— L'ami, tu as le bonjour ! Cette tournée, ça vient, on a failli attendre ?

Tabac nous regarde avec ses yeux de bogue. Il proteste :

— Zé, me bouscule pas ! Laisse-moi le temps de dire à Zou de pas m'en vouloir pour l'autre jour, je regrette. Chaque année à cette foire, il me revient la bouffée de malheur, je sais plus trop ce que je fabrique.

Pas d'accord, mon collègue. Il claque la langue, il dit :

— Tu oublies un détail, tu lui dois des excuses. Il les adore, tu peux pas savoir. Il en redemande.

— D'accord, tant qu'il veut. Je m'excuse, voilà. Le compte y est ?

— Confondons pas, c'est pas à toi de t'excuser, c'est à lui.

— Je te suis pas.

— C'est pourtant simple. Si tu dis : « Je m'excuse... » Tu t'excuses toi-même, tu saisis ? C'est trop facile. Lui veut que tu lui en demandes, tu vois la différence ? C'est juste le contraire.

— Bigre oui, j'y avais jamais réfléchi. Toi, Zou, excuse-moi, moi. Ça va ce coup-ci ?

Je dis :

— Ça ira.

Il a fallu le débouche-évier, mais on y est arrivé. On s'attable dehors. Tabac nous sort le pastis, le rosé, le pain, le saucisson, le beurre, les anchois, les olives noires, tout. On boit, on mange, comme si c'était le grand amour. Zaza n'y croit pas. Elle se tient à distance, en face près de la fontaine. On l'achète pas aussi facilement. Je lui balance un quignon de saucisson, elle résiste pas, elle le prend, elle s'escape, puis. Tabac s'inquiète :

— Elle a quoi, cette bête, à filer comme une favouille ?

— Pareille que son patron, elle est sauvage.

— Les chiens, faut savoir les prendre, espère.

Il rentre dans son gourbi, ressort avec un os, un mastard tout frais avec des traces de viande. Il l'envoie à la chienne. Elle le bloque au vol, une pareille aubaine, vous pensez ! Seulement elle part se le ronger en galère, pas folle.

Zé se fout pas mal de ce charlot, ma tête à couper. Il demande quand même :

— Et les affaires ? Tu es content, ça roule ?

— Comme ci comme ça, on a eu un peu de passage, je me plains pas. Enfin, pas trop, seulement...

— Seulement tu pleures. Dans ce bled faut voir ce qui est, vous vous trouvez trois pendus sur la même corde, pas vrai, entre toi, le Resto et le Glacier.

— Je reconnais.

— Pourquoi vous travaillez pas par roulement, deux jours par semaine chaque ? Il vous resterait plein de temps pour aller aux asperges. Vous y avez pensé ?

— J'avoue que non. Ça peut pas marcher, le Glacier fait trois fois plus de couverts que moi, vu son emplacement, et sans se casser le bourrichon.

— D'accord, mais il vend moins de cigarettes, sans parler de la vignette. Ta femme, tu as des nouvelles ?

— Non, j'espérais un peu la voir à la foire, mais elle s'est pas déplacée, comme d'habitude.

— Avec indiscrétion, pourquoi vous vous remettez pas ensemble ? Vous êtes plus des gamins.

— Va le lui demander, moi j'essaie plus de piger, je renonce. Le vrai pacha, c'est encore Zou, relax avec sa chienne. J'ai pas raison ?

Le pourri ! Celle-là, je l'attendais. Du coup je vois rouge :

— Sûr ! Sans parler des économies de crème à bronzer que je viens de faire pendant dix ans. Je vais pouvoir lui offrir une niche en or, à ma bestiole.

— Sois pas susceptible ! Je parlais pas méchamment.

Je réponds rien, mieux vaut. Ils sont tous gentils. La prison, ils la supportent à l'aise, du moment qu'un autre se la cogne. Et ce jumeau s'est pas estourbi tout seul, bon sang de bois, mais ça les travaille guère. Tiens, je préfère de la fermer.

Zé s'est branché sur la même longueur d'onde :

— Finalement, pour l'histoire de ton gosse, parti comme c'est, on saura jamais. Tu en penses quoi ?

Tabac fait la grimace :

— Rien. Je voudrais juste qu'on arrête d'en parler. À quoi ça sert ? On tire la chasse une bonne fois, on oublie.

Il en a de bonnes, je peux pas me retenir :

— Ah par exemple ! Tu manques pas d'air ! Alors pourquoi tu m'as sauté dessus ? En plus il s'agit de ton niston et tu parles de tirer la chasse ? L'addition attend toujours, je te rappelle, tu as pas envie que quelqu'un la règle ? Le vrai responsable, pour changer ?

— Tu as raison, il faudrait...

Il parle, il y croit guère, on le voit à son air. Je m'écrase, j'ai trop causé. Le collègue passe à autre chose. Il sait noyer le poisson. Quand l'autre s'arrête, il dit :

— Camarade, tu nous gâtes, extra tes anchois, je me régale. Et je m'y connais, vous pouvez me faire confiance. Des anchois frais, bien tendres, y a rien de meilleur. Même les œufs de caviar, ça se compare pas.

Il a raison. Il s'agit pas d'anchois, je m'en contrebalance, mais question confiance j'ai confiance. En Zé, en personne d'autre. À part lui, j'encaisse plus dégun.

Et Zaza ? On va pas encore me l'écraser, avec ma

foutue chance... Pour finir, il reste que les bêtes. Les hommes, Dieu aurait mieux fait de s'épiler la barbe le jour où il a fabriqué cette maudite race !

Tabac nous ressert. Je fais gaffe de pas trop picoler. Je prends la grosse tranche de saucisson, pour compenser. Je mâche. La bouche pleine, je profère plus de bêtises, et d'ailleurs il est extra. N'empêche, j'en ai sur la patate, avec ou sans excuses, c'est pas terminé. J'ose même pas me demander si ça le sera un jour, j'ai peur de la réponse.

Quand Pierre passe me prendre, Bertie est en train de distribuer la pâtée à ses fauves. Il dispose à la volée plusieurs plats devant la porte et les remplit à la louche d'une substance infâme de chez Dégueu. Les matous se bousculent. Gale, balafres, oreilles en dentelle, rien à voir avec la qualité Disney. Le spectacle devient comique à force de laideur. Bertie le reconnaît :

— Ils ne sont pas reluisants, j'admets. On risque guère de me les embarquer. Au contraire, des mémés viennent s'en débarrasser chez moi.

— Vous en avez combien ?

— Je ne sais plus au juste, c'est variable. Soit ils font des petits, soit ils se font la malle. Des fois des chiens m'en tuent, surtout les chatons, eux ne se méfient pas. Grosso modo, disons dans les quatre, cinq douzaines. Tiens, revoilà Pierre. Alors mon neveu, les nouvelles ? Ma belle-sœur tient la rampe ?

— Elle sortait d'opération, je n'ai pu lui parler. J'y retourne demain.

— Transmets-lui mon bonjour. J'espère n'avoir pas endormi ta copine avec mes salades. C'est incroyable ce que je peux déblatérer, des fois. Je n'en reviens pas, je me surprends moi-même !

Je le rassure. Il propose :

— Si jamais un chat vous tente, n'hésitez pas. Je vous préviens, ils sont cafis de puces. Une brave femme passe faire le ménage, tous les trente-six du mois. Chaque fois cette daube me demande pourquoi je ne m'en occupe pas mieux. Je lui réponds : « Et moi, quelqu'un me soigne ? » Je la sèche sur place. À tous les coups elle le prend mal, elle jure de ne pas revenir. Vous restez ? C'est presque l'heure de l'apéritif.

Pierre répond que non, désolé. Tonton a envie de nous garder. Toujours en verve, l'oncle :

— Vous devinerez jamais ce que j'ai entendu l'autre jour, à Manosque. Je circule, tranquille. Je vois passer trois, quatre jeunes. Il y en a un qui sort aux autres : « L'avortement, c'est un crime, OK. Alors quand je me branle, c'est quoi, un génocide ? »

Et de rire... Un rien l'amuse. Nous prenons congé. Il me fait promettre de revenir. Promis. À Forcalquier, nous nous arrêtons sur la place, au Burguet, le grand café local. Nous nous attardons dans la douceur de cette fin d'après-midi. Les ombres s'allongent. Des touristes se filment sur fond de concathédrale.

D'un coup Pierre se frappe le front :

— Djeezeus ! Je ne t'ai pas raconté ? Caro vient de m'appeler, Dédou a pris une trempe. Elle voulait que je m'en occupe.

— De quoi s'agit-il ?

— Un cassage de gueule, une histoire de fille, peu importe. J'avais ma mère en tête, je l'ai envoyée bouler.

— Ce n'est pas digne de toi.

— Tant mieux. J'ai décidé de devenir macho.

— Avec plein de poils partout ?

— Quand même pas, sauf si tu l'exiges.

— Tu sais, moi, la moquette...

Nous plaisantons. Caro, je m'en moque. Je lui souhaite tous les bonheurs possibles, et qu'elle en crève. À macho, machette et demie. Je dis ça, mais je la verrai quand même. Pierre ferme les yeux, il s'assoupit ? Non, il s'inquiète :

— On se voit demain, Anne ?

— Je t'appellerai.

— Vers quelle heure ?

— Je ne sais pas encore. Quelle importance ?

Il hésite, se décide :

— Tant pis, tu vas tout savoir. J'ai basculé vers toi, totalement. Quand je ne te vois pas, tu me manques, mais j'ai peur de te peser si je te dis de m'appeler plus souvent. J'en ai besoin, ne m'en veux pas.

— Pauvre chou ! Je vais t'offrir une poupée gonflable avec le mode d'emploi, tu n'auras qu'à lui donner mon nom.

— Tu es dure.

Exact. Odieuse de chez Peau de vache, sans effort. Rien de poisseux comme l'amour quand on ne le partage pas, ou si peu. Soyons bonne pour les animaux. Pauvre Pierre :

— Je te fais marcher. Vexé ?

— Moi, froid ? Jamais !

Il me donne une bise timide, près de l'oreille. Notre relation devient torride, décidément. Nous repartons. La route est un long ruban... Je boucle ma ceinture avant le péage. Pas folle la guêpe, chemises bleues en vue, je les ai repérées de loin. Nos gendarmes sont en embuscade, il leur faut cartonner, une question de quotas, comme les agriculteurs. À chacun sa récolte. Le barrage franchi, je la déboucle. Pierre l'avait gardée, il fait où on lui dit de faire, son côté anar.

J'aborde les lacets, cette descente raide avant de rejoindre la N 7 et le flux qui file vers Marseille. Puis la bretelle vers le centre d'Aix. Des feux rouges, nous piétinons. Je vais garer à Méjanes. Nous revenons à pied. Il propose :

— Une pizza, tu es partante ?

— J'ai ma dose pour aujourd'hui, vraiment.

— De moi ?

— De toi, surtout, idiot. Tu fatigues avec tes questions infantiles, essaie d'être simple. À demain.

Je l'abandonne place des Tanneurs. Je sais qu'il s'arrête pour me regarder m'éloigner. Il espère que je vais me retourner. Pas question. Je supporte sa présence, c'est déjà énorme. Il y a peu, je n'aurais pas pu. Il me fait pitié. Comment peut-on encaisser de la sorte ? On peut, et davantage. Cela s'appelle l'amour, fille.

L'ennui c'est cette nuit à traverser. Je prends une douche, bouillante, la chaleur m'apaise. Dans les romans naïfs, la fille se regarde ensuite, détaille ses charmes charnus avec satisfaction, le passage obligé. Pas moi. Je ne suis pas sur le marché de l'occasion. Et j'ai disposé un tissu sur la glace de la salle de bains, un tissu noir. Rite funéraire méditerranéen, je crois. Si je survis, je peux essayer ethno l'année prochaine, je ne serai pas dépaysée.

Dans deux mois, tu veux dire ? Tiens, c'est vrai. J'en ai assez de leur fac et du reste. Je voudrais changer de vie, changer d'univers. Je voudrais que le temps recule et me retrouver avec Yvon main dans la main. L'angoisse m'aspire. Attention à la spirale, danger. L'aube est encore loin. En l'attendant, j'avale un Rohypnol. Chaque nuit est un naufrage.

Je me réveille aux aurores. Salut à vous, hirondelles fidèles. Sur le balcon, l'air est encore frais. Dans les cours, personne. Si, quand même, une dame arrose ses bacs à fleurs, géraniums et pétunias. Ensuite, elle retire les corolles mortes, une à une, amoureusement, sans lever les yeux, absorbée dans sa tâche, et je pense aux chats improbables de tonton. Il ferait bien de les épucer une bonne fois. Au lance-flammes.

Un Nes ? Un tassé. Puis je repars, déguisée en demoiselle sage, robe longue bleu pervenche, espadrilles blanches et béret rouge. J'ai mis des lunettes noires, rembourré les bonnets d'un soutien-gorge oublié par Caro. Tout à fait la jeune fille standard de chez Bon genre, l'affiche en couleurs : « Visitez la France le 14 juillet. » Je me contente de tante Fé, j'ai envie de la revoir, sa tonicité me fait du bien.

Sur l'autoroute, je double quelques poids lourds. Je verrais assez Bertie en routier. Il l'a été, non ? Peut-être... L'aventure, le grand large, le salaire de la peur...

Le monde est fini, tant mieux pour lui, et le soleil rasant. La route tourne. Il me faut orienter l'écran pare-soleil.

Terre en vue, ma biche, nous y sommes. Et juste à la hauteur de Mallemoisson, j'ai une impression bizarre, le volant devient mou. La direction me lâche. On ralentit. Regarde, un panneau indique un garage, pas loin, à l'entrée du Chaffaut. Allons-y doucement.

Sait-on jamais... C'est peut-être le bon. Il ne doit pas y en avoir cinquante.

Peu après le pont sur la Bléone, à gauche, on peut lire Garage Lahire, en gros et en rouge sur le fronton d'un hangar. Tudieu le joli nom ! Dans un espace grillagé, quelques épaves grillent au soleil, pancartes sur le pare-brise pour le prix. Un chien hurle à s'en arracher la gorge en tirant sur sa chaîne. Brave toutou, ça. Un type en salopette sale s'avance en traînant la patte, je l'aurais parié. J'ai l'impression d'avoir déjà vu le film, série glauque. Manque le mégot. Non, regarde, il est là, coincé sur l'oreille. Le bonhomme lance :

— Titus, du calme !

Lahire et Titus, parfait. À mon tour. J'essaie de couvrir la voix du molosse :

— Bonjour monsieur, je cherche...

— Titus, ou tu te calmes, ou tu as ta rouste, tu choisis. On s'entend plus à la fin.

Le clébard grogne, s'aplatit, silence. Son maître pile devant moi, derrière son grillage.

— ... S'cusez, vous désirez ?

— Bonjour. J'ai l'impression que ma direction ne va pas.

— Pas de problème, on va voir ça.

— Et pendant que j'y suis, il me faudrait des banquettes pour faire des sièges.

— Je vous ouvre, entrez. Les caisses, vous en avez là, vous en trouverez d'autres derrière l'atelier. Choisissez, ne vous pressez pas, je vous laisse. Du temps, je m'occupe de votre mécanique.

Il m'ouvre. Voyons voir. Un musée ce dépotoir. Des Dauphine, une vieille Floride, de l'herbe pousse à l'intérieur. Un tracteur bleu, des Deuches, pas mal de Lada, le tout-terrain du pauvre. Normal, en zone rurale. Je butine de carcasse en carcasse. De la Clio, et la série R : R5, R6, R8, R12, et j'en passe. Mais aucun camion.

Je dérive vers l'arrière. Un autre tracteur, vert cette fois et regarde, rouge, trapu, le défunt véhicule de tonton. Impossible de le rater, sur la portière s'étale le serpentaire noir dans son ovale blanc. Nous y sommes.

Je vide mes poumons un grand coup. L'engin est là ! J'examine la bête. Sur les côtés, des volets rabattables. Les vitres de la cabine sont poussiéreuses, on distingue mal l'intérieur. J'ouvre. La portière résiste, elle grince. Je grimpe. Face à moi, un ours en peluche accroché au rétroviseur se balance. Son œil de verre brille. Je me laisse aller sur la banquette. C'est lui... Mon sang reflue. Vertige... Une peluche, hein ?

Je reprends pied. Une minute, des ours tu en trouves une foultitude par gosse à présent, et les éclopés ne manquent pas. Qui te dit... Je le retourne. Sur le cou, regarde, une marque blanche, la trace d'un morceau d'étoffe arraché. Sur ce blanc, du bleu, la base de lettres déchirées.

Fé avait soin de marquer les affaires de mon frère, à cause de la maternelle, pour éviter les chicanes. Sinon, les hommes se font avoir, elle disait : « Ton père est un tel ahuri ! »

Elle utilisait un rouleau de tissu, avec le nom et le prénom de mon frère imprimé. Elle cousait ces étiquettes à la machine.

Enfin j'y suis... Bertie, le tonton sympa ! Pour un peu, il me possédait. Il est fou d'avoir gardé cet ours, ou alors inconscient. Les deux, fille. C'est ça les hommes, souviens-toi de ce village derrière le Cousson, sous les Dourbes, traversé par un jour de brume. Sur cette porte de grange, des rangées et des rangées de pattes de sangliers, clouées. Les plus anciennes laissaient voir leurs os blanchis. Un chasseur aime garder la trace du gibier, puis le goût du risque, la bravade. Tu passes devant les flics, ils ont l'aigle sur la portière, l'ours sous le nez, le blouson en mémoire, et ils ne voient rien, tu les nargues.

Vévéo est fixé par un lacet, je le détache, le berce. Le dernier objet tenu par mon frère...

— Alors, vous avez trouvé votre bonheur ? Moi c'est fait. La direction à resserrer, vous êtes passée à temps.

Lahire me regarde, mégot éteint au bec. Il porte des espadrilles, je ne l'ai pas entendu approcher.

— Cette banquette vous botte ? Je vous la détache ?

— Pas tout de suite, je réfléchis encore un peu. Je me demande si la couleur convient...

— Ne vous pressez pas. Vous fumez ?

— Non, pourquoi ?

— Alors, continuez. Drôle de sale manie, j'essaie de décrocher, pas moyen. Ah, vous avez trouvé un jouet ? Gardez-le, j'en ai pas l'usage. Les gens accrochent n'importe quoi, j'aurais pu monter la collection. Je vous laisse, vous savez où me joindre.

— Je vous dois combien ?

— Rien, j'ai pas envie de faire une facture. La vie est trop courte, pas vrai ?

— Merci, je m'en vais. Je reviendrai.

— À votre aise.

Golfie est restée garée au soleil, elle est brûlante.

Tant mieux. Je m'installe. Et si Bertie apprend que tu es la sœur de sa victime ? Pourquoi veux-tu ? Je demanderai à Pierre de ne rien dire. Reste l'éternelle question : pourquoi. À quoi rime de s'attaquer à un gamin ? La guerre, fillette, le besoin et le désir de se prouver. Mets-toi dans la peau de ce mythomane. Tu es seul dans ton rêve éveillé, le jour de la Foire aux agnelles, en pleine jungle, au bord de la rivière. Un gosse te voit. S'il prévient son village, les Viêts te prennent en chasse, c'est lui ou toi. Tu commences par l'assommer, tu te réveilles cinquante ans plus tard. L'Indo, terminé, mais ce gamin au tapis, va donc l'expliquer aux autres. Bouffée délirante, tu n'y pouvais rien, tu risques gros quand même. S'ils te soupçonnent, tu n'y coupes pas, fini la liberté. D'abord tu dégages, c'était moins juste. Puis bon, ce petit n'en est pas mort, un peu secoué, ça pourrait être pire. C'est la guerre...

Il faut arranger le coup. Tu n'as pas oublié ton berger serviable, tu récupères son blouson, en douce. Tu montes ton scénario. Ça marche. Les ploucs voulaient un indice, ils l'ont. Et voilà, encore une bonne chose de faite. Bien joué, tu es tranquille.

Un innocent trinque ? Dommage. Innocent, il l'était déjà de nature, un peu plus un peu moins... Toi, tu t'en sors, et surtout tu t'es passé l'envie une bonne fois, cette envie qui te taraudait les tripes. Tu es passé à l'acte comme un brave, pour un peu tu te pincerais l'oreille. Toi aussi tu peux si tu veux, tu viens de le prouver. Il suffisait de saisir l'occasion, voilà. Des vies brisées ? Bah... C'est ça la recette de l'omelette, faut casser quelques œufs et vive la coloniale !

La saloperie... Assez gambergé, je passe chez Fé,

voir si elle a gardé ce rouleau ? Inutile, elle se poserait des questions de chez Fine mouche.

Fini, je ne m'en pose plus. Je tiens l'histoire. Ce n'est pas l'exploit du siècle, mais tonton s'en contente, heureux, entre ses reliques et ses chats. Que lui reprocher ? Il n'est ni voleur ni assassin, un mauvais réflexe, sans plus. Il ne pouvait pas prévoir les conséquences.

Et beau joueur, l'artiste a laissé des signes bien en évidence toutes ces années. Il ne s'est nullement dégonflé, n'importe qui aurait pu faire le rapprochement, et la police débarquer n'importe quand. Ce n'est pas fini, le berger se retrouve à l'air libre, la chasse peut reprendre. Alors tonton double la mise et met le camion en vente. Avis aux amateurs, vous pouvez visiter, vous et vos gendarmes. Moi, Bertie, je me tiens à votre disposition au grand jour. Quand vous voulez. En attendant, je savoure la merveilleuse plénitude de cette gloire anonyme.

Je suffoque, je baisse la fenêtre. J'ai mis le temps, c'était long. Il a fallu le hasard et il a fallu Pierre. C'est vrai, il s'agit bien d'un miracle. J'étais à deux doigts de renoncer.

L'oncle, je le situe. Il manquait un dérivatif à cet interminable ennui de vivre, de ne vivre que cette vie sans relief. Sa violence a enfin trouvé une issue, un beau jour. Yvon a eu le tort d'être là au mauvais endroit, au mauvais moment. La faute à pas de chance.

Et maintenant, la conclusion. Elle m'appartient. Pour quand ? Pas aujourd'hui, je n'en peux plus. Rien ne presse, l'oncle ne bougera pas, il ne se doute de rien. Procédons par ordre, je décide d'un jour, je l'appelle, nous prenons rendez-vous. Ensuite je raconte à papa que tante Fé veut le voir. Une fois éloigné de son bar, je passe prendre la 22. Et après, à nous deux Bertie. C'est simple comme la mort. Je le tuerai. Je veux le voir mourir, et je veux qu'il sache. Les comptes se règlent. Le tien est prêt, Bertie. Je suis prête.

Je me sens légère. Des tonnes de frustrations et d'humiliation s'envolent, bon vent. Je ne touche plus terre, j'ai envie de danser, de hurler. Je m'écroule sur le volant brûlant, je pleure. Je chante :

« Sur la route de Dijon,

La belle digue digue, la belle diguedon. »

Pourquoi ? Pourquoi pas ? Je pleure comme une fontaine. Suffit, mouche ton nez, mets le contact, fille folle, la nuit est finie.

Anne n'est pas là. Son téléphone ne répond pas. Peut-être ne veut-elle pas me parler ? Je me ronge... Bon sang que c'est long. J'attends. C'est vrai, j'ai un portable à présent, je peux me déplacer. Inutile de rester empalé à demeure.

Je sors, j'ai besoin de bouger. Il fait beau, je suis en short, sandales et chemisette. Place des Cardeurs, les garçons s'affairent, sortent leur fourniment. Le soir, ils replieront les parasols et rassembleront les sièges contre les tables. Ils poseront des chaînes. Monotone, la vie des arachnides.

Le resto chinois s'entoure d'une muraille de lanternes rouges en papier. Près de la fontaine, des clients attablés palabrent. Les gens parlent beaucoup, fonction phatique du langage. Des jeunes en ce moment, vu l'heure. Les vieux se rassemblent dans leurs hôtels avant de livrer l'assaut quotidien.

Place de l'Hôtel-de-Ville, j'assiste à l'embouteillage habituel. Un camion stationne pour livrer, il bloque l'accès à la rue de Saporta. Festival de klaxons. Le marché aux fleurs ruisselle de couleurs. Des coups de vent renversent les pots de plastique, trop légers. J'achète une brassée de pivoines pour Anne. J'appelle encore, du portable. Rien.

Au pied du beffroi, un groupe de tatoués stationne, crânes rasés, les clochards du troisième type. Un d'eux revient avec une bouteille de rouge, ses congénères le congratulent en slave. Décidément l'Est et l'Ouest se rencontrent de plus en plus, Kipling s'est planté.

Une petite fille pousse sa poussette droit devant, en jubilant. Sa mère la suit du regard. Un garçonnet agite un grand parapluie bleu et blanc. Il le laisse tomber, n'arrive plus à saisir le manche. Je dépose mes fleurs dans la coupole. Interloqué, il me fixe.

Passer rue des Bernardines ? Non. Si Anne désire être seule, elle n'appréciera pas. Elle te tolère dans la mesure où tu ne l'envahis pas et n'a aucun besoin de toi, pauvre cloche, ne l'oublie pas. J'admets. J'encaisse. Les relations faciles ne m'intéressent nullement. Pour le coup me voilà servi.

Je flotte à l'aise dans Aix, la ville ne bronche pas, installée dans ses pierres et son passé. L'écume des gens passe et se renouvelle. La vieille cité demeure. Si, bien sûr, l'acide du temps ne l'épargne pas. L'érosion ronge les vieilles demeures du cours. Sur la façade de l'hôtel d'Arbaud, l'atlante de droite tient dans sa main un anneau de pierre faisant bloc avec l'encadrement de la porte. Le bras de l'autre est rompu au-dessus du coude, l'anneau a pratiquement fondu. La magie persiste.

Je n'éprouve aucune envie de m'éloigner, à quoi bon ? Rouler dans la pâtée présente ne m'emballe guère. Bon sang, c'est pas vrai ! J'ai complètement oublié BTS !

J'appelle Digne, ils me rassurent, mère se rétablit

normalement. Il faut y aller, ces choses-là se font. Dans son état, elle s'en moque. Peu importe, tu dois.

Je dérive entre les étals du marché, en pleine nature morte. Monsieur compte faire carrière dans la peinture figurative ? Je perds mon temps, ma vie serait plus simple sans cet amour à sens unique. À quoi rime ton personnage ? Certes, mais au moins je ressens un manque faute de mieux. Grand bien te fasse.

Je m'installe au Happy Days le temps d'un café. Je flotte... Tu vivais comment, avant Anne ? Je vivais, sans vraiment vivre. Je n'ennuyais personne, personne ne m'ennuyait. J'étais un peuple heureux à moi seul, je menais mon existence en forme de salle d'attente, un bonheur un peu triste. Je m'en contentais. Ce vide me tenait lieu d'oxygène. Vraiment ?

J'attendais l'unique. J'attendais Anne. C'est fait, elle s'est incarnée, elle est là et elle est absente. Tout à l'heure, je chausserai ma casquette, je prendrai mon drapeau rouge, je ferai partir le train. Il sifflera bien sûr, elle l'entendra, elle pensera à moi. Pauvre idiot... J'avoue, je me sens parfaitement misérable et pourtant je continue. Tu m'inquiètes. Tu comptes rester toute la journée à virer par les rues comme un cochon malade ? Suffit, on décolle.

Je me lève, je pars. Sans payer, je m'en aperçois un peu plus loin. Grivèlerie, je crois, un grand nom pour un délit mineur, un nom de dame médiévale. Aux Cardeurs, j'attrape les clefs, les papiers, je file au garage. Mon véhicule daigne démarrer, merci. Hop, direction Digne. Pour Madame Mère ? Elle attendra. Cap sur les Patouilles, coco. Fini de jouer les potiches, on y va.

L'énergie revient, il suffit d'un but. Au premier parc

animalier en vue, je descends, le gorille n'aura qu'à bien se tenir. Je roule, vitres ouvertes dans le vent de la course. Des insectes s'écrasent sur le pare-brise. Quelle brise ? Calme plat. Le soleil cogne, des mirages ondulent, de lourds camions lambinent. Dieu est grand.

Pourvu que Zou y soit... Il y sera, il faut. Après les Thumins, j'évite Mirabeau, je continue vers Vonges. Patouilles en vue. Dieu existe, Zou est là, en train de fendre d'énormes souches de chêne. Où les a-t-il trouvées ? Ces arbres sont du type malingre dans le secteur. Des chênes voyageurs, donc.

Je le regarde. Un joli coup de hache, le bougre. Il cogne de bon cœur et fait sauter des éclats tout autour du tronçon, comme on effeuille un artichaut.

Je descends. Il me voit, s'arrête, s'essuie le front d'un revers de main et me sourit, de son sourire désarmant :

— Tiens, le jeune monsieur. Alors on promène ?

— Je profite du beau temps. Vous n'avez pas chaud avec ce blouson ?

— Je pense bien, je préfère quand même de le garder, on ne sait jamais. Pourquoi l'autre m'a posé trop d'embrouilles, je me méfie, ils m'auront pas deux fois, allez !

Tout de même, il l'enlève, un coupe-vent noir en nylon, et me le montre :

— Çui-là, pas de marque, pas d'oiseau, il est tout nu. Je l'ai choisi simple exprès, j'y fais drôlement gaffe, dites. Et votre demoiselle ?

— Elle travaille.

— Elle étudie, pas vrai ? Tout le monde étudie à présent. Même pour faire le paysan, si mettons tu comptes reprendre la ferme de tes vieux, ils te demandent le diplôme, vous croyez pas que non ? Bientôt ils en feront passer aux chèvres à l'allure où ça va. Je cause, je cause... Vous voulez me voir ou vous passez juste comme ça ?

— Je passais.

— On va se prendre le pastis, c'est la bonne heure. Posez-vous à l'ombre, mon collègue Zé vient de me porter la bouteille. Seul j'en bois pas, j'évite, vaut mieux pas prendre l'habitude. Après, pour se dépéguer...

Je m'installe sur un vieux banc de jardin, en bois et en fonte. Zou revient avec le nécessaire sur un bout de planche :

— Peu que peu, je m'équipe. Ce banc, je viens de le récupérer à la décharge, les gens jettent n'importe quoi, et le plateau, un coup de scie, pas maï. Le pastis, avant je me le fabriquais, tout le monde se le préparait. C'est pas sorcier, on prend l'extrait, on ajoute l'alcool blanc. C'est interdit, pardi, ils interdisent tout. Ils exagèrent, vous êtes pas d'accord ? Bientôt il faudra sortir le permis pour pisser son coup, vous verrez.

J'approuve. Nous sirotons. En verve, Zou, et content de me revoir. Comme tous les solitaires, il a besoin de s'épancher. À tout hasard, je demande :

— Au fait, votre avocat, vous avez des nouvelles ?

— Que non, et je lui dois le joli paquet de pognon, ça me tire souci. J'aime bien de payer mes dettes. D'accord, je vais poser la clôture pour le collègue, un peu de bricolage, ça va pas chercher loin. Je peux pas continuer de cette façon. Un peu de saucisse sèche, ça vous tente ? Attendez, j'en coupe quatre tranches.

Va pour. Nous mâchouillons.

— Elle vient de Vonges. Comment vous la trouvez ? Le charcutier se défend, on voit qu'il est de la partie.

Je reconnais. Zou suit son idée :

— Ce blouson, puisqu'on en parlait, celui d'avant, vous voyez...

— Oui, eh bien ?

— Ça m'est revenu juste l'autre nuit. À vous je vous le dis pourquoi ça vous intéresse. Au fait, vous avez récupéré votre insigne ?

— Toujours pas. Vous disiez ?

— Des fois les choses se mélangent dans ma caboche. On avait causé de ces histoires, et que tout venait de ma mauvaise mémoire. Ce coup-ci, j'y suis.

Il tourne en rond, il m'agace. Ne le brusquons pas, je l'encourage :

— Vous avez trouvé ?

— Oui, pas malheureux ! Il a fallu le temps ! L'autre dimanche je suis été jouer aux boules, au village donc. On faisait équipe moi et mon collègue Zé. Seul, j'irais pas, j'ai la grosse vergogne. À la fin de la partie, mes idées se sont remises en place d'un coup, comme ces jeux où il manque juste un morceau de carton pour finir le tableau, vous voyez ?

— Tout à fait.

— Je vous fais languir, pas vrai ? J'y viens. La partie terminée, le Justin a dit comme ça : « Allez, à l'eau les canards, on passe à l'annexe... » C'est le Glacier, on l'appelle de cette façon. Et le Nifle a répondu : « Je vous rejoins, je file au Tabac prendre des cigarettes. » Exactement comme la fois avant qu'ils m'embarquent, pareil. Ce jour-là, je l'avais accompagné pourquoi il me fallait les allumettes. Je me revois, le blouson à la main. Il m'encombre, je l'accroche au portemanteau de l'entrée. Tourne vire, on se trouve des connaissances, on blague d'une chose, de l'autre. En sortant, il faisait chaud, j'en avais pas besoin, je l'oublie, mais alors complètement. J'avais picolé aussi, remarquez. Quand je garde, je bois que de l'eau, à moi il m'en faut guère pour être bien bien. Total, il me sort de l'idée et moi je rentre en taule.

— Mais en retournant à Lambert, en chemin, vous l'avez cherché ?

— Même pas. Un collègue remontait en voiture au Castelard. Il a fait le détour pour me poser à Auribeau. J'avais laissé le troupeau à un berger qui estivait pas loin, entre nous on s'arrange. Pourquoi j'étais descendu ? Je sais plus trop... Je me souviens plus. Et j'avais un coup dans le nez je vous ai dit. Ça s'est passé le dimanche juste avant les agnelles.

— Vous êtes retourné au Tabac ?

— Pour demander ? Depuis le temps, vous pensez ! Il a passé un brave monde dans ce bar, il tient le journal, le Loto, toute la vallée défile chez lui, n'importe qui a pu l'escaner, pas la peine d'user ma salive.

— On ne sait jamais.

— J'y tiens pas. Vous avez vu, l'autre fois, comment il m'a sauté sur le poil, cet âne rouge ? Il a l'air de se calmer, seulement je m'y fie pas. Tant si je lui pose la question, il va s'imaginer que je lui cherche des crosses et ça lui reprend aussi sec, il me repique sa crise. Pas la peine... Vous mangez un morceau avec moi ? Je nous fais des œufs avec du lard frit et j'ai un chèvre, c'est de bon cœur.

— Une autre fois, ne vous dérangez pas.

— Repassez quand vous voulez, ça me fait plaisir. Le bonjour à votre demoiselle.

Je repars. Un peu plus loin, j'arrête à côté d'un verger à l'abandon, des pommiers envahis par les boules du gui. On n'en trouve jamais sur les chênes, à part dans les légendes de druides. Encore une belle blague.

Bon sang, j'ai bien fait de venir, Zou soit loué. Me voilà soulagé, il avait raison, la dernière pièce du puzzle vient de se mettre en place. Récapitulons. Ton blouson se trouve sur sa patère. Personne ne va le prendre, pas de lézard, on le connaît trop, il est signé. Donc, c'est Tabac en personne qui le placera sur le chemin de l'alpage. Il a la nuit pour ce faire. Il doit fournir un indice à tout prix. Le temps presse, il lui faut un coupable pour s'innocenter. Parce que le salopard, la bête malfaisante, c'est lui. Je le sais par Sophie.

Son gamin voulait lui parler : « Je vais le dire... » Ce sont ses dernières paroles à sa mère, avant la fête. Le pauvre gosse n'a rien précisé. Elle n'a rien exigé : la honte, le tabou... Tant que l'on ne nomme pas les choses, elles n'existent pas. Il a dû menacer son père également, il n'en pouvait plus. L'autre commençait à aller trop loin. Saleté... Tabac a pris peur.

À présent je vois la scène. La foire, les discours, puis tout le monde passe à table. Tabac est inquiet, impossible de quitter son bar. À tout moment le gosse peut tout lâcher, ce sera la fin. Dès qu'il peut, il se libère. Qui va le remarquer dans cette cohue ? Il observe le gamin, le voit descendre vers la rivière, seul.

C'est sa chance. Il le suit, tente de parlementer, j'imagine. Yvon s'obstine. Son père s'affole, perd la tête, cogne... Il fuit.

Reste cette stupeur sur le visage de l'enfant qui frappera les témoins. Anne me l'a dit, elle a téléphoné à ce gendarme à la retraite. Le choc de l'agression, bien sûr. Mais comment affronter l'horreur en face, l'impensable, cet étranger, son père...

J'ai la gorge sèche. Sophie m'a confié les obsessions sexuelles de son mari. Elle n'a pu les tolérer, elle est partie. Elle lui a laissé Yvon, comment faire autrement ? Elle ne pouvait envisager le pire. Avec le temps, les choses allaient s'arranger.

Puis non, son mari continue, cette fois avec son petit. Quoi au juste ? Un comportement bizarre, rien de net. Elle a juste surpris un moment trouble, un jour, dans la chambre du gamin. Elle reprend son gosse. Elle hésite, au bord du gouffre, elle ne veut pas savoir, elle ne le peut pas. Ce serait le pilori. Elle ne bougera pas, pour sa fille, pour elle. Pour l'honneur de la famille. Pour que la honte ne les éclabousse pas.

Le petit se tait. Ils se taisent toujours à cet âge. Ils se croient en faute. Elle ne lui demandera rien. Elle ne m'en parlera que bien plus tard, bien trop tard. Avec moi elle peut, je suis un étranger. Pas tout à fait pourtant, sa fille me fait confiance, donc elle aussi. Elle me confie ses doutes, elle n'en peut plus, c'est une délivrance. Peut-être souhaite-t-elle sans se l'avouer que je remette le destin en marche. Merci du cadeau.

Ma camarade est incapable d'y voir clair pour les mêmes raisons. Elle cherche à côté. Une zone noire bloque sa vie et sa lucidité. On n'est pas dans son état pour rien, l'anorexie se mérite. Elle aussi se refuse à dévisager la Méduse.

Que faire ? Aborder le sujet avec elle ? Je n'en ai pas le courage. C'était tellement plus simple, un honnête coupable sur mesures. Zou a fait merveille dans le rôle. Fini d'attendre. Alors, tu te décides ?

J'aimerais. Pour le moment, je stationne dans la nature, sous le gui, l'endroit idéal pour rendre la justice. Quelle justice ? Ajouter du malheur au malheur ?

Un geai traverse le chemin en vol rasant. Dans le verger, des pies se chamaillent en piaillant, une bonne douzaine. Elles adorent tenir des assemblées. J'essaie de savoir que décider.

C'est clair, ta camarade étouffe, elle en crève. Je dois la libérer, retirer de ses épaules ce manteau de mensonges. Seule la vérité peut créer l'appel d'air qui chassera les monstres. Tu dois parler, il n'y a pas d'autre voie.

Et le choc, tu imagines ? Il est nécessaire. Je serai là. Je l'appelle avec le portable. Personne. J'ai une sale impression. Pourquoi ? Pas de parano je t'en prie, ce n'est pas le moment. Réfléchis, essaie de te mettre à sa place. Les pies continuent leur session. Secoue-toi, il est grand temps.

Je rentre sur Aix. Ne nous affolons pas, nous n'en sommes plus à huit jours près. J'exulte, légère comme un poisson des grands fonds qui fait enfin surface. Je me sens bien à ne pas croire, c'est comme une autre gravité, je n'en reviens pas.

Attention où tu mets les pieds. Pas question de prévenir Pierre, je refuse qu'il intervienne. Cet acte est à moi, personne ne me le volera. Il ne regarde que moi. Pierre me dirait de m'en remettre à la justice. Parlons-en, elle est belle, ils me riraient au nez, tes justiciers ! Je ne dispose d'aucune preuve. Une peluche borgne, la belle affaire ! Et un insigne émaillé. Avec ça tu vas loin !

Tu oublies la marque, tu sais, celle de Fé. Bertie peut dire qu'il a trouvé l'ours dans cet état, il ne sait plus quand. Prouve le contraire, pas de quoi inculper un chat.

À quoi bon attendre ? Je dois d'abord l'éloigner de son repaire, j'ai besoin d'y jeter un coup d'œil. Facile, raconte-lui que Pierre veut le voir à propos de sa mère, et qu'il l'attend à Digne, au France par exemple. Ça marchera, tonton dispose de son temps et affectionne son neveu. Il est curieux de sa belle-sœur, il partira au quart de tour. Exécution.

J'essaie de le joindre du relais routier de Mallemoisson : j'ai relevé son numéro dans le bottin. L'homme est présent. Je lui sers ma chansonnette. Il s'étonne :

— Pourquoi ne m'en parle-t-il pas lui-même ?

— Il est assez secoué, il m'a demandé de le faire.

— Cette génération d'après-guerre, ça ne tient pas la distance ! Vous tombez bien ma petite, j'ai plein de courses en retard, il me faut de l'aliment pour ma ménagerie. Voyons, Digne, mettons une bonne heure. Le France vous dites ? Je connais. Prévenez Pierre que c'est d'accord. J'y vais.

— Je vous remercie, vous êtes chic.

— Normal, mon petit. À la Légion, on ne laisse jamais tomber les copains.

Il a quoi comme engin, Bertie ? Un pick-up Ford, tu l'as vu devant chez lui, Colombine. On le reconnaîtrait de la lune, bleu sale avec sa plate-forme découverte. Je vais rouler à sa rencontre.

Je file. Malijai, Peyruis... Me voici à la moitié du trajet, il ne devrait plus tarder. S'il te reconnaît au passage, il peut se poser des questions. À droite, j'aperçois la départementale vers Lurs. Je m'engage. Un peu plus loin, demi-tour, stop. Je me range. Je distingue un segment dégagé de la route par où l'ennemi va déboucher, un parfait emplacement d'embuscade, pas vrai l'Ancien ? Lui ne verra qu'un bout de tôle dans le paysage. J'attends.

Dix minutes, et voilà mon pick-up. Il passe. Parfait. Oui, et quand il s'apercevra que Pierre lui a fait faux bond ? Comment réagira-t-il ? Objection retenue, ma grande. Forcalquier n'est qu'à une dizaine de bornes.

Je gare en face de la Poste, j'appelle le France. Je tombe sur une serveuse, je la préviens :

— Dans un moment, un monsieur va vous demander un certain Pierre qui n'a pu se déplacer. Pouvez-vous prévenir ce monsieur ?

— Il est comment ?

— Pas très grand, pas jeune, les cheveux ras.

— Ce sera fait.

Bertie pensera que la douleur égare son fragile parent. Qu'il pense ce qu'il veut, je repars. Je retrouve la route des Moures, le chemin, la maison, les matous miteux, queue au vent. Ils accourent. Désolée, mes petits, je ne suis pas la Mère Michel, pas de chance.

C'est ouvert. La confiance règne, à la Légion. Me revoici dans le séjour du baroudeur. Le journal traîne sur la table. À côté, un livre : Général Salan, *Mémoires*. Tonton s'intéresse aux grands ancêtres.

Poursuivons. Au fond de la pièce, face à la cheminée, deux portes. J'essaie celle de droite, elle donne dans les toilettes. Négatif. L'autre dans la chambre, du spartiate comme il se doit. Murs blanchis, un matelas au sol, avec une couverture kaki tirée net. Au-dessus, dans une banderole, une inscription à la peinture noire : *Viva la muerte*.

Juste en dessous, toujours en noir, une tête de mort avec tibias croisés. L'idéogramme et le pictogramme, et toujours les valeurs sûres, décidément il ne me déçoit pas.

Contre l'autre paroi, en face, une carte de l'Indochine, punaisée. Elle provient du *National Geographic* et ton Indo s'appelle Viêt-nam. Des noms sont encerclés au feutre : Cao Bang, Diên Biên Phu, Tay

Ninh. Tiens, Da Nang est rayé. Au-dessous, on a rajouté : « Tourane » au feutre.

À côté, une photo en noir et blanc tirée d'un magazine. Un Asiatique en short et veste camouflée tient dans chaque main une tête humaine, à bout de bras, par les cheveux. Elles ont les yeux clos. Il ne semble pas concerné, comme s'il s'agissait de noix de coco. Un pro.

La fenêtre s'ouvre au-dessus du matelas. Du côté opposé, un placard. Voyons... Sur des cintres, des vêtements, quelques pulls, des vestes. Et des blousons, des blousons made in Bertie, une douzaine. Je les examine. Au dos, comme il me l'a dit, des insignes, glaives, éclairs et compagnie... Et voici ton serpentaire, le jumeau de celui de Zou. Un conservateur, tonton.

À côté, sur des étagères, linge de corps, chemises, aucun intérêt. Ah, une serviette en cuir. Je fouille. Des dossiers : gaz, impôts, et homme d'ordre avec ça. Et celui-ci marqué Divers ? Attestations, certificats, un livret militaire. Je m'en moque. Qu'il garde ses mythes.

C'est qu'il les potasse. Regarde sur cette étagère, des livres : *Bérets rouges*, *Deuxième classe à Diên Biên Phu*, *Les Prisonniers du camp numéro 1*. Toute une série ciblée. Notre vétéran sait de quoi il parle. De seconde main, mais quand même... Rien d'autre ? Si, dans une chemise cartonnée, le choc. Je tombe sur un dossier contenant notre drame. Des coupures de journaux collées sur des feuillets de papier machine. Nous y sommes. Respire... Je m'y attendais. Pourtant, j'hésite. La douleur est là, intacte. Courage. Je tourne les pages. Il s'agit de tout ce qui est sorti dans la presse à l'époque, une liasse épaisse. Je ne connaissais pas, j'étais trop jeune. Il est probable aussi qu'on me les ait cachées. Bon Dieu, ces photos, je les encaisse de plein fouet... Zou, menottes aux poings, encadré par deux gendarmes, et Yvon... Sur son visage, une cible, dessinée au feutre. Ce n'est pas possible... Mais si, tout est possible, la preuve. Et mon père, visage fermé. Ma mère se détourne, elle a un geste de refus.

Il reste d'autres chemises. À quoi bon, je ne les ouvre pas. J'en ai assez vu. J'ai rejoint Bertie. Une vie ratée à chasser des ombres, à courir après une légende hors d'atteinte, et en fin de course la bavure imbécile. La fin du voyage... Mais pourquoi, pourquoi ? L'ennui, ce vide quotidien au cœur de sa vie qu'il faut meubler, ce théâtre d'ombres... Et pour finir la cassure. Il pouvait tenter n'importe quoi, faire des maquettes en plastique ou se détruire. Le hasard a décidé pour lui. C'est mon tour. Il ne s'agira plus de hasard cette fois. Il s'agit de mettre le point final.

Je frissonne, je me sens faible. Ce n'est pas le moment, ma grande, pas question qu'il te retrouve au tapis dans sa bauge. Je m'adosse à la porte du placard, elle s'ouvre en grand. En bas, dans l'angle opposé, tu vois ce que je vois ? Merveilleux, tonton a tout prévu, le mal et son remède. Une carabine format réduit. Je la prends. Dans l'acier du canon, je déchiffre : Manufactures d'Armes de Saint-Étienne 1936. Une arme de guerre, parfait. Je manœuvre la culasse. Il y a une balle dans le canon. Au sol, dans une boîte en carton, des cartouches.

Elles valent encore quelque chose ? Autant s'en assurer. J'en prends une poignée, je traverse le séjour, je sors. Alors, les chats, toujours présents ? Vous n'allez pas être déçus.

J'épaule, tire en l'air, le recul me secoue. Des corbeaux s'envolent du peuplier en face en croassant. Une brindille se détache. Parfait. J'éjecte la douille, la récupère. Je réapprovisionne. Envolés, les minous. Tonton était en panne de destin ? Patience, les temps sont proches.

Tu dois prendre des forces. La cuisine se situe au fond du séjour, derrière une demi-cloison. Plan de travail, évier, frigidaire... Je pose mon flingue, j'inspecte le frigo. Une bouteille de rosé entamée, des œufs. Sur une assiette, un morceau de rosbif. Nous ferons avec.

Je mords à même la barbaque saignante, c'est délicieux, je n'ai rien mangé d'aussi bon. Un coup de vin à la régalade à la santé des ancêtres. Nous autres, à la Légion, nous ne nous refusons rien. À toi, Bertie, mon brave. Miracle, je n'ai aucune envie de vomir. Du jus coule sur le carrelage. Qu'il y reste. Une dernière gorgée pour la route, me voilà parée.

Une fois le canapé tourné face à la porte, je m'installe, fusil sur les genoux. À nous deux tonton. Tu aimes la guerre ? Tu vas l'avoir, à domicile. La mort te fascine ? Elle est au rendez-vous. Ta dernière campagne, tu ne seras pas déçu. Nous t'attendons. Et puis d'un coup, cette fatigue énorme. Il m'arrive quoi ? Le choc, mon petit pantin, tes ficelles sont coupées. Pas de ça Lisette, tu ne vas pas me laisser tomber, pas maintenant. Il me faut du café. Je ne sais pas si... Je ne sais plus.

On ne connaît pas les gens, ou alors trop tard, et quand on s'imagine les connaître, on se trompe. Ils ont changé, le terrain a glissé.

Je viens de sarcler les pommes de terre, je souffle un moment. Je ne sais jamais m'arrêter à temps, mes reins me font mal. Gros Gégé me le répète souvent : « Madame Dangle, vous n'êtes pas raisonnable. Allez-y doucement, prenez votre temps, personne vous oblige... »

Si, moi. J'essaie de faire le vide à force de trimer. J'y arrive presque. Quand je suis à bout, je m'écroule dans mon fauteuil. Anne me l'a offert l'an passé pour la fête des Mères. Je le trouve pratique, des tubes et de la toile, léger, facile à installer n'importe où. Je me pose près du puits à l'ombre du figuier. De là, je vois mon jardin, je souffle.

Il est vieux cet arbre, je l'ai toujours connu. J'aime bien le bruit râpeux de ses feuilles dès qu'un souffle d'air les agite et qu'elles frottent les unes contre les autres. Cette année, on les entend moins, il a pris la maladie. Les trois quarts sont par terre. On voit plein de figues trop grosses sur les branches nues, on dirait une plante de la planète Mars. L'an passé, les frelons l'avaient envahi, c'est fou, l'arbre bourdonnait, pas moyen de l'approcher.

Il lui est venu une espèce de chancre, il va falloir le traiter, en couper la moitié, ça me fait peine. C'est la faute de l'EDF. Ils nous ont installé un poteau minable en plein mitan de la cour, et ce figuier, papa l'avait planté pour le dissimuler. À force de frotter le ciment, l'arbre a fini par prendre mal.

À côté, les branches de l'amandier risquent de casser tant elles portent de fruits. Il faut de la patience pour les ramasser dans l'herbe, les mettre propres, retirer les écales. J'en récolte encore quelques paniers. Il ne date pas d'hier non plus. Dans la région, les amandiers ont presque tous disparu, la concurrence espagnole les a tués. Je grimpais dedans petite fille, je m'installais dans la deuxième fourche. Plus tard, Anne et son frère ont fait pareil.

Je devrais me méfier, des frelons sont revenus, moins nombreux. Ils doivent avoir un nid quelque part, les figues les attirent. Je ne bouge pas, ils me laissent tranquille. Tant que tu n'as pas peur, il ne t'arrive rien.

Voilà... C'est drôle une vie. À quoi ça sert ? À quoi je sers ? Une vieille femme n'intéresse personne. Le temps a passé, je me retrouve à mon point de départ avec le même étonnement. Je reste quelqu'un de simple, je n'ai jamais rêvé à la grande vie, je ne sais pas ce que c'est. Je n'imagine même pas. Mes parents, pareil, ils ont travaillé sans histoires. Ils s'estimaient. J'étais leur seul enfant.

Ma mère en aurait souhaité d'autres. Ils n'ont pas pu, j'ignore pourquoi. On taisait ces choses-là. Nous vivions normalement. Les choses se faisaient comme elles devaient, on se contentait de mener une existence convenable. Nous restions comme dans une île, à l'écart du monde et du mal. Il ne pouvait rien nous arriver.

Ce n'était pas la gloire, on ne possédait ni voiture ni télé, vous pensez... À l'époque, la télé n'existait pas, et pour la voiture, il fallait être au moins instituteur. On se débrouillait avec ce qu'on avait. Maman appelait ça joindre les deux bouts. Ils sortaient d'où ? J'essayais de me les représenter.

Papa faisait le cantonnier. Il aimait bien, c'est un travail de plein air, on s'active. Il lui restait du temps pour son jardin. Maman élevait quelques poules, des lapins, quatre chèvres. Elle fabriquait des fromages. Elle allait vendre ses produits à Digne, les jours de marché. Le père du Gros Gégé la menait dans sa charrette, c'était une expédition. Elle avait ses clients, elle ne leur proposait que du frais. Les gens achètent de la confiance, d'abord. Je continue pareil, mes produits n'ont pas changé, mes clients ressemblent aux siens. Je me rendais à l'école avec le Gros. Il était tout menu alors, les autres l'appelaient « fillette » à cause de sa petite voix. Il l'a gardée. Finalement, on aurait pu se marier. Puis non, il était timide, moi aussi.

Une voisine nous menait en classe à Mallemoisson avec ses gosses. À midi, on restait à la cantine. C'est pratique l'école pour ramasser les maladies enfantines, les rougeoles, les scarlatines, les saletés qui traînent dans l'air. Avec un peu de chance et de fièvre, on gagne plein de vacances en plus. Sinon on apprend à rester sages, bras croisés, puis des chansons, des récitations. Je m'en souviens encore :

« Sur la petite place au lever de l'aurore
Le marché rit joyeux, bruyant, multicolore... »

Le reste, on l'oublie, les fractions, les règles de trois, la preuve par neuf... Mais j'ai gardé mon orthographe, en dictée j'étais bonne.

Après, pour continuer, il m'aurait fallu partir sur Digne, en internat. Je n'en avais aucune envie. On me trouvait entre les deux, ni extra ni mauvaise. Se placer dans les premières, on peut. Seulement je ne prenais pas la crampe à force de lever le bras en criant : « Maîtresse, maîtresse... » quand je connaissais la réponse. J'en savais assez pour rester à L'Amalanche.

Si j'avais voulu, mes parents auraient marché, consenti les sacrifices. À l'époque on en faisait plein, c'était le sport national. Les parents se trouvaient sur terre pour. À cause de la messe, peut-être, ils se prenaient pour Jésus. Ils savaient qu'ils devaient payer, la vie ne fait pas crédit. Le curé disait : « Christ est mort pour nos péchés... » Petite, je m'imaginais qu'il s'agissait des arbres. Ce Jésus, quand même ! Pourquoi pas les bananiers ou les dindons tant qu'il y était ?

Enfin, question avenir, personne ne m'a obligée. Je me voyais mal toute une vie coincée dans le bureau, en train de taper à la machine comme une mécanique. L'idée d'habiter en ville m'effrayait. Je n'étais pourtant pas la sauvage intégrale. Un peu, quand même... Je restais craintive, je me trouvais bien à la ferme, cette vie me suffisait.

J'aidais maman, je l'accompagnais parfois au marché, histoire de sortir. Plus tard, j'y suis allée seule pour la soulager. Elle ne rajeunissait pas, tout lui prenait de plus en plus de temps. Elle disait : « Tu vois, je change... » Il lui est venu de l'arthrose, plein de douleurs. Elle grimaçait en essayant d'enfiler sa veste, jamais elle ne se plaignait. Elle acceptait. Récriminer avance à quoi ? Elle se ratatinait, pauvre...

Je changeais dans l'autre sens. Je devenais demoiselle. Étant petite, je ne m'aimais pas, je me trouvais grassouillette. Terribles, les autres gamines, si tu es seulement normale, elles te traitent de grosse vache ou de boudin. Si par contre tu es maigre, c'est squelette ou planche à pain. Être bien, juste entre les deux, ça n'existe pas, toujours on te critique.

J'ai grandi, minci. J'ai pris des formes. Je me suis retrouvée dans un corps de femme sans l'avoir réalisé. Une drôle de combine, la puberté, dans votre tête vous n'avez pas changé. Mais pour les autres, vous devenez quelqu'un de différent, comme un paquet de farine transformé en brioche.

J'admets, je ne suis pas la première à faire ce genre de découverte. Elle m'est tombée dessus brusquement, comme pour ce cerisier, l'espace d'un printemps. Au sortir de l'hiver ce n'est qu'un fagot de branches. Un matin, vous le retrouvez feuillu. Le mois suivant, c'est le bouquet de mariée.

Je n'étais pas coquette. Les habits, ou plutôt leur manque, je n'en faisais pas une maladie. Je gardais un côté petite fille avec des... Oui, des seins trop gros, des fesses trop rondes et mes nattes par-dessus. Je paraissais travestie, une femme déguisée en poupée. Mais non, ces accessoires m'appartenaient, bien accrochés. C'était moi sans être moi, je n'avais pas l'habitude. À la fois j'étais fière et j'en avais honte. Je ne savais plus où me fourrer.

Les garçons ont changé eux aussi, et vite. Avant, je n'existais pas, j'aurais pu être transparente pour l'effet que je leur faisais. À présent les yeux leur sortaient de la tête en lorgnant ma poitrine. Ils me sont tombés dessus comme des guêpes sur du miel. Au marché, je les attirais, je les aimantais, oui ! Dès que j'apparaissais, ils se disputaient mes fromages en louchant sur mes seins, à croire que je venais de lancer la mode. Ils me regardaient avec la grosse fringale. Pour un peu, ils me dévoraient toute crue.

Je me suis camouflée, j'ai enfilé des pulls vagues. L'hiver, passe encore. L'été, je mets quoi, des sacs à patates ? Pour un peu je me serais bandé la poitrine. Ça vous encombre, un corps, pas moyen de le quitter. Et les autres, tous ces cannibales, impossible de les décrocher. Ils ne s'intéressaient nullement à la personne que je suis, juste à mon emballage. Il y avait erreur, et pourtant non, débrouille-toi.

Ils ne se sont pas contentés de regarder. À un moment je me rendais au marché dans une 2 CV d'occasion. Didier, un de mes admirateurs, m'attendait sur le trajet, il voulait me donner une lettre. Il me la tendait au passage, je n'ai jamais accepté.

Entre Digne et le Chafaud, la route passe sous la voie du train des Pignes, avec un virage à angle droit. Il faut ralentir. J'arrive. La 4 L de Didier bloque à moitié le passage, capot relevé. Je l'aperçois penché sur le moteur. Je descends voir si je peux l'aider. Il me laisse approcher. D'un coup il se relève, me bloque contre la portière. On aurait dit qu'il avait douze mains, je jure, elles me touchaient de partout, en haut, en bas. Sur le moment l'émotion me paralyse. Puis j'ai le réflexe, mon genou se lève sec, au bon endroit. Il se plie en deux, je m'escape, je passe en roulant sur le bas-côté. Il lève le poing, il crie : « Salope ! Je t'aurai ! »

Salope pour ce gros malin parce que je ne marche pas. Si j'avais voulu, si j'avais écarté les jambes une bonne fois, je devenais la salope pour les autres. Avec les hommes, les femmes ont le choix, pas compliqué : la mémé ou la garce.

Alors je change une autre fois. Mon corps se tasse, je rentre les épaules, on me voit moins les nénés. Je me coupe les cheveux, courts, pour faire hommasse. Je mange peu, je fais attention, pas de maquillage. Plus question d'être le morceau de viande fraîche à l'étalage pour les chiens.

Il y a du mieux, les amateurs se découragent. Je ne suis pas le bon coup, le bon trou, qu'on se le dise. Ils savent, à quoi bon perdre son temps ? Ils cherchent ailleurs, bon débarras, et c'est là que je trouve Robert.

Nous nous rencontrons sur le marché, pareil, mais lui paraît différent. Je l'intéresse, seulement il ne fait pas son cinéma. Quand il m'aperçoit, ses yeux restent dans leurs orbites, il ne s'en sert pas pour me déshabiller. Il me parle comme à un être humain, pas uniquement histoire d'occuper le terrain en espérant m'allonger. Miracle, il m'écoute ! Pour la première fois, ce que je pense semble avoir de l'importance. Il me complimente sur mon sérieux, la qualité de mes produits et pas celle de mes lolos. J'ai l'impression d'exister, j'en avais besoin.

Ce n'est pas un paysan. Il vient d'acheter le Tabac à Vonges. Marseillais d'origine, il s'est installé au village, il en a assez de la ville, il lui faut le calme. Vonges lui convient. Il possède un bon contact, il s'entend avec les gens et compte s'agrandir, installer une terrasse l'été de l'autre côté de l'avenue. Le maire est d'accord... Non seulement Robert parle, mais il se confie, je n'en reviens pas. Je ne suis plus seulement un objet, un genre de poupée. J'existe.

Peu à peu il occupe de la place dans ma vie. Sans mal, je n'ai personne, tout reste à prendre. À présent, au marché, je l'attends. S'il tarde, je m'inquiète, je me pose des questions, il me manque. Cette situation s'installe en douceur. Il prend son temps et dose ses effets. Il connaît la musique. Naïve, je marche à fond comme pas permis.

Je ne suis pas la demeurée intégrale pourtant. Je sais comment on fait les petits. À la campagne, cela s'apprend à ciel ouvert toute l'année, avec les animaux. Il n'y a pas qu'eux. J'écoute les autres filles, au bar, en buvant le café. Je retrouve aussi des copines d'école, nous échangeons deux mots. Elles ont pris de l'avance, les hommes elles connaissent, elles les pratiquent. Certaines en consomment pas mal et ne s'en cachent pas.

Je m'instruis. Il existe des règles, pas si compliquées, dans un jeu plus vieux que le monde. J'ai beaucoup à découvrir. Une amie me prête des livres sur ces questions. Je découvre plein de mots nouveaux, des graphiques, des dessins anatomiques. Ce n'est pas follement romantique, ça me répugne plutôt. J'aurais préféré rester dans le vague, garder mes rêves de fillette. J'ai l'impression qu'il y a maldonne, qu'il s'agit d'un cours de plomberie, mais non. Il s'agit de ton corps... Il n'est pas question d'amour, mais de sexe, dommage.

Je me fais l'effet d'une attardée, parfois. Je n'ai pas encore de petit ami, pour quoi faire ? Je n'y tiens pas. De son côté maman se pose des questions, comme toutes les mères. Elle se verrait bien en grand-mère. Elle m'amuse. Je ne vais pas me faire mettre en perce pour lui faire plaisir !

J'éloigne mon monde, d'après elle, avec mon sale caractère. Je ne me montre pas aimable, un vrai hérisson. Si je revenais avec un polichinelle dans le tiroir, imagine, je l'entendrais chanter ! Je garde mon étiquette de sauvage, elle me colle. Je ne l'ai pas vraiment choisie, tant pis, on ne se refait pas. Je ne cherche pas à plaire. Qui m'aime me trouve.

Ce côté réservé attire Robert. Les filles ne se jettent pas à son cou, rien à voir avec Robert Redford. Petit, pas beau, à moitié chauve, il n'a rien pour séduire, pas même la grosse voiture ou la moto. Peu m'importe, j'apprécie son côté sérieux. Il me prête attention, je l'ai dit, c'est nouveau. Je suis une fille bien, pour lui, une fille valable. Il me donne du prix à mes propres yeux.

Je le crois, je marche à fond. Nous commençons à nous fréquenter, comme on dit. Sagement, deux doigts de cour, pas plus. Je n'éprouve pas de besoin ou si peu... Si, de tendresse, de présence. Il me faut de l'affection. Je rêve de douceur sur un nuage rose. Je rêve... Lui au moins n'essaie pas de me prendre de force, il sait se tenir, inutile de jouer du genou.

Je m'apprivoise. Il se montre patient. Il cherche la femme sérieuse, le produit solide qui lui fera du profit, pas la folle en chaleur dont rêvent les autres mâles. Je suis son homme, si j'ose dire. Pourquoi pas ? J'accepte, il faut bien.

Je rêvais d'autre chose. Qui ne rêve pas ? Mais bon, je me résigne. J'accroche mes illusions à mon soupirant. Je me le figure tel que je le désire, enfin j'essaie. Comment deviner ? Je ne suis pas Madame Soleil, juste une bécasse qui fait ses premiers pas hors du nid.

Je me rends plusieurs fois au Tabac lui donner la main, avec la bénédiction de mes parents. Je dois voir si je m'y fais. Ces séances de rodage se passent bien, une place m'attend. Il faut une patronne dans un commerce, pour des raisons évidentes. Je m'y prépare. Je surmonterai ma timidité, Robert sera là, personne ne me manquera de respect.

Ce travail n'a rien à voir avec la terre, c'est le jour et la nuit, comme un cadeau surprise. Fini de patauger dans la boue, les gens paient pour te tenir compagnie. Je vais changer complètement d'existence, tant mieux.

Papa et maman ? J'irai à L'Amalanche, ce n'est pas le bout du monde. Ils ne demandent que mon bonheur, ils s'y feront. Ils adoptent Robert. Sans être un grand monsieur, un docteur ou un professeur, il possède son commerce à lui. Comment dire ? On parle d'échelle sociale, leur fille va grimper quelques échelons. Combien au juste, peu importe, je ne serai plus paysanne, je vais devenir une dame.

Enfin, Robert présente sa demande un dimanche. Il mange à la maison, il n'a pas mis de gants blancs. À la fin du repas, il se déclare sans prévenir, net et carré. Maman met la main devant la bouche, pourtant elle s'y attendait. Papa le regarde, ils topent, comme à la foire. Ils sont d'accord.

Et moi ? Je ne proteste pas. Robert me prend par les épaules. Maman sort le mousseux et les langues-dechat des grandes occasions. Comme elles sont rares, les biscuits s'effritent et mon fiancé m'embrasse sur la joue. Ses lèvres effleurent les miennes, mes parents applaudissent. Le mousseux est tiède. Ce n'est pas vraiment comme dans les romans, mais c'est mieux que rien. J'attendais... Je ne sais pas, fini de rêver, je tourne la page. Le quotidien est toujours un cran en dessous de l'idéal, normal.

Je souris à papa-maman, il faut. À Robert, je lui dois bien ça. Je suis une grande fille. Quand on n'a pas ce qu'on aime, on aime ce qu'on a, et comme je n'aime rien... Je me console comme je peux de mon bonheur. Papa se lance. Il dit : « J'espère... » Quoi ? On ne le saura jamais, pour les discours il n'est pas surdoué.

Un mois plus tard, nous nous marions à la mairie de Vonges. Je ne porte pas la robe blanche. Robert voulait me l'offrir, j'ai refusé. Il n'a pas insisté. J'ai préféré un petit tailleur bleu ciel, il pourra resservir. Lui est en costume bleu marine. Nous fêtons l'affaire en famille avec le Gros Gégé et sa femme. Ils nous ont servi de témoins. Ni Robert ni moi nous ne voulons d'esbroufe.

Cette robe blanche, j'y avais droit, je suis toujours aussi vierge. La première nuit se passe comme elle peut, un genre d'examen gynéco. J'ai l'impression d'être chez le dentiste, il manque juste l'anesthésie locale, ou alors que Robert me fait la démonstration laborieuse d'un appareil d'arrosage. C'est bizarre, assez gênant, un rien comique. C'est faisable, je vois mal l'intérêt, à part pour les gosses. Mais il a pris ses précautions, enfin, à ce qu'il prétend. De ce côté, rien ne presse, il dit.

Je ne rencontre pas l'extase en chemin, toujours rien

à voir avec le cinéma. Je ne dois pas être normale, ou sinon ils mentent, tous. Franchement, j'éprouve davantage de plaisir à me délasser dans un bain chaud après une dure journée, ou à me gratter les pieds, mais à la guerre comme à la guerre...

La suite ? Calme. Mon époux ne se montre pas exigeant. De temps en temps, il faut bien, il en a besoin. J'accepte de lui faire plaisir. Ce n'est qu'un moment à passer, je ne sais trop comment le qualifier. C'est technique, voilà, je ne suis pas douée.

J'ai dû m'assoupir un moment, une bestiole vient de me piquer au bras. Disons les choses franchement, j'aurais préféré de beaucoup éviter cette histoire de lit. Vivre avec quelqu'un, pourquoi pas ? Un compagnon, un camarade. Le jour, on travaille, on prend ses repas ensemble. Le soir venu, chacun sa chambre. Cela n'empêche pas la tendresse, se blottir contre l'autre pour un câlin, mais à quoi bon cette gymnastique grotesque ? Quel rapport avec l'amour, et quel besoin d'un mariage ?

Et puis, et puis... Dieu sait si je n'espérais rien. À peine mariée, je suis tombée raide amoureuse d'un autre. Lui ne m'a jamais touchée. Quand j'y pense... Le père Lucien, le curé qui desservait les paroisses de la vallée, venait d'achever son temps. Il est parti en maison de retraite et l'évêché nous a envoyé un jeune prêtre, le père Marc.

Il s'est présenté chez les gens pour lier connaissance. On aurait juré un gamin, en jeans et blouson de cuir, les pieds nus dans des sandales en toutes saisons. Un matin, j'étais seule au bar. À contre-jour, sur le seuil, j'ai cru voir une apparition. Marc... Il a hésité un moment. Ses cheveux faisaient comme un halo dans la lumière. Dieu qu'il était beau !

Il se présente. Je réponds que je ne vais pas à la messe. Il sourit :

— Quelle importance ? Vous pensez vraiment que je viens pour ça ?

— Et pour quoi d'autre ?

— Pour prendre un café par exemple. Pour bavarder un peu, si vous le voulez bien.

Il sourit encore. Je fonds. Nous parlons du village. Je ne sais plus où j'en suis, je n'ai qu'une envie, me retrouver dans ses bras. J'ai enfin trouvé celui que j'attends depuis toujours. Des clients débarquent, il part. Je voudrais le suivre, je suis à l'attache. À la porte, j'ose lui demander :

— Vous reviendrez ?

— Bien sûr.

Il revient, souvent. Le Tabac devient son QG. C'est pratique, il y donne ses rendez-vous. On peut lui laisser des messages, on sait où le joindre. Je suis aux anges, plus rien d'autre ne compte. Les jours de presse, il nous aide, j'ai beau le voir, je ne m'habitue pas. Dès qu'il entre, mon cœur s'affole, je voudrais me jeter contre son corps, me fondre en lui. Je crains qu'on s'en aperçoive. Je ne crains rien, je suis heureuse, heureuse vraiment. Les livres n'ont pas menti, l'amour existe vraiment.

Il demeure à deux pas, derrière la mairie, dans un studio. J'y fais un saut quand je peux, lui porter un bol de soupe, une part de tarte. Il n'a pas de bonne, il mange n'importe quoi, du pâté sur un morceau de papier... Impossible de m'attarder. Je donnerais ma vie pour prendre soin de lui, m'occuper de son linge... je deviens folle.

Tant et si bien que Robert le remarque. Il constate :

— Tu l'aimes bien, le nouveau curé, pas vrai ?

— Comme tout le monde.

Au début, c'est exact, les gens l'adorent. Puis le vent tourne. Dans les villages, toujours les mêmes rengaines, les langues leur démangent. Quand elles n'ont rien à moudre, elles inventent. On commence à jaser sur notre compte. La jalousie aussi, ce prêtre trop jeune, trop beau vous en émoustille plus d'une. Des racontars circulent. Devinez sur qui ? On nous voit souvent ensemble, lui et moi. Que pouvons-nous bien fricoter ?

Là, Robert accuse le coup et me fait des remarques : dans un commerce on ne s'affiche pas... Je m'en moque, je l'envoie paître, je ne fais pas partie de ses marchandises. J'ignore les autres, qu'ils en fassent autant, sa femme n'a rien à se reprocher.

De son côté, Marc a un contact facile avec les ados. Il aime partager leurs révoltes et leurs enthousiasmes. Il plaisante comme eux. Il sait les prendre. Oui, et il ne tient pas ses distances. Comment le pourrait-il, ils sont si proches ?

Son attitude choque. Là encore les bonnes âmes s'activent. Marc ne joue pas son rôle. Des plaintes parviennent en haut lieu. Quoi de plus facile que de déformer vos propos ou de mal interpréter vos actes ? Au bout d'un an, la cause est entendue, sa hiérarchie le déplace sans explications. Comme dans les histoires de cocuage, je suis la dernière informée.

Je me souviens, j'allais à la boulangerie, je le croise. Il m'arrête :

— Sophie, je m'en vais.

Sur le coup, je ne comprends pas.

— En voyage ?

— Si tu veux... D'abord je dois faire une retraite, et ensuite on me désignera une nouvelle affectation.

— Tu nous quittes ? Mais pourquoi ?

Il sourit, son merveilleux sourire :

— C'est difficile de plaire à tout le monde. J'obéis, je dois, cela fait partie de nos vœux, tu connais ? Trois, pas davantage, comme les petits cochons.

Il compte sur ses doigts :

— Et d'un pauvreté... et de deux, obéissance... et de trois chasteté. Alors, pauvre de moi, j'obéis chastement à mes supérieurs. Je m'en vais, il faut.

— On te reproche quoi ?

— En gros, d'exister, je crois. Et en détail, tout et rien, mon attitude il semble. Je n'ai pas trop la gueule de l'emploi, excuse-moi. Tant pis, on ne peut pas gagner à tous les coups. Porte-toi bien. Tu es une chic fille, je te regretterai.

Il me prend par les épaules, m'embrasse. J'aurais voulu le retenir, le suivre... Je n'ai pas osé, pas bougé, il est sorti de ma vie.

Je pleure, beaucoup. Je me cache pour hurler de chagrin. Qu'est-ce que je fais là, au milieu de ces abrutis obscènes, avec cet homme qui ne comprend rien ! J'ai un coup de déprime. Rien n'a plus ni sens ni saveur. Je change, deux grandes rides me griffent les joues. La dépression me marque, mes parents s'inquiètent. C'est vrai, ils existent, je n'ai pas le droit de leur faire du mal. Je reprends le train-train quotidien.

La mécanique repart. Je m'occupe. Je propose même à Robert de faire restau, à midi, au lieu de fournir des casse-croûtes. Je cuisine, je me drogue au travail. Il y a les repas, cette blague, mais aussi le reste, les courses, les tables, le service, la vaisselle, on n'en finit jamais. Je tue ce temps déjà mort. Le soir, je suis exténuée. Miracle, je dors, je ne demande rien d'autre. Si je pouvais ne pas me réveiller...

Sinon, quoi ? Entrer au couvent ? Il faut la vocation, je m'y vois mal. Je me résigne. Avec mon époux, les choses se tassent, son tiroir-caisse le satisfait, les affaires tournent. Nous cohabitons, une routine s'installe quelque part entre la résignation et l'ennui : la rengaine du couple.

Enfin un grand bonheur m'arrive, l'année qui suit le départ de Marc, mes enfants, mes merveilles... J'étais morte, je renais avec eux.

Là aussi de saintes commères comptent sur leurs doigts jusqu'à neuf. Les imaginations vont bon train. Ce village fermente en vase clos, Robert aussi a dû se poser des questions. Il les garde pour lui. Ce que l'on tait n'existe pas.

Je laisse courir. J'aurais tellement voulu que ce soit vrai. L'image de l'absent m'imprègne. Yvon tenait de lui, au moins par sa façon de sourire. J'en parle à l'imparfait, mon fils ne sourit plus et moi non plus.

Comment pressentir ce qui devait suivre ? Je ne demandais rien, rien d'autre que le calme. Je demandais l'impossible. Le hasard, le destin, Dieu, le diable ou ce que vous voudrez en ont décidé autrement. Le malheur s'est abattu. Il a frappé de l'intérieur.

D'entrée, je ne vois rien venir. Là encore Robert prend son temps. Nous restons mari et femme, il a droit au devoir conjugal. Nous ne pratiquons pas la foutue chose si souvent. On espace les séances. Parlons-en, aucune fantaisie, toujours ce même rituel, cette pénétration imbécile, à sec. Mon époux me sert du rapide, sauce missionnaire sans douceur. Ce doit être la même soupe pour la plupart des femmes, j'imagine, pas moyen de comparer. Je ne connais que cet engin domestique. Je n'en souhaite pas d'autres.

J'ouvre mes jambes à la demande. Robert se vide en geignant. Après, il s'endort, bon débarras. Il n'a pourtant pas couru le marathon. Les hommes sont des bêtes. Je vais me nettoyer. Je me sens sale, parlez-moi d'amour.

Au moins, il ne me viole pas. Quand je ne supporte vraiment plus, je prétexte ma migraine, il n'insiste pas. Pas trop. Jusqu'au jour...

Ce soir-là, je sens qu'il s'égare. Quand donc ? Voyons, les gosses allaient en maternelle. J'ai du mal à me repérer dans le temps. C'est comme une même journée qui s'étire à n'en plus finir, coupée de quelques ruptures, le mariage, l'arrivée de Marc, son départ, la naissance des jumeaux... À part ces événements, tout se confond.

Donc, ce coup-là, Robert se trompe de cible. Parlons cru, il tient à introduire sa varice là où elle n'a rien à faire. Je l'écarte, tout le monde peut confondre, la distance n'est pas grande. Il a sans doute bu une bière de trop, il retrouve le droit chemin.

La fois d'après, le voilà qui recommence ! C'est quoi cette manie ? Je le repousse. Il persiste. Quand même, je suis au courant. Cette pratique dégradante s'appelle sodomie, elle est sale, pas naturelle, c'est répugnant, je n'en veux à aucun prix, pas question. Je ne suis pas une pute, je le lui dis. Pas de vicieux dans mon lit :

— Tu es fêlé ! Qu'est-ce qui te prend ?

Il est sur moi, je le fais basculer. Il va s'excuser je pense, dire qu'il plaisante. Pas du tout, il me sort que la façon ordinaire ne lui convient plus. Il tient à changer, c'est son droit. On est mariés, non ? Il ne demande pas la lune, tout le monde le fait. Première nouvelle :

— Comment le sais-tu ?

Il ricane :

— Tu es conne comme un décapsuleur.

Pourquoi un décapsuleur ? Il se bute, il en a envie. Mes chichis, basta. Si je me dérobe, il ira chercher ailleurs :

— Ce n'est pas les femmes qui manquent, et elles en veulent, crois-moi.

— Ah bon ?

— Oh que oui, elles en redemandent. Tu ne connais pas ta chance. Tu pourrais au moins essayer, tu crois que ça m'amuse de bourrer un âne mort ?

Charmant... La bourrique le laisse braire. L'évidence me foudroie, je n'existe pas, je n'ai jamais existé, je ne suis qu'un trou et même pas le bon. Quelque chose se casse. Robert, terminé :

— Tu me dégoûtes. Tu n'es pas un homme, tu es un animal. Tu n'es plus mon mari.

— Calme-toi, on ne va pas se fâcher pour si peu. On peut parler quand même ?

Parler ? Tuer oui :

— Sors de ce lit, tu disparais de ma vie. Va voir les autres, va trouver des chèvres, qui tu voudras, mais va-t'en.

Il me rit au nez, il ne se gêne plus :

— Je suis chez moi, pauvre minable, tu oublies. C'est toi qui dégages ! Quelle idée j'ai eue de me coller avec une enclume pareille ! Allez, du vent, retourne fourguer tes fromages, tu n'es bonne qu'à ça !

Il a raison, monsieur est dans ses murs. Je me lève, m'habille en vitesse. Je prends les petits dans la chambre à côté. Ils sont tout tièdes mes anges. J'attrape les clefs de la voiture, je m'en vais, on ne me le dit pas deux fois. Une incroyable sensation de légèreté me soulève, je renais.

À L'Amalanche, mes parents ne me demandent rien, ce n'est pas le genre de la maison. Ils m'acceptent, je mène ma vie. L'important, c'est les petits. Si je suis là, je dois avoir mes raisons, ils sont contents de nous retrouver. J'installe les gosses, je reprends ma chambre de jeune fille. Rien n'a bougé. Et voilà... Je redeviens propre, enfin, soulagée, lavée, avec dix tonnes en moins sur le cœur. Je me sens jeune. Surtout, je me sens pure. Je regrette Marc. Si j'avais su...

Quelque chose m'a toujours gênée chez Robert. Je ne voulais pas me l'avouer, je ne savais pas quoi au juste. Je sais à présent, c'est un pervers, un malade. Je ne suis pas le dégorgeoir de service, pas moi.

Tout recommence, je retrouve mes habitudes, j'ai

mes jumeaux tombés du ciel, le bonheur ! J'oublie le reste.

Sur le coup, Robert ne réagit pas. Je l'ai pris de court. Il pense que je boude dans mon coin. Je vais revenir, l'assiette au beurre entre les dents, comme une bonne chienne. Nous avons le magnétoscope, j'ai eu droit au *Dernier Tango*. Bonhomme, monsieur préparait le terrain, cloche que je suis. Et pas seulement. La nuit, il lui arrivait de se lever pour visionner ses films spéciaux. De l'insomnie paraît-il. Le cher homme devait se passer de drôles de bobines, mais je jouais les autruches. Tant qu'il regardait ces images, il ne s'occupait pas de mes fesses. Qu'il m'oublie.

Il n'oublie pas. Une semaine se passe, puis deux. Le dimanche suivant, il arrive sur le coup de treize heures. Nous finissons notre repas. Nous sommes tous là, parents, enfants, le jeu des familles. À lui de commencer. Dans la famille Ploukie, je demande la salope ?

Non, pas de scène. Les gosses vont s'amuser dehors. Nous parlons civilement. N'entrons pas dans les détails, ce qui est fait est fait, il admet la séparation. On ne s'entend pas, on se quitte. Mais au sujet des enfants, comment allons-nous procéder ? En tant que leur père, il a ses droits, il faut le reconnaître.

Je retrouve bon vieux Robert, raisonnable, patient, la crème des hommes. Il ne s'énerve pas, il demande même :

— Tu veux divorcer ?

J'aurais dû, j'obtenais la garde des petits. Je ne réfléchis pas :

— Toi, tu veux quoi ?

— Je garde Yvon, tu prends Anne. Pour les détails, on s'arrangera.

Cette proposition me semble juste. Les enfants sont d'accord. Pour eux, c'est aussi le jeu des familles. Ils en auront deux, une à la ferme, l'autre au village, ils ne demandent pas mieux, les innocents !

Les choses se mettent en place, calmement. Je m'organise avec l'amie Fé pour l'école. Elle sera au mitan, à Mallemoisson, entre les deux domiciles, parfait. Yvon préfère le village, Anne la campagne. Fé servira d'aiguillage et de terrain neutre où les gosses se retrouveront à l'aise. Tout fonctionne. Je n'ai plus à voir mon mari, pas besoin. Pas de disputes, terminée la conjugalité, quel soulagement ! Je ne lui demande rien, je retrouve la paix, ce qui ressemble le plus au bonheur une fois les illusions envolées.

Mes parents disparaissent peu après, papa d'un cancer, maman de chagrin. Je me cramponne, j'assume. La vie continue, sauf que...

Sauf que je n'aurais jamais jamais jamais dû laisser mon fils entre les mains de ce dégénéré. Tout est de ma faute, je me refuse à voir le mal. Pourtant j'étais prévenue. J'avais visionné une de ces saletés, une fois, en son absence, par accident. Des hommes entre eux, impossible, je coupe l'image, je refuse l'évidence. J'ai dû confondre, impensable, puis quel rapport avec mon petit ? L'idée ne m'effleure pas.

Dans un premier temps, la nouvelle formule se déroule en douceur. Les jumeaux vont sur leurs trois ans quand nous nous séparons. Ils n'en souffrent pas. Ils se retrouvent à l'école en semaine, et pour le week-end à la ferme ou chez Fé. Ils ne sont pas vraiment séparés. Ils peuvent aussi se parler au téléphone. Ils s'adaptent.

Le temps passe. Puis Yvon se ferme, quelque chose ne va pas, mais quoi ? Je me dis : c'est l'âge. Sa sœur devient aussi plus difficile. Du coup j'avale quelques livres de psychologie. Simple, leur message : les enfants apprennent à dire non pour s'affirmer... Inutile de me faire un sang d'encre, il s'agit d'une période normale. Un mineur pose sa personnalité en s'opposant au monde adulte, et allez donc. Mon fils évolue, parfait, je n'y peux rien. Patientons.

Quand même, plusieurs fois, je l'interroge :

— Ça va, mon chéri ?

Oui, ça va... Il se bute, je sens bien que non mais je n'insiste pas. Cependant, à l'école, ses résultats chutent. La maîtresse déplore son manque d'intérêt, il ne suit plus, il ne participe pas. Quelque chose le travaille. Les voyants rouges s'allument. Je ne bronche pas. Je ne sais que faire.

Et puis... Un mercredi de juin, en fin de matinée, Fé m'appelle. La pauvrette vient de se fouler la cheville, pas moyen d'aller chercher Yvon à Vonges, comme d'habitude. Puis-je m'en charger ?

Bien sûr. Anne s'amuse avec son troupeau de Barbie. D'ordinaire je l'accompagne chez sa tante après le repas retrouver son frère. Cette fois ils déjeuneront ensemble. J'y vais.

Robert en prend à son aise avec son travail, depuis mon départ. Quand bon lui semble, il colle quelqu'un au comptoir pour quelques heures. Du temps, il fait les courses ou la sieste. Au Tabac, je tombe sur Mathilde, la mercenaire de service :

— Yvon est là-haut ?

— Je crois, je sais pas.

Cette fille n'est jamais fixée. Je passe dans la cuisine. L'appartement se trouve au premier. Je monte, il fait sombre dans le séjour, volets fermés à cause de la chaleur. Je traverse, j'ouvre la porte de la chambre du gosse et...

Je me fige. Mon fils est couché. Je vois Robert, de dos, penché sur lui. Il m'entend, s'écarte brusquement, rabat le drap.

— Qu'est-ce que tu fais ?

Gêné, il bafouille :

— Moi ? Rien, je regarde s'il dort.

Je m'approche. Yvon est là, tétanisé, yeux grands ouverts. Je le prends dans mes bras, je le serre, fort. Je l'emmène. Robert ne réagit pas. Une fois dans la voiture, je dis :

— Tu veux me parler, mon chéri ?

Signe que non. Il murmure :

— J'ai très soif.

— Très beaucoup soif ?

À une époque, il aimait dire de cette façon, ça le faisait très beaucoup rire. Là, il ne rit pas. Insister ? Je n'ose pas. Je ne peux pas, pas moyen. Je me fais encore des idées, inutile de les coller dans la tête du gamin. Je suis folle, il ne s'est rien passé. Je m'alarme pour rien. On se remet.

Une fois chez nous, je demande :

— Qui veut aller au Mac Drive ?

C'est la fête. Anne hurle d'enthousiasme. Elle débordait de joie de vivre, ma petite, en ce temps-là. Ils allaient sur leurs huit ans. Mac Drive, le bonheur sur terre ! Yvon imite sa sœur, je me rassure. Nous y allons, ils reviennent avec burgers, frites et Coca. Ils dévorent. Je n'ai pas faim. Ensuite, ils jouent. J'appelle Fé. Sa cheville se remet, elle survivra. Elle remarque :

— Toi, tu as une drôle de voix, raconte.

— La ménopause approche.

— Tu t'es encore accrochée avec ton pingouin, c'est ça ?

— Mais non, que vas-tu chercher ?

Nous blaguons. J'essaie de plaisanter. Elle me prévient, ce soir elle ne bouge pas, cheville oblige. Elle ne pourra raccompagner mon fils. Elle aurait pu insister, m'obliger à me confier. Pas mèche, avec cette cheville en travers.

Le soir venu, Yvon refuse de retourner chez son père. Pourquoi ? Il préfère rester avec sa sœur. Je n'insiste pas, encore une fois. Ma lâcheté ne connaît pas de bornes.

Je préviens Robert. Il dit :

— Pas de problème, quand il voudra.

Nous n'épiloguons pas. Le lendemain, pareil, blocage du gosse et Robert se montre toujours aussi compréhensif. L'imbécile de mère ne se pose aucune question. Elle laisse courir.

Arrive la Foire aux agnelles. Arrive ce jour maudit... Tout ce temps, j'avais fermé les yeux. Ils se sont ouverts. Si seulement je pouvais revenir en arrière... En refusant le mal, je croyais bien faire. Si j'étais seule, je me tuerais.

Je reste là, j'écoute s'égosiller les oiseaux, des mésanges à tête noire. Elles nichent dans l'amandier.

Je crois entendre la voix de mes petits, leurs rires... Je pleure.

Je me lève, j'arrose mes plantes. Elles sont vivantes, elles. Je continue, il faut, pour Anne. Pour qu'elle ne sache jamais qu'elle est la fille d'un monstre.

Pourtant j'ai failli savoir. La veille de cette foire, Yvon vient prendre son goûter à L'Amalanche. Il a sa tête des mauvais jours, il marmonne. Il marmonne je ne sais quoi, je comprends mal.

— Parle plus fort, je t'en prie.

— Je vais le dire, je le dirai !

— Quoi donc, mon fils ?

Il hésite. Sa sœur l'appelle. Le lendemain il était foudroyé.

Je me tais, je n'ai pas le choix. La honte et le chagrin m'étouffent. J'aurais dû massacrer ce dénaturé. Comment décider ? On croit bâtir sur du solide, puis le terrain s'effondre, c'est trop tard...

La vie m'a calcinée. Yvon est enfermé. Anne s'est éloignée. Toutes ces années depuis son départ je l'ai attendue sans rien lui demander. Je ne voulais pas lui peser. J'ai encaissé, j'ai joué le temps. J'ai des antennes, je pressens comment va ma petite, où qu'elle soit. J'ai craint le pire, souvent, je connais sa violence. Elle aussi a tenu, pas pour la même raison. Elle n'a vécu que pour sa vengeance. Cette obsession l'a retirée du monde.

Pierre est venu, enfin, je n'y croyais plus. Ma fille avait l'air mieux et pour la première fois j'ai osé me confier. Pour qu'il la comprenne, qu'il ne se trompe pas. Qu'il ne la blesse pas, par ignorance. Je lui ai tout dit, toute cette sale histoire, mes soupçons, ma honte.

J'ai osé. J'ai dit mon impuissance, ses raisons et ma rage et les dernières paroles d'Yvon. Lui a su m'écouter, il m'a remerciée de ma confiance. Avec Anne il saurait patienter. J'ai dit :

— Au sujet de...

Le mot ne sortait pas.

— De votre mari ?

— Oui. On ne peut rien faire ?

— On peut. La boue rejaillirait sur vous et votre fille, vous le savez.

— Vous ne voyez aucune solution ?

— Pas dans l'immédiat. Je crois à une autre forme de justice, la justice immanente, un cancer, une attaque cardiaque, vous voyez ? Tout finit par se payer. Votre mari, oubliez-le si vous pouvez. L'essentiel c'est qu'Anne s'en sorte et qu'elle aussi oublie.

Pierre a raison, mais je me pose des questions, encore. Je n'atteins pas le fond. Je bute contre ce mystère du mal. Robert s'est peut-être imaginé que les gosses n'étaient pas de lui ? Je ne l'excuse pas, j'essaie de comprendre comment il fonctionne. Il aura cru salir un enfant étranger... Que vas-tu chercher ! C'est sa nature, une pulsion animale. Dieu merci, ce chien n'a pas touché à ma fille. Rien ne m'aurait retenue, il y passait.

Je suis là, encore. J'attends. Cette fois, la page du malheur va peut-être se tourner... Anne a survécu à son ombre. Un jour son deuil prendra fin, ma petite reprendra pied, j'essaie d'y croire. Elle vient de trouver ce garçon, le compagnon qu'il lui fallait, celui que j'attendais. Je bénis cette rencontre.

C'est fantastique, j'ai remarqué, il a quelque chose

d'Yvon, avant. Sa façon d'être, de bouger. Ses yeux aussi. Anne l'accepte, les voir ensemble me réchauffe. Si seulement le bonheur pouvait exister... Mes plantes meurent chaque hiver, chaque printemps elles revivent. Ma fille, ma fleur, si toi aussi tu allais reverdir...

Je regagne Aix. Ce trajet, je l'ai parcouru un paquet de fois ces derniers temps. Certes, et où cela t'a-t-il mené coco ? Nulle part. Je reste en plan, flou artistique, rien de précis. J'hésite. J'ai vu et revu Sophie, je sais, je soupçonne, et puis ? Parler, facile à dire, mais Anne ? Comment réagira-t-elle ? Et si elle se fout en l'air ? Elle ne fait que ça au ralenti. Je me retrouve coincé, je n'imaginais pas quand je me suis lancé à cœur perdu dans cette histoire.

Je double des caravanes, pour changer. Une Land tire un hors-bord. Ils vont vers la mer. Jésus, que leur joie demeure... La mienne est en ballottage... Ça peut s'arranger.

Et m'y voilà. Je te salue, demeure hospitalière. Où en sommes-nous ? Je veux Anne, et qu'elle soit enfin heureuse. Debout les larves ! À moi, fidèle téléphone. Je l'appelle. Pas de réponse. Cherchons ailleurs.

Je m'empare de l'annuaire des Basses-Alpes de Haute-Provence, pages blanches, série M. Voyons... Malisson, Mallemoijai... Nous y sommes. Tante Fé, la belle est là, je ne reconnais pas sa voix. Anne ? Non, pas vue, mais...

— Attendez, Pierre, vous tombez bien. J'ai une

amie qui travaille au France à Digne. Nous bavassons de temps en temps. Elle vient de m'appeler pour une drôle d'embrouille. Un type s'est pointé, il prétendait avoir rendez-vous avec son neveu, un certain Pierre. J'ai pensé à toi.

— Quand ça ?

— À l'instant, enfin voici un quart d'heure. Il y aurait une copine à lui à l'origine de ce malentendu. Elle a dit au monsieur de passer pour ensuite annuler, le tout par téléphone. Et elle a laissé son nom. Ma camarade sait que j'ai une nièce, je lui en ai parlé, elle a fait le rapprochement. Le type a râlé plus qu'un peu. Enfin voilà...

— Il est comment ?

— Pas jeune, plutôt sec, le style militaire. Tu vois qui c'est ? Par chance, il est tombé sur un ami à lui, ils se sont mis à discuter.

— Donc il est encore au France ?

— C'est possible, tu veux le numéro ?

— Merci, pas la peine.

— Tu passes quand, bel astre ? Tu sais que je n'attends que toi !

— Bientôt, j'espère.

— Des promesses, encore des promesses ! Montre-toi je te ferai mon célèbre clafoutis aux abricots.

— Arrête, tu me tentes, allumeuse.

Je raccroche. Qu'en penses-tu ? Nous y sommes, Anne passe à l'acte, je le crains. Elle vient de fixer son choix sur Bertie, l'animal a tout fait pour. Allons, n'exagérons rien, il plaisantait. Certes, mais elle risque de l'avoir pris au sérieux. Elle a dû trouver ou inventer je ne sais quoi, ou alors, elle cherche, elle veut l'éloigner pour fouiner à l'aise chez lui, ma tête à couper. Elle doit broder sur cet insigne et ce fichu blouson, c'est possible. Faut voir. Fonce.

Embarquons, moussaillon, c'est reparti. Un feu, je passe à l'orange foncé. Doucement, nous sommes dans un pays policé, n'allons pas perdre de temps pour en gagner.

Assez d'essence ? Assez. Go. Retour sur l'autoroute, 120, 140, 160... Nous y sommes. Le souffle d'un camion au passage. S'ils ont posé un radar, je suis bon. Pas de panique, les types en face feraient des appels de phare. En général, les képis s'embusquent au péage.

Tu joues à quoi, l'ami, au vengeur masqué ? Pas moi, ma camarade. Elle entre en scène, elle a enfin rejoint son rôle, Bertie n'est pas au courant. Imparable, la parano, tout se met en place, tout s'explique, tout est clair. Tout est faux. Oui, et tout peut arriver.

J'ai déclenché la mécanique sans le vouloir avec ce fichu insigne. Mea culpa. Et surtout tu es resté muet, l'ami. Il fallait parler à ta camarade. Tout vaut mieux que le mur du silence. Je suis resté bloqué pour les mêmes raisons que Sophie. Totem et tabou ? Ça existe, et que faire quand le remède vaut le mal et que la loi patauge ? Tuer. Bon sang, si ça se trouve, elle a déjà flingué ton oncle.

Fin de l'autoroute. Cette région est belle, le décor t'intéresse ? Attention, un tracteur, l'animal pourrait se serrer. Pas question, il est sur ses terres. On tente le coup, je n'ai pas le temps de flâner. Bien, je l'ai eu. Pourvu que j'arrive à temps, sinon Bertie aura la surprise de sa vie. Un peu, et il pourrait ne pas s'en remettre, je crains le pire.

Ou alors je me fais des idées. Je ne pense pas, qui donc s'amuserait à envoyer mon oncle à Digne pour des clous ? Et l'autre, le père, dans son Tabac, tu y penses ? Lui faire de la morale ? À quel titre ? Sophie ne veut pas. Il n'y aurait que Zou...

S'il savait, comment réagirait-il, notre pasteur ? Mal. Il a supporté plus que sa part de galère. Il irait assommer l'autre. Avec un peu de chance, il lui casserait la pipe proprement, et il se retrouverait à son point de départ, à l'ombre des barreaux. Mais cette fois le scandale éclaterait. Pas question. On n'en sort pas, toujours le même manège.

Donc, silence. Zou n'a aucune raison de soupçonner qui que ce soit. Personne ne lui en veut, il ne se connaît pas d'ennemis, il se tiendra tranquille. Enfin j'espère. Stop. L'urgence n'est pas là. L'urgence, c'est ma camarade et sa folie. Fonce.

C'est quoi ce convoi, un enterrement ? Non, trois voitures en vol groupé, regarde les plaques, elles déboulent du même département. Je double, tant pis, klaxonne, pas de quartier. Ça passe ou ça casse. C'était moins juste, à la troisième un camion se pointait en face. Mais c'est passé, et voici Forcalquier. Un monde dingue, nous avançons au pas.

Tu m'amuses, avec tes idées de justice immanquable, la Métastase poursuivant le Crime, tableau d'époque. Tu y crois ? Le cher Robert ne semble nullement se ronger, je te signale. Mets-toi à sa place, il ne s'agit que d'une pulsion mal maîtrisée. Total, un gosse fou, un Zou démoli, ce sont des choses qui arrivent, la loterie de l'existence. Lui encaisse, il ne s'en veut pas. Du moins il n'en a pas l'air.

Arrête. Tu vois une solution ? Peut-être... Anne, je t'en prie, attends. Je t'en prie. La voie est libre, coco. J'attaque la grimpette et voici la case à l'oncle Tonton, et devant notre Golfie... Seule, merci.

Alors, les minets, on apprécie la visite ? Navré, je n'ai rien prévu pour vous. La prochaine fois, je vous porte une pleine caissette de sardines périmées, promis juré. Je m'étire. Crevant, la route...

Annonce-toi quand même, ce serait drôle de se faire défalquer par erreur. J'appelle :

— Anne ?

Pas de réponse. J'entre, il fait sombre. Je dois accommoder. Tiens, tonton a laissé un CD ? Non, c'est ma camarade. Elle est là, au fond, sur le canapé. Elle berce un fusil, elle chantonne.

Écoute... Dehors, j'entends le bruit d'un véhicule. Mon oncle... Il tombe à pic, c'était moins juste. Je vais à sa rencontre :

— Alors, neveu, c'est quoi ce racket ? Je te croyais à l'hosto. Tu attigerais pas un peu, des fois ?

— Ne bouge pas, je t'explique. Attends un moment, tu veux ? J'en ai pour deux secondes.

Je sais. Pierre m'a tout raconté. Il m'a trouvée dans un état second, sur ce canapé, armée. Paumée. Il a posé sa main sur ma tête. J'ai repris conscience.

— Anne, tu vas bien ? Tu attends Bertie ? Il n'y est pour rien, je te raconterai. Tu m'entends ?

Cette fois, il passe sa main devant mes yeux. J'émerge de ma torpeur :

— Pierre, c'est toi ? Parle-moi.

— Juste une minute. Mon oncle est dehors, figure-toi, il se croit chez lui. Tu permets qu'il entre ?

Il l'appelle. Bertie nous rejoint, toujours expansif :

— Par exemple, Anne, si je m'attendais ! Tiens, on s'exerce au maniement d'armes à ce que je vois ?

Pierre blague :

— Comme tu peux constater. Elle compte s'engager, elle s'entraîne pour l'oral. Tu en penses quoi, toi l'ancien ?

— La coloniale, y a que ça de vrai, je l'ai dit et je le maintiens.

— La belle vie ?

— Doucement, je te parle d'idéal, ne confondons pas tout. Parce que la vie, c'est quoi si tu réfléchis ? Une maladie mortelle sexuellement transmissible, pas plus. On vient de me monter un coup en beauté, les petits. On m'a envoyé promener à Digne, je te demande un peu ! J'ai marché comme en quarante. Tu as idée de qui ça pourrait être, Pierre ?

— Quelqu'un qui te veut du bien, tu vois ? Qui a peur que tu t'encroûtes avec tes minets.

— Espérons. Enfin vous êtes là, c'est le principal, et pas question de se laisser dépérir les amis. Je vous sers quel poison ? Pastis ? Whisky ?

— Tu es gentil, mais une autre fois. Anne préfère rentrer.

Je ne dis rien, je pose le fusil, je suis mon camarade. Je me retrouve dans mon élément familier, le vide. Bertie nous regarde partir, l'air ahuri de celui qui se pose des questions. Il vaut mieux ne pas traîner. Pierre lui dit :

— Je te laisse ma voiture, tonton, je repasserai. Si tu t'ennuies, tu peux la nettoyer.

— Ah oui ? Tu ne manques pas d'air ! Compte là-dessus, farceur !

Nous prenons Golfie et le large. Pierre conduit. Nous nous arrêtons dans les Moures, au milieu de ces monstrueux champignons de calcaire. Pierre soupire un grand coup. Il dit :

— Tu m'as fait peur, Anne, quand je t'ai trouvée tout à l'heure, tu paraissais absente.

— Tu m'as crue folle ?

Il hausse les épaules. Folle ? Je n'en étais pas si loin. J'ai eu la tentation de tout laisser tomber, de basculer une bonne fois. Il suffisait de me laisser aller. Pierre est arrivé à temps. Il prend ma main :

— Anne, je peux te parler ? La vérité n'est pas belle. Tu veux savoir quand même ?

Et je sais, à ce moment même. Je savais. J'ai toujours su. Je dis :

— Chut ! J'ai compris.

Il me prend contre lui. Je tremble. Je pense à mon frère, à Sophie. Je n'ai plus envie de bouger, à quoi bon ? Morte, ma vengeance. Pour moi, mon père n'existe plus. On ne tue pas un fantôme.

Nous restons un moment sans parler. Des corbeaux se posent sur un arbre mort. Ils arrivent de gauche. Je me dégage, je klaxonne, ils s'envolent. Pierre m'étreint, doucement. Il demande :

— Que comptes-tu faire, Anne ?

— Rien, c'est fini.

— Pas d'accord. Ton père est responsable, quelqu'un doit lui parler, il ne va pas s'en tirer comme ça. Il doit savoir que nous savons.

— Ça changera quoi ?

— Tout. L'air va circuler, les choses vont bouger. C'est fini le jeu de cache-cache.

— Tu crois ? On arrache le pansement et après ? La pourriture continuera.

— Ce n'est pas possible. Il va bien falloir amputer.

— Qui va s'en charger ?

— Nous verrons. C'est lui le coupable. C'est à lui de prendre ses responsabilités.

— Il ne l'a jamais fait, Pierre.

— Rien ne l'obligeait, il le fera cette fois.

Je ne réponds pas, à quoi bon ? Des mots, encore des mots, il n'en a donc pas marre ? Donnez-moi le silence. Rendez-moi la paix.

Pierre insiste :

— Il serait capable de quoi, une fois au pied du mur, tu as une idée ?

— Aucune, comment veux-tu ? Je ne le connais pas.

Il insiste encore :

— Je précise. Est-ce qu'il peut enfin tirer les conséquences de ses actes, c'est toute la question, parce que la justice officielle a assez fait de dégâts comme ça.

— Encore une fois, je ne peux pas te répondre. Il nous ment depuis dix ans, il peut continuer.

— Non, il est démasqué, ce n'est plus supportable.

— Mon pauvre Pierre ! L'insupportable se supporte. Changeons de sujet, veux-tu ? Laisse-moi respirer, je t'en prie.

— Pardonne-moi. Tu te sens comment ?

— Mal, et mieux, beaucoup mieux. Emmène-moi, j'ai envie d'avaler quelque chose de fort.

Forcalquier n'est pas loin. Au Burguet je prends un gin tonic. Alors ? C'était une longue maladie, ma petite, j'en sors à peine, mais le virus est toujours là. Lucide ? Je crois, il serait temps... Pierre a raison, cette situation ne peut s'éterniser, il faut se remuer. Je prends son bras :

— Allons-y.

Il comprend. Nous appelons du sous-sol. Ça sent le désinfectant au chlore et le mégot froid. Je compose le numéro du Tabac paternel, je tombe sur la simplette :

— Le patron est là, je vous le passe.

Je tends le combiné à mon compagnon :

— Bonsoir monsieur. Vous ne me connaissez pas, je suis un ami de votre fille. Sa mère m'a tout dit. Vous comprenez de quoi je parle ?

Pierre écarte l'appareil. Je peux entendre :

— Je crois. Vous savez ?

— Oui, nous savons. Anne est au courant.

— Alors je suis fini. Bonsoir.

Il raccroche. Nous remontons à l'air. Cette fois, je commande un rhum, Pierre aussi. Les touristes défilent. Voilà, c'est fait, mon Dieu comme ça paraît simple... Je me sens nette enfin. Il suffisait d'ouvrir les yeux. Simple comme bonjour. La nuit a été longue. L'aube chassera les monstres.

Nous sommes lundi. Mercredi soir, tante Fé appelle. Il est tard, avec Pierre nous écoutons *Carmina Burana*. Elle a une drôle de voix, tatie, elle demande :

— Anne, tu es au courant ?

— De quoi donc ?

— C'est affreux. Ton père...

— Oui ?

— C'est un accident, le réchaud à gaz... Il dormait, la veilleuse s'est éteinte, tu vois ?

— Pas du tout.

— Le brigadier vient de me donner les détails. Il avait installé un matelas dans la cuisine, derrière son bar figure-toi. Une drôle de lubie, entre nous. L'appartement est juste au-dessus, mais il semblait bizarre, ces jours derniers. Il a dit à sa commise que c'était à cause des vols, pour mieux surveiller, admettons... Toujours est-il que ce matin, elle l'a trouvé allongé raide. Tu imagines le choc, pauvre gamine ! Heureusement, il faisait jour, sinon elle se retrouvait sur orbite en allumant. J'ai prévenu ta mère. Je m'occupe de tout. Veux-tu que je passe te voir ?

— Non, je te remercie.

— D'accord... Quand même, qui aurait cru ? Bon, je te laisse, j'ai de quoi m'occuper. Si tu as besoin de moi, fais signe.

Je mets Pierre au courant. Il apprécie :

— Le gaz ? C'est le mieux pour un accident, il n'y aura pas de vague.

— C'est vrai.

Il nous a évité un suicide, le scandale et ses retombées. Merci. On l'enterre deux jours plus tard, un vendredi, devant le village au complet. Tante a commandé une messe, c'est l'usage. Pierre m'accompagne. Maman est présente. La chapelle n'est pas grande, la plupart des gens attendent dehors. Ils se sont endimanchés pour l'occasion.

Le cercueil repose dans l'allée centrale, sur des tréteaux, sous un drap noir semé de larmes d'argent. Le prêtre procède. Je ne suis pas. J'y suis, pourtant, mais j'ai l'impression de me trouver très loin, dans le temps. Absente. J'ai rejoint Yvon, je le retrouve.

Par la porte de l'église restée ouverte, on entend la rumeur du dehors. Les gens ne s'en font pas. Un enterrement vaut une foire. Ici, personne ne rate l'occasion. Vous retrouvez les amis, les nouvelles circulent. On apprend qui vit et qui meurt, on pointe. Si le défunt est vraiment vieux, on calcule, histoire de connaître le nouveau doyen d'âge. Survivre vous ragaillardit son monde. On parle du temps, des troupeaux, des récoltes. La vie va.

L'office se déroule. Je regarde. Au-dessus du cercueil, des grains de poussière dérivent dans un rai de lumière.

La cérémonie terminée, les croque-morts reprennent

la boîte, la chargent sur leurs épaules. Ils n'ont pas loin à aller, le cimetière se trouve juste à côté, adossé à l'église, le caveau est ouvert, un jeu de cordes et voilà, retour à la terre.

Le curé prononce l'éloge du défunt qu'il ne connaissait pas. Il n'empêche, il nous sert copieusement. « Homme intègre, bon commerçant, le disparu incarnait un de ces solides piliers que toute communauté se doit de... Il laisse un vide qui... Et aussi un exemple pour... » Langue de bois pas morte.

Il parle bien. Il n'a oublié ni « bon époux », ni « bon père ». Ces attributs font partie de la panoplie. Mourez, nous nous chargeons du reste. Dommage que le défunt ne soit pas en état d'en profiter, il aurait adoré. Il vaudrait mieux mourir de son vivant, en fin de compte.

Nous nous tenons près de la fosse, maman et moi. Pierre s'est placé à l'écart avec tante Fé. Le discours se termine sans applaudissements, cela ne se fait pas. Il y a tout de même une rumeur d'approbation. La pièce est finie.

Ensuite, les gens défilent devant la tombe. Ils se passent un goupillon de métal noirci, le secouent deux ou trois coups, et au suivant. Puis c'est notre tour, pour les condoléances. Des bustes s'inclinent, des mains se tendent. Nous les serrons. Je regarde.

Maman est en noir, comme toujours. Je porte une robe blanche, elle va bien avec mon bronzage. Bertie ne s'est pas déplacé. Il nous aurait dit qu'en Indochine le blanc est la couleur du deuil.

Du même auteur :

Aux Éditions Gallimard
La vie finira bien par commencer (1972)
La Soupe chinoise (1973)
Chronique pour un cochon malade (1974)
N'oubliez pas la lutte des classes (1976)
Les Matins célibataires (1978)
« Avec des cœurs acharnés... » (1978)

Aux Éditions Flammarion
Les Américains sont de grands enfants (1979)

Aux Éditions Denoël
Demain la veille (1981)

Aux Éditions Belfond
Retour à Malaveil (1982)
Un ami de passage (1983)
Chemin de repentance (1984)
Chronique d'un été (1990)

Aux Éditions Albin Michel
Quelque part, tout près du cœur de l'amour (1985)
Avril est un mois cruel (1987)
L'Embellie (1988)
Des fourmis plein le cœur (1989)

Aux Éditions L'Harmattan
Histoire du Point-Mulhouse (1986)

Aux Éditions Mazarine
Une petite maison avec un grand jardin (1980)

Aux Presses de la Cité
Jean des Lointains (1990)
La Vie comme avant (1992)
Veillée d'armes (1993)
Retour à Daussane (1994)
Deux pas dans les nuages (1995)

Aux Éditions Jean-Claude Lattès
Chronique des collines (1995)
Quelqu'un dans la vallée... (1997)
On ne meurt plus d'amour (1998)
Des journées ocre et sèches (1999)

Composition réalisée par NORD COMPO

Imprimé en France sur Presse Offset par

BRODARD & TAUPIN

GROUPE CPI

La Flèche (Sarthe).
N° d'imprimeur : 32520 – Dépôt légal Éditeur : 62990-12/2005
Édition 01
LIBRAIRIE GÉNÉRALE FRANÇAISE – 31, rue de Fleurus – 75278 Paris cedex 06.

ISBN : 2 - 253 - 11510 - X

31/1510/2